中俄文学互译出版项目·俄罗斯文库   少年文学丛书

Секретный пес   Место силы   Собаки не ошибаются

神秘的狗

[俄] 斯坦尼斯拉夫·沃斯托科夫   奥丽加·科尔帕科娃   谢尔盖·格奥尔吉耶夫   著

屈佩 刘晓敏 王琰 译

中国国际广播出版社

《中俄文学互译出版项目·俄罗斯文库》由中国国家新闻出版广电总局和俄罗斯出版与大众传媒署批准，中国文字著作权协会和俄罗斯翻译学院负责组织实施。

斯坦尼斯拉夫·沃斯托科夫（1975— ），生于塔什干，俄罗斯著名儿童文学作家、诗人、自然主义者。多次荣获文学类奖项。

奥丽加·科尔帕科娃（1972— ），生于乌斯季－普斯腾卡，俄罗斯儿童文学作家、记者，作品30余部。《力量之源》获得了第三届国际阿·托尔斯泰少儿文学与科普奖。

谢尔盖·格奥尔吉耶夫（1953— ），生于下塔吉尔。俄罗斯作协成员，著名的俄罗斯儿童文学作家。1972年开始儿童文学写作，1985年获苏联最佳儿童短篇故事奖。其作品风格轻松短小，语言生动幽默、贴近生活。

序　言

赵振宇

　　"一个人其实永远也走不出他的童年"，著名儿童文学家、国际安徒生奖获得者曹文轩先生曾这样写道。另一位国际安徒生奖获得者詹姆斯·克吕斯则说："孩子们会长大，新的成年人是从幼儿园里长成的。而这些孩子会变成什么样，在某种程度上取决于那些给他们讲故事的人。"儿童文学在个人精神成长中所扮演的角色至关重要，可以说，它为我们每个人涂抹了精神世界的底色，长久影响着我们看待世界的方式。

　　中国本土现代意义上的儿童文学的产生和发展，在很大程度上得益于五四以来对外国儿童文学的大量译介和广泛吸收。无数优秀的外国儿童文学作品，经由翻译家之手，克服语言和文化的重重阻隔漂洋过海而来，对几代国人的精神世界产生了不可磨灭的影响。其中，俄苏儿童文学以其深厚的人文关怀、对儿童心理的准确把握以及充满诗情画意的语言滋养着一代又一代中国读者的心灵。亚历山大·普希金的童话诗、列夫·托尔斯泰的儿童故事、维塔利·比安基的《森林报》等作品，都曾在中国的域外儿童文学翻译史上留下浓墨重彩的一笔。

苏联解体后，俄罗斯社会、经济和文化等方面均发生了天翻地覆的转折与变迁，相应地，俄罗斯的儿童文学也进入了全新的发展时期。在挣脱了苏联时期"指令性创作"的桎梏后，儿童文学走向了商业化，也由此迎来了艺术形式、题材和创作手法上的极大丰富。当代杰出的俄罗斯儿童文学作家不仅立足于读者的期待和出版界的需求进行创作，也不断继承与发扬俄罗斯儿童文学自身的优良传统。因此，一批优秀的儿童文学作家和作品得以涌现。

回顾近年来俄罗斯儿童文学在中国的出版状况，我们可以清楚地看到，对当代优秀作品的译介一直处在零散的、非系统的状态。我们在"中俄文学互译出版项目·俄罗斯文库"的框架下出版这套《少年文学丛书》，就是为了改变这种状况，希望能以一己微薄之力，将当代俄罗斯最优秀的儿童文学作品介绍给广大中国读者，以期填补外国儿童文学译介和出版事业的一项空白，为本土儿童文学的创作和研究拓展崭新的视野，提供横向的参考与借鉴。

本丛书聚焦当代俄罗斯的"少年文学"。少年文学（подростково-юношеская литература）是儿童文学的重要组成部分，一般指写给 13—18 岁少年阅读的文学作品。这个年龄段的少男少女正处于从少年向成年过渡的关键时期，随着身体的逐渐发育和性意识的逐渐成熟，他们的心理也发生了较大的变化。他们渴望理解和友谊，期待来自成人和同辈的关注、信任和尊重，对爱情怀有朦胧的向往和憧憬，在与成人世界的不断融合与冲撞中开始逐渐形成自己的人生观与价值观。这是个"痛并快乐着"的微妙时期，其中不乏苦闷、痛苦与彷徨。因此相应地，与幼儿文学和童年文学相比，少年文学往往在选材上更为广泛，在人物形象的塑造上更为立体丰满，在反映现实生活方面也更为深刻真实。

需要特别指出的是，少年文学的受众并不仅限于少年读者。真正优秀的少年文学必然是雅俗共赏、老少咸宜的，成年读者也能够从中学习与少年儿童的相处之道，得到许多有益的人生启示与感悟。

当代俄罗斯少年文学有几个新的特点值得我们加以注意：

首先，在创作题材上，创作者力求贴近当代俄罗斯少年的现实生活，反映他们真实的欢乐、困惑与烦恼。许多之前在儿童文学范畴内创作者避而不谈的话题都被纳入了创作领域，如网络、犯罪、流浪、性、吸毒、专制等。在某种程度上，这也是苏联解体后混乱无序的社会现实在儿童文学领域的一种投射。许多创作者致力于描绘少年与残酷的成人世界的"不期而遇"以及由此带来的思考与成长，并为少年提供走出困境的种种出路——通过关心他人，通过书籍、音乐、信仰和爱来摆脱少年时期的孤寂、烦恼和困扰。

其次，在创作方法上，许多当代俄罗斯儿童文学作家勇于突破苏联时期的社会主义现实主义传统，对传统的创作主题进行反思，大胆运用反讽、怪诞、夸张、对外国儿童作品的仿写等多种艺术手法进行创作，产生了一大批风格迥异的作品。在人物塑造方面，众多创作者致力于塑造与众不同、特立独行的少年主人公形象，力求打破以往的创作窠臼，强调每个人物的独特之处。

此外，作家与读者的交流方式也发生了巨大的变化，部分作家借助自己的博客、微博、电子邮件等与读者直接进行交流，能够及时地获知读者的评价与反馈，从而在创作活动中更好地反映现实中的问题，满足读者的需求。

本丛书收入小说十余篇，均为近年来俄罗斯优秀的少年文学作品，其中多部作品曾经在俄罗斯国内外大赛中取得优异成绩，一些脍炙人口的上乘之作（如《加农广场三兄弟》等）还曾被改编为电视连续剧。这套丛书风格多样，内容也颇具代表性，充满丰沛瑰丽的想象、对少年心理的精确洞察和细致入微的描绘，相当一部分作品还深入浅出地介绍了一些专业知识（如《斯芬克斯：校园罗曼史》中的埃及学知识，《无名制琴师的小提琴》中的音乐知识，《第五片海的航海长》中的航海知识等），具有极强的可读性，足以让读者一窥当今俄罗斯少年文学发展的概貌。

本丛书由北京大学外国语学院俄语系 2013、2014 级研究生翻译，力求准确传达原作风貌，以传神和多彩的译笔带领广大读者体会俄罗斯少年的欢笑与泪水，感受成长的快乐与痛苦，以及俄罗斯文学穿越时空的不朽魅力。

·目 录·

神秘的狗

［俄］斯坦尼斯拉夫·沃斯托科夫　著

屈佩　译

· 目 录 ·

第 一 章

居无定所

尼科洛·帕格尼尼学校被秋天篝火的烟雾密实地笼罩着。给人的感觉学校好像挪了地方，顺着阿法西耶沃胡同，漂到了果戈理林荫道。

文学教研室里弥漫着涅克拉索夫①作品的味道，气氛有点紧张。六年级三班沉浸在忧郁之中，全班正在学习长诗《俄罗斯妇女》②，分析其中的历史事实。优秀生法捷耶娃正用悲情的嗓音朗诵这首诗。

万尼亚想从作品沉重的氛围中解脱一下，转头望向窗外。秋天的最后一片叶子还挂在枝头上，蜷缩成一团，作着凋谢前最后的挣扎。万尼亚把视线转到天花板上，九月份的最后一只苍蝇还没飞到窗户边儿就落到天花板上。万尼亚又望向黑板，法捷耶娃还站在那里。

"农妇奔跑着，"这位优秀生念道，"辫子松了。农妇赤着脚，把脚划伤了。"

波林娜奇卡从第一节课起就躲在教科书后面抽泣，傻大个儿皮亚塔科夫的脸颊上滑落了一滴男子汉的眼泪。

---

① 涅克拉索夫（1821—1877），俄国诗人。主要作品有长诗《货郎》、《红鼻头严寒大王》和《谁在俄罗斯能过好日子》等。
② 这是涅克拉索夫 1872—1873 年发表的叙事诗。讴歌十二月党人的妻子们的崇高品德和自我牺牲精神。

大家正在慢慢了解妇女悲惨的地位，这时，同年级一个差等生西尼亚科夫出现在门口，他总是精力充沛。他扫了一眼三班的同学，脑子也没过便说道：

"薇拉卡季娜，早就下课了。该跟你的涅克拉索夫说再见喽，去食堂吧，要不然那些高年级学生就把糖煮水果全部吃完了。"

薇拉·阿尔卡季耶夫娜一哆嗦，擦干那些因为同情妇女悲惨遭遇而流下的眼泪，说道：

"真是可怕，西尼亚科夫，在你的生活中，糖煮水果比涅克拉索夫还要重要！"

六年级三班的同学们泪流满面地慢慢走出教室，推开兴高采烈的邻班的学生——他们还不知道，在他们的国家充斥着不公和暴力。

俄语课之后三班的同学们有一节课的空闲，他们一群人凑成一伙儿来到食堂，因为涅克拉索夫而紧绷的神经已经松弛下来。

中学食堂的老厨师看见六年级三班的同学们泪水涟涟的脸，特意让他们可以不用排队直接打饭。

万尼亚左手拎着热水，右手端着食物，来到外面呼吸新鲜空气。他脑海中还残留着涅克拉索夫的影子，毕竟从伟大作家的世界里走出来不是一件容易的事。

万尼亚绕过楼房，坐到栅栏上。栅栏上的漆都已经脱落了，没有钱去修补。不远处，清洁工正在扫地，他把院子里橙黄色的叶子扫成一垛，发出沙沙的声音。

这位清洁工有些来头，他嘴上的胡子像把刷子，下巴上的则像把铲子。有人说，在战争年代，他曾两次跟随军队穿越欧洲。清洁工的动作干脆利落，带着一副军队凯旋的气势。

早晨有点凉，万尼亚蜷缩起来，就着糖煮水果吃了一小口蛋糕。糖煮水果冒着菊花状的白色热气。

这时他感到旁边的一堆槭树叶中有什么东西在盯着他。糖煮水果突然变得硬邦邦，卡在喉咙中。一堆树叶在空中飘荡，缓缓降落的时候，从叶子中飞出了一团热乎乎的东西。忽然，树叶发出纸一样的沙沙声，一只穿着毛衣但光着脚的小狗跑了出来。小狗用后脚站起来，弓着背跑到万尼亚身边，爬上栅栏，坐在他的身边。他们友好地看了清洁工的小扫帚大约五分钟的时间。

"我叫米什卡，"最后，小狗看着灰色的天空说。

"我是伊凡①，"男孩回答道。

"冷。在这种天气，好的主人是不会把小狗赶到路上的。"

"嗯，"伊凡表示同意，明白了它在暗示什么，"你想吃热的糖煮水果和半个蛋糕吗？"

"为什么是半个？"

"因为我已经吃了一半。"

小狗没有回答，只是盯着从学校屋顶上飞出的乌鸦。它们朝

---

① "伊凡"是"万尼亚"的大名。

着天空飞去，消失在路尽头的房子后，小狗说：

"我嘛，不应该拒绝你的建议。"

伊凡把剩下的食物和那杯糖煮水果拿给小狗。

小狗吃东西的时候，万尼亚饶有兴致地观察它。从毛衣没有覆盖的地方可以看到，小狗总体上是棕红色的，一些地方有像雪花一样的白色斑点。小狗的一只眼睛的周围有一大块黑斑，给人的感觉，它看东西就像是从海盗破眼罩中向外看。风轻轻地拍打着它的耳朵。它的胃发出钟表一样的咕咕声，尾巴像钟摆一样摇晃。

吃完了最后一点，小狗把杯子还给万尼亚，杯子还是热的。

"谢谢。"

之后，它叹了一口气，从栅栏上下来，爬回树叶丛中。当它的半个身体钻进树叶丛的时候，万尼亚觉得应该再一探究竟：

"你怎么了，没有住的地方吗？"

小狗停住了，叹了一口气后，身子继续向前。它"面向我，背朝森林"，两条后腿立着，两条前腿背在身后，朝万尼亚走过去。

"你有明确的想法还是只想闲扯一会儿？"

"听着，"万尼亚一直很喜欢动物，梦想着养只猫或鱼之类的，他说，"我马上去上地理课。你现在先藏在树叶堆里，过一会儿来找我。"

"嗯，"米什卡又把背弓起来，"打我吗？"

"为什么要打你？"

"因为把流浪狗带回家。你妈妈回家后会狠狠打我一顿吗？"

"你说什么呢，我妈妈可是知识分子！"

"知识分子更难办，他们会立刻给警察打电话。"

"不会的，我们那儿的警察是不可能来的。"

第 二 章
"阿迪达斯"外套

万尼亚的妈妈刚刚在一场四重奏中拉过低音提琴，所以特别累。你有没有拉过低音提琴？坐在方凳上，在面前放上一小块圆木，然后开始"锯木头"。而且，"锯"的时候动作一定要平稳优美，这样别人才会觉得赏心悦目。

当你锯完了十块圆木之后，你就会像刚演奏过一场音乐会的万尼亚妈妈一样累。一个晚上她就瘦了两公斤。这个文化节目之后，她已经精疲力尽，把低音提琴拎回家后，就一下子瘫倒在沙发上。因此，只能是万尼亚的爸爸做饭、收拾房间。万尼亚的爸爸在一个化妆品工厂的专家委员会做闻香师，工作上不用太费心。白天他要闻一两百种不同种类的香水，有时候鼻子麻木了，就什么味道都闻不出来了。所以，他要么把晚饭炸焦，要么煮糊。

万尼亚在家里给小狗米什卡脱掉破烂的毛衣，穿上"阿迪达斯"外套。米什卡穿上这件衣服后就像莫斯科郊外某个企业集团的老板。

万尼亚看了一眼小狗，说道：

"你千万不要单独出门，不然我们这儿的警察会对运动外套产生怀疑的。"

米什卡站立起来，走到镜子前。

"在我们村里，曾有一位拳击大师，他现在常在市场上保护那些商人，不让他们被那些退役的其他运动员伤害。我现在穿上这件衣服很像他。"

他们又来到厨房，万尼亚给米什卡倒了一杯热茶。

"你最好给我倒在碟子里，"米什卡说道，"首先，凉得快。其次，舔起来舒服。"

趁着盘子里的茶还没凉，米什卡问：

"一条狗会这样坐着喝茶，还会讲话，难道你不觉得奇怪吗？"

"不奇怪，"万尼亚回答道，"现在我们的国民教育所取得的巨大成就，已让人们见怪不怪。"

米什卡用舌头舔了一口茶，继续说：

"奇怪。两周前我问一个人几点了，那个人现在整天追着我。"

"为什么？"

"他想抓住我，把我卖到会所去。"

"什么是会所？"

"这种会所是专门为俄罗斯新贵们准备娱乐活动的饭店。想象一下，如果有我在的话，这样的节目会怎么表演？比如说，'小狗演奏普希金诗歌配法国民谣'。人们就会蜂拥而至。"

"什么，你还知道普希金？"

米什卡从凳子上站起来，垂着两条腿，朗诵起来：

老婆婆去挑水，

在雾气沉沉狂风暴雨的日子里，

带着自家的小孩儿。

（为了让小孩儿逗趣）

小孩儿在路上一点儿都不闲着：

一会儿敲敲窗户，

一会儿把村委屋顶上的稻草，

弄得沙沙作响。

一会儿哭，一会儿打哈欠，

一会儿大喊大叫，

一会儿又让讲

别人是怎样挑水的。

姥姥说道："你真不害臊！"

你大喊大叫吵醒了所有人！

训诫：

如果你是出来做事，

就别带着孩子！

"这首诗难道不是涅克拉索夫的吗？"

"怎么会是涅克拉索夫的，明明是普希金的。这首诗的名字叫作《热情的诗人枉然……》。一个秘密科学研究所的看守人给了我这个。他叫米特罗法内奇。他看守这个研究所，不让外国间谍和捡瓶子的老太婆发现它。"

"捡瓶子老太婆是什么人？"

"在我们研究所里，要把不同的秘密溶液灌进废水瓶子里。老太婆们把它们收集起来，交到接收点，五卢布一个。你知道她们的退休金有多少吗？总共是 100 个瓶子。因为我私下认识米特罗法内奇的关系，他把我安排到这个工作上。得靠走后门——每一餐之后，都会运来一桶泔水。每年，只有在秘密工作者节这天，人们才会吃得什么都不剩。我那个时候饿得把杯子中的残渣都舔干净了。整个晚上都觉得恶心，谁知道第二天早上忽然就可以开口讲话了。我吓了一大跳！跑到米特罗法内奇那里，大叫'救命，叫救护车啊！'

"'为什么要叫救护车？'米特罗法内奇很惊奇。

"'你怎么了？'我大叫，'难道听不见吗？我现在可以像人一样说话了！赶紧叫医生，看看怎么办。'

"'这难道不好吗？'米特罗法内奇说道，'我们以后可以互相谈心，就不会无聊了。'

"米特罗法内奇开始给我拿一些书：普希金、莱蒙托夫，还有关于战争的书。米特罗法内奇打过仗，很懂战争。他最初驾驶侦察机，冒着生命危险拍摄各种秘密目标，后来当了游击队员，为了搞清楚希特勒藏在哪儿，甚至还特意去学了一种语言。但是他不说我们的语言，所以谁都不了解他。因为语言不通，大家开始叫他游击队员。不久之前，一位名叫卡尤克·戈尔布纽克的地方法律权威人士来找他。卡尤克管着所有收集瓶子的老太婆。他可以决定，谁可以在哪里收集玻璃容器。因为在电气列车上和车站会收获颇丰。而在幼儿园和图书馆旁边几乎没有瓶子，卡尤克通常会派犯错的人去那里。

"他一开始想用 50 卢布买我，后来说要给米特罗法内奇美金。

"我一看扯上了外币，我立刻意识到，必须偷偷溜掉。米特罗法内奇不是富人，他需要钱。我想，50 卢布他不会卖，但是如果是美元的话，他就会把我卖了。

"我趁着他们聊天的时候，翻过栅栏，跑到车站。我先溜进'莫扎伊斯克—莫斯科'电气列车，藏到座椅下边。我待在那儿，特别害怕被收瓶子的老太婆发现，她们之间的信息传递得很快。突然，在'佩尔胡什科沃'车站，上来了一个眼神儿不太好的检票员。他看见了我，大叫'兔子！''什么兔子啊！我是米什卡。''啊！'他大叫一声，'需要交最低规格的罚款！要不然我就叫警察了！''叫吧，我昨天已经把自己的工资用完了。'来了一个警察检查护照，我说我没护照，警察开始怀疑我是外国人。我回答他：'或许是吧。''那谁能证明你的身份？你有同事吗？''有是有，但是他们都在保密机构上班，如果没有特殊许可的话，是不能接触他们的。'警察开始有点奇怪：'这样说来，你"从那儿来"？'我回答道：'从那儿来。''如果这样，那你就不需要护照了。因为在我们这里，侦察人员和小学生、退休人员一样都享有优惠待遇。请坐，麻烦你代我们向你的部门问好！''一定替你们转达！'然后我又钻到椅子下面去了。

"最后，终于到了白俄罗斯火车站。下了火车之后，我就站在站台上，思考该去哪儿。忽然，有一位戴着帽子的叔叔朝我走过来。

"'我有廉价票。'他说道。

"'去哪儿的？'我问。

"'我有去布列斯特①和莫吉廖夫②的票。但是你最好拿去马加丹③的票：路程越远，优惠越多。'

"'嗯，我，'我解释道，'我是刚到这儿的。'

"'那，'他回答，'我还有一个特殊优惠：地铁、汽车、出

---

① 白俄罗斯的州。1919年起属波兰，1939年并入苏联，设州，以布列斯特市为首府。
② 建于1267年，原属立陶宛和波兰，1772年并入帝俄，现为白俄罗斯莫吉廖夫州首府。
③ 是俄罗斯一州，在俄罗斯东北部。

租车通票。这可是独一无二的好东西啊，在哪个售票亭都买不到。就只剩这一张了，千万别错过啊！'

　　"'我喜欢走路，能碰着更多的剩饭。'

　　"'那就买张莫斯科地图吧。这上面把所有主要的景点都标出来了：商店、加油站，污水池。'

　　"'那有没有可以藏身的公园？'

　　"'当然有了，在林荫环线上有长椅和纪念碑。空气清新，而且集文化休闲于一体。这个地图特别好，买一张吧。'

　　"'我没有钱。'

　　"'那你可以把信用卡拿出来，'他解释说，'街角那里有台机器，你去取钱，我等你。'

　　"我拐到街角，然后跑了！但是无轨电车开往另外的方向！最后，我跑到了果戈理大道。那里的长椅比农村里的多。我跑进一个小巷，你的学校就在那儿。那里人少，但是有很多后门和小洞。最重要的是，没有收瓶子的老太婆。"

第三章
葱的味道

窗外天色已晚，房间里亮起了灯，爸爸来了。今天，爸爸闻香闻得晕晕乎乎的。他从包里拿出蔬菜、土豆和一根葱，放在鼻子前闻了老半天，说：

"我一定要说说你们的卫生防疫监督了。这根葱一股玫瑰味，还有一点肉豆蔻的味道。我买葱，是因为想要葱的辣味。不然，我就直接买花了。"

米什卡走到爸爸旁边，嗅了一下葱的味道：

"您就是闻过的味道太强烈了。您知道吗，要是对着强光看久了，别的什么东西都看不清楚了。鼻子也是这个道理。有一次，我在污水池里偶然闻到了一条鱼的味道，之后半天，除了鱼的味道，什么都闻不出来。玫瑰可比那东西好闻多了。"

"那，要不你和万尼亚去炒一下土豆，我受了工伤，嗅觉受伤了，不如躺下休息会儿？"

孩子们做土豆的时候，爸爸躺在沙发上，用看电视来疗伤。妈妈一过来，他就一溜烟儿跑到厨房给万尼亚打下手，帮忙倒植物油和乳制品。

然后，全家一起吃土豆，爸爸问大家，闻起来好不好吃。妈妈说，如果爸爸一直这样做饭，那家庭的生活质量就会提高好几个档次。

"你的朋友姓什么？"妈妈问万尼亚。

"平常我就只叫米什卡，"米什卡回答，"但是有时候人们问：'什么米什卡？米什卡·斯托罗热夫吗？'我就会说我是斯托罗热夫。"

"这个姓很少见，蛮特别的！"爸爸高兴地说道。

"这算什么？"米什卡说，"我们村子里还有叫图季克·马加季内和沙里克·尼切内①的。"

"你几岁了？"妈妈继续问道。

"我一岁两个月了。"米什卡回答。

"看！"爸爸跟万尼亚说，"两岁都不到，但是他已经在读普希金，而且会做土豆。等他和你一样长到11岁，估计都能当上院士或者教授了！"

"你的家长是不是给你制定了专门的学习计划啊？"妈妈很感兴趣。

"我六个月前一直在污水池里跑着玩儿。后来在科研所找到了一个好工作。"

"看到了吧，儿子，"爸爸说，"人家的道路多么曲折——从污水池到科研所。你要好好学学人家。"

"不！"妈妈生气地说道，"我不会让儿子去污水池的。"

吃完晚饭，万尼亚和米什卡去了幼儿园。

___

① "马加季内"意为"商店的"，"尼切内"意为"谁的也不是"。

"你就不怕卡尤克在那儿找到你？"万尼亚问。

"一定会被找到的。捡瓶子老太婆在我们全国遍地都是，还有收铝的叔叔。"

"他们是什么人？"万尼亚有点好奇。

"他们在大街上捡所有的金属制品：管道、电线、道路标牌——然后上交给国家熔炼。他们在我们研究所一个晚上把半面墙的金属栏杆给拆了，还把经理车上的保险杠卸了下来。"

"那你最好待在家里。"

"待在家里更糟糕。你知不知道，如果有人朝你丢石子，应该怎么办呢？要快速从一边跑到另一边。"

"好吧，那你就跟我一起跑到学校再回来。我们明天刚好有体育课。"

第四章

数学课

万尼亚住在阿尔巴特大街附近一个非常舒适的地方。上学的路上可以看到很多有意思的东西：比如，看大家喜爱的画家怎么收钱作画，还可以听到外国学生为了筹回家的路费演唱各个民族的歌曲。

同样让人惊奇的是，这里不同季节的自然风光非常相像。甚至可以把它们放在杂志上，放上一个标题："找出十处不同"。

卖俄罗斯文化产品的商人非常吸引眼球，有各种各样的东西：套娃、军大衣和红色的旗子。

"女士们、先生们，"商人们左右吆喝，"买件军大衣吧。这可是俄罗斯最好的纪念品啊！"

总的来说，在走到学校之前，米什卡几乎已经了解所有的艺术潮流。

然后他说：

"如果艺术是免费的，我能够理解。但是如果需要用钱，那我还不如买一块饼吃。"

在学校门口，万尼亚让米什卡去后院，藏在树叶堆里，自己跑去上数学课。

万尼亚不喜欢上数学课，这一点在分数上体现得很明显。

万尼亚在西多罗夫作业补习班里解决作业问题。他做了一个小时作业后爸爸来了，又过了两个小时，他们一起去找妈妈。

"我知道，咱们儿子脑袋不会转圈。"妈妈生气了，"他没有埋头苦干的精神。但是你啊！"

"我的毛病更多。"爸爸回答，"晚上八点之后，我就只坐在电视机前头看电视，连一本儿好书都没读过。"

全家一起做作业，过了三个小时之后，妈妈大吼一声：

"这作业多简单啊！你看看，应该怎么做！"

万尼亚刚一到班级，皮亚塔科夫就来找他，皮亚塔科夫是班里最聪明的学生。

"这是影子经济的代表跟你来学校了吗？我记得，在《内部机关消息》报纸上见过他的照片。"

"我不知道什么内部机关①，我只知道你的大脑里是百慕大三角。"

"为什么是百慕大三角？"皮亚塔科夫有点恼怒。

"因为你的脑子颠三倒四：需要的东西不见了，不需要的东西出现了。"

数学老师进班了。

他仔细地看了看后面的几排，通常不及格的学生和幻想家们都在那里扎堆，老师一般叫他们"班级进步的制动器"。

班里"制动器"不多，但是老实说，一个皮亚塔科夫可以顶

① 俄文中"内部机关"和"内脏"是同一词。

得上一整个诸侯国。

说皮亚塔科夫是一位幻想家，是因为他想成为一名宇航员，飞到火星上去，想要飞得比美国人快，要在他们之前踏上火星表面。夜幕降临的时候，爱国者皮亚塔科夫溜到全俄展览中心，钻进"东方号"火箭里面，然后摁不同的按钮。那个时候，皮亚塔科夫就下定决心，有一天一定要飞出大气层。来了一个警察，他告诉皮亚塔科夫，这个火箭哪儿都飞不到，因为它的发动机已经被拆了装到新火箭上，新的火箭早已经飞到要去的地方了。

皮亚塔科夫被带到警察局，他在那儿大吵大闹，他要求在警察讯问笔录上，自己的名字旁边写"飞行员－宇航员"。

但是今天皮亚塔科夫表现得非常得体，好像是在看数学课本。但是其实他的书皮下边是最新的侦探小说好书系列"趁着警察睡着"中的最新一本。

而万尼亚恰恰相反，整天探着脖子往窗外看，看米什卡。

"为什么我们的万尼亚今天特别心不在焉？"数学老师说，"他，好像想跟我们讲一讲毕达哥拉斯。"

"我以后不这样了。"万尼亚回答说。

"你以后不怎样了？走神儿还是讲毕达哥拉斯？"

"不走神了。"

"那毕达哥拉斯呢？"老师又问了一遍。

"也不讲了。因为我不知道他是谁。"

"我知道，你不尊重我们和毕达哥拉斯。"老师叹了一口气，"但是，你总可以可怜一下父母吧？"

但是万尼亚不怜惜父母，他为自己感到忧伤。因为他知道，父母不会为不及格的分数负责，恰恰相反，他得负责。

第五章

老皮亚塔科夫的电影

当然，拿不及格的分数很糟糕。但是，俗话说，祸不单行。还有一件糟糕的事，米什卡丢了。

万尼亚翻遍了整个树叶堆都找不到米什卡。最后，他又把所有的树叶堆了回去，因为他发现打扫院子的人往这里瞄了几眼。

下一节课是体育课。万尼亚很难过，他去了更衣室，却不知道那里有一个未知的大惊喜在等着他。米什卡和万尼亚的同学一起坐在凳子上。

"你知道吗，"米什卡解释说，"我在树叶堆里坐啊，坐啊，突然想起一件重要的事情要去四处走走。我爬出去，想找个柱子或是一棵树。然后皮亚塔科夫过来了。"

"你为什么穿着'阿迪达斯'？"他问我，"你是运动员还是犯罪团伙代表啊？"

我想了想，然后告诉他：

"我是运动员。"

"那你做什么运动？"

"跑步，到处跑。"

"跑得快吗？"

"昨天半天我跑了50公里——先是在树林里跑，后来在田地里。"

"那你想不想帮助一个好人？"

"是谁？"

"我。今天有一场足球赛，我的队里缺了一个人。"

"但是我从来没有踢过足球。"

"足球游戏特别简单，最重要的是，要拿到主动权，并且自始至终掌握着球。但是一定不要用手去碰球。"

"那可以用什么碰呢？"

皮亚塔科夫想了想，说：

"可以用牙齿。"

当校队"阿尔巴特希望"的队员换好衣服，走到运动场上，对手"昆采沃之梦"已经在等他们了。

地头蛇皮亚塔科夫是"希望"队的队长。他走到场地中央，站在对手对面，他已经做好准备，要不惜代价赢得这场比赛。皮亚塔科夫的父亲是街上一家馅饼店的老板，他已经打开了摄像机。体育老师是比赛裁判，往旁边退了几步，以免被踩到。裁判吹响了口哨。之后的具体情节要用老皮亚塔科夫的镜头慢动作回放才看得清楚。

还没等队长让他的"锐步"离开地面，一个"阿迪达斯"外套从他们中间一闪而过，用牙叼住球，跑向球门。

"阿尔巴特希望"和"昆采沃之梦"两队都斗志昂扬，冲锋陷阵。教练在他们身后奋力奔跑。皮亚塔科夫的父亲不顾自己上百公斤的体重和大领导的形象，把赛道围起来，准备完整拍摄今天的比赛。因为他想把电影送到"我是导演"这个节目，还想拿到一等奖。

米什卡看到聚拢过来的人群，决心要保持优势，再接再厉。

他跳过篱笆，跑过街角，冲到阿尔巴特街上。没过一会儿，一群愤怒的人冲到这条鼎鼎有名的街上，沿着文化景点跑起来。

俄罗斯工艺品店铺售货员迅速穿上他们全部的布琼尼式军帽和军大衣，开始躲避冲向斯摩棱斯克大街上的外交部的人群。画家们拿着未完成的画，还有那些正在被画肖像画的行人也跟他们并肩而跑。外国学生跟着他们紧追不舍，他们用不同的语言叫嚷着要和平。

外交部长此刻正倚在窗边，呼吸莫斯科河的新鲜空气，突然看到蜂拥而来的人群，还以为是在闹革命。

他拨通了紧急红色专线，打给总统先生，商议如何应对被包围的情况。

但是，米什卡还没跑到外交部的时候，就拐进了万尼亚家的小巷子里，它朝熟悉的通道跑去，差点儿撞上不知道从哪儿冒出来的卡尤克。

卡尤克还没反应过来，米什卡就立马拐了个弯，从通道里一溜烟儿跑了出去，跳到垃圾桶里。这个时候，卡尤克才从发蒙的状态缓过神来，急急忙忙跑到街道上，像挥舞旗子一样挥着袋子，沿着巷子朝阿尔巴特街走去。

在这拐角的地方，他遇到了 22 名球员、体育老师和老皮亚塔科夫。前面已经提到过，老皮亚塔科夫体重有上百公斤。

最后结果水落石出，老皮亚塔科夫可不是白白得奖的。"街角上"这一场成了电影的高潮，并且拿到了"我是导演"节目一等奖。

第六章

黄瓜和恐怖袭击

万尼亚整整等了米什卡一天一夜。

当街道上都已经暗下来的时候，万尼亚的爸爸打电话报了警。一个非常严肃的声音接了电话：

"你好，这里是警察局。"

"亲爱的警察先生，"爸爸说，"我们的孩子丢了。"

"丢的时候孩子多大？"

"一岁零两个月。"

"孩子在什么情况下不见的？"

"它在踢足球，然后忽然叼着足球就跑了。"

"有什么特殊的标志吗？"

"有。'阿迪达斯'外套，耳朵毛茸茸的，鼻子潮湿。"

"先生，您打错电话了，您应该打另外的地方。"

"麻烦您告诉我，往哪儿打？"

"疯人院！"警察说完就挂了电话。

爸爸立马暴跳如雷：

"不像话！我给他们交税，他们却不愿意去找我的孩子。下一次大选我绝对不会再为他们投票！"

"是，他们花纳税人的钱，"妈妈说，"却连交通信号上的一个小灯泡都不愿意买！走，咱们自己去找孩子。我们为它负责。"

西多罗夫全家出动去找米什卡。

"应该从桥下、地下室开始找起。"爸爸提议。

"那儿都是乞丐和流浪汉。"

"那里都是流浪汉？"妈妈很奇怪，"它大概上了火车或者地铁，因为那里暖和，而且有凳子。"

"哪儿都不用去了，"万尼亚说，"看，它在凳子下面睡着呢。"

确实，米什卡窝在凳子下面，缩成面包圈的形状，旁边是一个足球。西多罗夫家人把它叫醒，带回家，将它连着衣服放进澡盆儿里清洗。

"我特别害怕卡尤克，"米什卡后来告诉万尼亚，"所以跑到了郊区树林里。天黑之前都躲在马林果丛里。"

"你以后不用害怕卡尤克了，他要在诊所里治疗一个月呢。"

"他就是这样的人，大家总是怕他。他从诊所出来之后，可能会更凶恶。除此之外，就是安娜—玛丽亚—伊列娜。"

"安娜—玛丽亚—伊列娜是什么人？"

"是会所的经理，卡尤克就是要把我抓到那里去。"

"那就必须要跟爸爸商量一下，他在军队里学过逃生术。"

他们来到爸爸跟前，问道：

"如果敌人突然出现的话，应该做什么？"

"需要立马去商店采购食物，"妈妈插了一句，"糖、火柴、肥皂，还有最重要的是——米。还有，听说今天有人在商店买了100盒酸黄瓜罐头，好像已经在做准备了。"

"完全不对，"爸爸说，"需要藏在战壕里，或者去之前准备好的地方。"

"那我们具体应该做什么，是藏到战壕里还是买一堆酸黄瓜罐头？"

"具体你们什么也不用做，明天我亲自送你们。"

第二天，爸爸送万尼亚和米什卡去学校，把他们交到信赖的薇拉·阿尔卡季耶夫娜手中后，才自信满满地去上班。

但是当薇拉·阿尔卡季耶夫娜刚开始上俄语课，并且用那双值得信赖的双手在黑板上写规则的时候，学校里突然响起了火灾预警。

校长随即出现在门口。

"你们，"他说，"别害怕，刚才一个女恐怖分子给我们打了电话。她说，我们学校的食堂里放了100盒坏了的酸黄瓜罐头，如果我们不同意她的要求，她就会开枪，打得学校里一个地下室都不剩。"整个教室的人吓得从书桌后站起来，开始喊叫"啊，我们要爆炸了！"接着开始跑着逃生。

整个学校的人都集合在足球场上，警察带着警犬去餐厅排除炸弹。

"恐怖分子提出了什么要求？"薇拉·阿尔卡季耶夫娜问。

"什么也没提，"校长回答，"她是从自动电话打来的，她刚讲到钱的时候，电话就挂断了。"

突然一个戴着耳环的胖女人跑进学校的大门，然后开始问，谁是学校校长。

"我是校长。"校长回答道。

"您知道，我在地铁旁边偶然遇到了一群恐怖分子。他们想打电话向你们提要求，但是他们没钱了，于是给了我50卢布，让我来传话。"

"您，"校长说，"稍等一下。"

他走进学校，随后跟警察一起出来。

"她就是恐怖分子，"校长说，"抓住她。我能听出她的声音。"

"您，"警察问恐怖分子，"是怎么买到100盒黄瓜罐头，而且徒手把它们藏到餐厅里去的？"

"是的，"恐怖分子伤心地回答，"应该少拿一点的，那样就会有钱打电话了。"

"招认吧，"警察确认说，"您一个人不可能完成这么复杂的事情。"

"我坦白，"恐怖分子说，"我有一个同伙，他是一位乡村企业家，但是昨天他在阿尔巴特大街上被一个犯罪团伙打伤了，现在躺在医院里缝合伤口。"

"那他的地址是多少？我们有很多问题需要问你的同伙。"

"我当然会说的。但是怎么爆炸的问题，我们一起回答。怎么负责的问题，我一个人来讲。"

"为什么你们要干这种犯罪的事？"

"对美好生活的渴望。你们学校里有一个天才的小学生，我们想控制他，靠他发财，把他带到国外去。但是我现在明白了，这是一个很严重的错误，我请求减刑至完全释放。"

"先处理这些黄瓜，剩下的事以后再说。"警察说，接着把安娜—玛丽亚—伊列娜带走了，她护照上的名字是赫拉布诺娃·娜杰日塔·马特维娃。

最后一章
没有名字的车站

万尼亚不想跟父母讲学校发生的事情，害怕他们担心。但是当西多罗夫家人和米什卡坐下来吃晚饭的时候，爸爸打开报纸，大叫一声：

"太可怕了！《世界机密》报纸上讲，今天有外国恐怖分子袭击我们学校，他们持有最新的武器。孩子们，这是真的吗？"

妈妈安抚了爸爸：

"你少读点报纸。报纸上写的，很多都是胡说八道。"

"那要报纸干什么？"爸爸感到不可思议。

"为了让你们把钱花在买报纸上，而不是给我买大衣。"

"你看，这儿写了什么，"万尼亚说，"秘密研究所走失了一位非常重要的工作人员，名字叫作米哈伊尔[①]。特征是会讲话，用两条腿走路。我们保证给发现者提供贵重的国产礼物。"

"这说的是你！看，人们在为你担心。"

"万一这份声明是假的，怎么办？"米什卡担心地问道，"我去那个地方，要是被装在袋子里怎么办？"

"明天我们一起去看一下。我这辈子都想去秘密研究所看看。"

第二天早晨，西多罗夫一家来到白俄罗斯火车站，坐上"莫

[①] "米哈伊尔"是"米什卡"的大名。

斯科—莫扎伊斯克"电气火车。

火车开了很久，爸爸担心路上无聊，特意买了几瓶柠檬水和矿泉水。等家人把水喝完之后，就把瓶子给了捡瓶子婆婆。

突然妈妈叫了起来：

"停，你给她们的瓶子够买半件大衣了！"

"为什么是半件？"爸爸感到奇怪，"好像你穿过半件大衣似的？"

"这样她只好侧身对着我们所有人。"万尼亚护着爸爸说。

"在周围的人这么穷，你怎么还有心思说大衣的事情！"爸爸生气了，"这些老太婆的瓶子里是美好生活的最后一点希望！你连这点儿希望都要剥夺吗？"

"是你想剥夺我和儿子的大衣。别再浪费了！"

爸爸转过身来，停了下来，因为他们刚好来到一个没有名字的火车站。

"为什么这个站没有名字？"妈妈站在站台上，奇怪地问道，"而且地图上也没有这一站。"

"因为这里是秘密研究所，"爸爸解释说，"为了不让敌人发现，才这样做的。"

米什卡带着西多罗夫一家径直走向森林，穿过不知名字的蘑菇堆和刺柏。然后是一片农田，接着还是蘑菇堆和刺柏。

"你穿着大衣将要干什么？"爸爸边走边问，"你转身看谁呢？"

"我需要大衣不是为了别人，是为自己，为了自己的尊严。"

最后，疲倦的西多罗夫一家人终于到达了林边，看到了一栋荒芜扭曲的房子，油漆已经剥落。

"我们国家怎么使科学沦落到这种地步？"爸爸生气地说，"这就是人才流失的原因！"

"这是你以为的人才流失，"妈妈说，"为了保密才把大楼弄成这个样子，把窗户打掉是为了不让别人知道，这里边是秘密组织。"

"我们全国都是这样的保密单位，"爸爸嘟囔了几声，"特别是在那些历史遗迹和建筑遗迹里。"

他敲了敲涂着保护色的大门，从里面走出一个看守，穿着防护衣，戴着安全帽。

"站住，你是谁？"他喊叫道，"请出示证件！"

"我们是看到声明来的，"爸爸解释道，"你们是不是丢了一位工作伙伴？"

"是啊！"看守高兴起来，"总算找到了！我以为，他是被外国的竞争企业绑架了。我们一起喝茶吃果酱庆祝一下吧。"

研究所隆重地欢迎了米什卡。秘密工作人员说，米什卡是他们主要的成果，他们非常感激西多罗夫一家为研究所工作人员重新找到生活的意义。

西多罗夫一家人在米特罗法内奇那儿喝完茶之后，米特罗法内奇和米什卡一起送他们到火车站。

在站台上，米特罗法内奇忽然想起来：

"对了，国产的奖品！"

"奖给什么东西？"爸爸感兴趣地问。

"'纪录牌'电视。"

"不！"妈妈说，"我们家可忍受不了两台电视。电视已经把爸爸从我们身边夺走了。"

"您最好把电视卖了，用这些钱给米什卡买一部手机，"万尼亚想出了一个主意，"这样我们可以给他打电话，可以打听一些事。"

"还有，"爸爸补充道，"欢迎来我们家做客！"

"我们一定会去的！"

电气火车很快就来了。西多罗夫一家坐上火车，隔着窗户一直挥手，直到火车拐弯被树林挡住。

疑难单词短语表

收铝的叔叔——捡瓶子婆婆的对手。以前，学生们爱收集废金属。他们其中一些人长大以后仍钟爱这项娱乐活动，这些人就变成了"铝叔叔"。

捡瓶子婆婆——她们收集旧瓶子。"铝叔叔"是她们的主要敌人。老婆婆和"铝叔叔"之间为了争夺权力区而发生冲突。

比美国人快——俄罗斯总是与别人竞争。20世纪我们同美国人竞争，而在这之前俄罗斯人同德国人、法国人、英国人、波兰人、土耳其人和鞑靼蒙古人竞争。

外币——外国货币。例如，对我们来说美元是外币，而对美国人来说，卢布又成了外币。诚然，美国人使用卢布的机会比我们使用美元的机会少。

请出示证件！——对这个问题应该总是礼貌地回答"您的证件呢？"

长着大络腮胡的守院人——扫帚和络腮胡是以前所有守院人都必备的。到了现当代，这两样中只有扫帚保留了下来，现在的守院人已经不一定非要蓄络腮胡了。最后一位大络腮胡的守院人在尼科洛·帕格尼尼学校工作。

秘密工作者节——所有在机密单位工作的人员会庆祝这一节日。这个节日进行得非常隐秘，尽管外国特务机关尝试通过各种途径想弄清楚确切日期，但到现在也未能如愿。

大领导的形象——大型公司经理、部长、总统具有这样的形象。有时候，一些中小学生也会有，这些中小学生叫班长。

知识分子——他们拥有发达的智力水平。他们有着良好的教养，从来不打架。为此他们常招来警察。

犯罪团伙——同匪帮。学校或院子里的坏蛋组成的小团伙，他们常聚在一起做坏事。

最低工资——少得可怜的工资，仅够果腹。最低工资最好的例子就是父母给你的在学校吃午饭的钱。

地头蛇——一般情况下，班里身体最强壮的学生会成为"地头蛇"。但是如果班里最聪明的人成为"地头蛇"的话，那么这个班会更加幸运。

国民教育——扫盲和摒除落后的行动。如果老师给你打两分，并在评语本上注明父母需要好好教育你，这时候你不必生气，因为你的老师只是在履行国民教育的职责。

俄罗斯新贵——这个说法太老了。以前这样称呼没有接受过良好国民教育的人。俄罗斯新贵的主要特征是：有豪车但没有品位。

尼科洛·帕格尼尼——意大利著名小提琴家，11岁时就已举办自己的音乐会。你们办过自己的音乐会吗？

科学研究所——类似的科学研究所都有自己本来的名称。例如，莫斯科郊外有一所联合核研究所——缩写为 ОИЯИ[①]（奥伊雅伊）。当这里的科学家们说起自己在哪儿工作时，其他人会以为这些科学家哪里疼呢。

"从那儿来"——它可以称得上是一个神奇的词组。如果你被问道："你从哪儿来？"你回答"从那儿来"，这样回答的意思就多了去了。而且你这样回答之后，别人很有可能就不再接着往下问了。不过，你最好还是对着镜子好好练习如何正确地发"从

---

① 即杜布纳联合原子核研究所。——译者注

那儿来"这个单词吧。

军大衣——同套娃和巴拉莱卡琴①一起被认为是最有代表性的俄罗斯纪念品。如果你在巴黎遇到穿俄罗斯军大衣的人，这说明他可能刚从俄罗斯回来不久，也有可能是咱们的人又把巴黎给占领啦（咱们俄罗斯人第一次占领巴黎是在1814年）！

"人才流失"——大量科学家离开自己的祖国赴国外定居或工作。如果你们班里的好学生们走了，也可以称为你们班"人才流失"。

电气小火车"莫扎伊斯克—莫斯科"——经停车站有：多罗霍沃、图奇科沃、库宾卡、戈利奇诺、奥金佐沃、别戈沃亚、莫斯科。每天从莫斯科驶出两趟经伪装改造的机密工作人员专列，该专列的目的地是一个没有名字的火车站。

电气小火车"莫斯科—莫扎伊斯克"——同电气小火车"莫扎伊斯克—莫斯科"。上述列车的反向列车。

①　俄罗斯一种弦乐器。

力量之源

[俄] 奥丽加·科尔帕科娃　著
刘晓敏　译

·目 录·

蒂娜的紫色封皮笔记本　蒂娜记

　　爸爸在吃早餐的时候要收听《莫斯科回声》，任何人都不可以打扰他。节目里不停地谈论危机，这让我们的早餐环节变得如同追悼会一般：这样的神情只在"眼镜仔"去世的时候出现过。我们至今仍在怀念它，但是妈妈在这之后不允许再养小狗了，原因是"够了，我们家里眼镜仔已经够多了，所有人，除了季马以外都戴着眼镜。再说了，狗本该生活在大自然里"。我觉得，就连人类也应该在大自然中生活，而且如果能够生活在温暖的海边就更好了。可是爸爸不再修建房屋了，结果就是位于乌拉尔①的乡村小屋也因此被废弃了。

　　"危机来了""危机产生影响了"……爸爸的神情表明，危机并没有影响到他。危机长时间以来一直折磨着甚至羞辱着爸爸。如果先前他因此变得忧心忡忡和疲惫，那么，他完全有理由成为一个沉默寡言、脾气暴躁、不求上进甚至恶毒的人。没有人会对此感到意外。爸爸的小生意养活了全家，让我和弟弟们拥有自己的房间，去上各式各样的学习班，还能偿还汽车的贷款。还有一些时髦的事情，比如说每年都会组织的外出旅行，用弟弟廖哈的

① 　指俄罗斯乌拉尔山脉中、南段及其附近一带地区。

话说便是"去暖和的地方"。

危机刚一出现，就需要牺牲者，就像古代的神那样。我们这儿的博物馆里有一件希吉尔木雕人像①。这是世界上最古老的木制偶像。如果你想要知道确切的日期，那就去问廖哈吧。据说，我们的祖先将猎物身上最好的部位散放在偶像的四周，有时还会杀人来做祭品。貌似只有在与神分享之后，神才不会危害其他人。这就像是当廖哈想找些书来读时，我就会塞给他一本吉尼斯世界纪录，避免他乱翻我的书架而把书弄得七零八落。不过，那个古代的神至少还有木制的形象。我们已经为危机献上了第一份牺牲品，却还是没能有幸一睹他的尊容。危机一下子就吞掉了我们旅行的经费。学期末让人感到忧郁。我甚至开始认为，也许我们做了错误的选择。也许，我们应该像拇指男孩的父母那样，把我们三个小孩中的一个扔到森林里头去。我的弟弟们的食量大得惊人，光是这一个理由就能导致经济危机的发生。他们的脚长得太快了，远远超过时尚变化的速度。他们本可以咬咬牙，再多穿一个季节，而不是花钱买新的运动鞋！我有两个弟弟，我根本不打算在这里描述他们，因为这将会是一部畅销书，甚至是一部青少年连续剧的脚本，远胜于《史莱克》②（第五部）。没错，就是这样，我

---

① 希吉尔木雕人像是保存至今的世界最古老的木雕。该考古文物是一百多年前矿坑工人在俄罗斯乌拉尔地区希吉尔泥炭田发现的。人像的年龄为一万一千年。

② 是美国好莱坞知名导演安德鲁·亚当森、艾伦·华纳执导的动画作品，制作公司为梦工厂。

正打算写一部热门的剧本，并靠它快速发财。

　　当然，在这种情况下，我应当有一个制片人朋友。可是谁叫我生在一个没有制片人、没有百万富翁、没有任何名人的家庭里呢，至今我都不明白这是为什么。我的妈妈在自己的"绿色"广播节目中誓死捍卫小动物和花花草草的权益。我一点也不为此感到惊奇。我嘛，一点也不想步爸妈的后尘，因为我的妈妈和金钱是两个完全不相容的概念。妈妈大概以为，她为这么点工资工作的同时也在保护森林资源，节省了一部分用来制造钞票的木材。

　　爸爸的工作也不顺心。在俄罗斯，处于经济危机中的人们不再花心思装饰自己周围的环境。爸爸说过，一个人周围的环境是他内心世界的写照，现在的人们需要的只有当年匹诺曹尝试拒绝的钞票。爸爸是我们家的景观设计师。

　　我想成为一个很有名的人，而且很有钱。这有什么不好？我们班上的同学都想成为有钱的名人，只不过怎么才能变成那样的人呢？我不会唱歌，也不适合做模特，百万富翁老公也总有一天会破产。这些都太老套了。唯独文学是唯一一门我总能得五分的科目，于是我也只能写写流行剧本了。我的作品必须完全与众不同，这样才能在首次上映时抓住观众的心。嗯，比如，一名普普通通的女生想要认识一位帅气的小伙子，他最好比这个女生大两岁……为什么我们的课表里没有剧本写作这门课？我认为，对很多女孩子而言，开设这门课非常有必要。

妈妈打电话来了。

像往常一样，又是一堆吩咐。我得去商店买沙拉，然后再接廖哈去上美术班。为了省钱，现在他不上神经心理学的小班课程了，而改为参加免费的兴趣小组。除了糟糕的画作之外，咱们的小毕加索——埃瓦左维奇还提供了很多发生在兴趣小组里的有趣的故事，比如，关于偷取小孩内脏器官的疯子的传说。廖哈超级博学，但却是个笨蛋。他复印了一份自己的医疗卡，无论什么时候都把它带在身边。这是为了让那些疯子知道，他的器官并不健康。妈妈夸他是个天才：谁都没法读完一页之后立刻将那一页里的内容一字不差地复述出来，他可以。但另一方面，他是个笨蛋，最简单的事情他反而不会做。有一次，他尝试给自己煮饺子。他煮好了饺子，又将饺子用冷水过了一遍，因为他见过妈妈煮通心粉，以为煮饺子的步骤也应该和煮通心粉一样。

好啦，就到这里吧，出发！

文件夹《季马》／文件夹《专题报告》／文件《作业草稿》

还好，我在写关于经济学的报告，而不是在玩。蒂娜因此缠廖哈去了。可我一直在写关于经济学的报告。虽然经济学这玩意儿早该和这次危机一起被废除。不然，某些人拥有的钞票数目会让人很生气。为什么他们有，而你（也就是我们）没有呢？为了获得正确的答案，我们应该提出正确的问题：钱从哪里来？"工作，工作，再工作"的答案并不适用，因为它无法通过实践的检验（看看我们的父母，看看那些起早贪黑劳作的广大民众）。工作，存钱，拒绝一切浪费——太蠢了。这占用了太多的时间，而生命太短暂，机会太多，你都来不及花自己辛苦积攒下来的钱。可是上哪儿去弄这多钱呢？如果为了生存而挣钱，就应该工作。而如果想变得富有，就应该想想别的办法。

有钱人的经验告诉我们，初始资金可以要么通过抢夺的方式获得（摩尔根曾是个海盗），要么通过战争积累获得（请参考洛克菲勒财团或罗斯柴尔德财团）。还有一个方法，那就是拥有某片矿产地（在这之前通过战争、国内政变、抢劫和欺骗的方式积蓄资本）。不过，也许地球上的每一寸土地早就被瓜分得干干净净了，根本没有我们的份儿。

除了创造从前没有的东西外，别无他法，还得让所有人都突然觉得很需要它。类似电脑程序、包治百病的超级药片或者"可口可乐"。

当然了，关于创造的问题我们可以留给廖哈来回答，他是全世界知识最渊博的植物学家。就在昨天，他建议爸爸在剃须刀里装上紫外线灯——剃须刀启动时紫外线灯会立刻亮起，同时杀死细菌。廖哈会不断长大，他的创造力也会不断强化，而我会不断老去，我也只需要钱来买包治百病的超级药片。简单地说，到了十五岁的时候我明白了：金钱是人类的一项危险的发明。金钱不操纵人类是最理想的情况。这样一来，最富有的人就会是最善良、最聪明和最幸福的人——然而，根据互联网提供的信息，事实情况不是这样的。为了金钱，有些人变得紧张兮兮的！例如，每当我们向爸爸要零花钱的时候，他就会非常生气。应该想点儿别的法子。不知道我的结论会不会对经济起点作用呢？

二年级生 Б. 阿列克谢的《读者日记》

我的运动机能很差，所以我应该每天写两页纸的作文。比起写作，我更喜欢阅读，我会把我所读到的内容写下来。今天我按照课程要求读完了普希金的童话《渔夫和金鱼》。我喜欢读童话，但我说不出这部童话的中心思想是什么。因为这部童话想表达的意思实在是太多了。其中一条：如果你让别人义务地帮助你，别人就会不停地向你要好处。这是爸爸告诉我的。

季马说，这部童话的中心思想是——别和女人说废话。在自己许愿之前就不应该把这件事告诉老婆子。

蒂娜说，如果换作她，她想变成佩里斯·希尔顿。她是一位非常漂亮的，或者，按照蒂娜的话来说，一位时髦的阿姨。我觉得，妈妈和爸爸不会赞同的。因为如果他们想要一个像佩里斯·希尔顿一样的女儿的话，他们就会用这个名字来称呼蒂娜。

妈妈说，俄罗斯的野生环境里没有金鱼，它们是一千年前由中国的银鲫培育出的品种，我们这儿的金鱼只生活在水族箱里。由此我推断出，从银色的东西里总能提炼出金色的东西。妈妈还说，有一些老头子既不会修木桶，也不会修橱柜门，有一个这样的人现在就坐在电脑前。我看了一眼，爸爸正在电脑前坐着。

我觉得那个老奶奶挺可怜，她在这篇童话里过得最惨。金鱼和老爷爷都对自己的生活很满意，他们想要的东西他们都有了，而老奶奶就不是这样。如果老奶奶生活的年代不是那么久远，她本可以去找心理医生谈谈。

在课程要求之外，我又读了报纸上的两则笑话。不过这些笑话好像还是符合课程要求的。第一则："一个老头向海里扔了三次渔网……可是什么都没捞着。"另一则："老头来到蓝色的大海边，将渔网扔得更远、更深，然后就坐在海边，像个傻瓜一样——没了渔网。"

蒂娜向邻居的抱怨，一位沉默的、
假想的、却善解人意的邻居

廖哈的美术老师用炽热的目光看着我说，廖哈的情况很不好，他应该去看心理医生，廖哈只用黑色画画，这说明了他内心深处的恐惧、抑郁、无法承受的心理压力、神经失调，总之，早点去看医生为妙。要知道现在有多少孩子跳楼，或者做出其他愚蠢的事情。于是，上课时，我将彩笔换了个位置。廖哈开始画蓝色的草图。没错，跟有些人想的不一样，他画的不是隧道，而是各种积极向上的物体的草图。他对于用什么颜料画画这种事根本无所谓，就连考试的时候他给出的答案也都跟标准答案完全不同。如果让他从"老鼠、绵羊、山羊和奶牛"里面去掉多余的一项，他不像别的正常的孩子那样去掉"老鼠"，而是去掉"奶牛"。因为除了"老鼠"，其他三个词的梵语发音跟俄语是一样的。俄语单词"奶牛"在梵语里读作"guo"，俄语单词"牛肉"也正是源于"奶牛"的梵文。这是他在我们学校一年级时搞出的名堂。回家后，他又想起了另一个民间俄语词语，它同样来自梵文的"奶牛"，发音也是"guo"。从那之后，爸爸就定期检查廖哈书架上的书。他因此经常跑到我和季马这里偷书。

我们希望廖哈能稍微正常一点儿，不然妈妈就得时常到学校去见老师。还有一点，廖哈是个超级心不在焉的人，他总是独自想着什么事情。今天他想着老鼠和干面包的事。妈妈说，从今天起，廖哈不用去上那个老师的美术课了，而改为上瑜伽课。爸妈他们也不再付钱让我去上健身中心的瑜伽课了，有几个……我们学校的同学也在那里健身。

我需要新的时髦泳衣。女孩们都已经去湖边游泳了，而我却不得不穿上这身老古董！我需要新的高跟凉鞋和新的低裆裤，我需要激光去除腋毛和背上恶心的痘痘！我已经同意不去海边了，可是对于这些最重要的事情，一定要拿出钱来!!!

简单地说，我和妈妈大吵了一架，我说我要去工作。妈妈回答："去啊。我真好奇，你会做什么呢？"真讨厌。他们自己的工作挣钱少，关我什么事。

过了一会儿，爸爸下班回来，听完我的事后他把凳子使劲摔在地板上。他朝我吼道，以后在他面前不准再提钱的事。我大哭起来，转身回房，把房门紧锁。我貌似说了一百遍"钱，钱，钱……"奇怪的是，天花板并没有塌下来，他们也没过来骂我。简而言之，看样子我得自己挣钱了。我的剧本没有任何进展，我什么时候才能把它写完并拿去卖钱呢……而我现在正急需钱。能做些什么呢？我又会做什么？

总之，好心情都被钱糟蹋了。

德米特里，躺在沙发上

起初，妈妈认输了。她为蒂娜预约了一家美容院，半小时之后她们就出发了，可是四十分钟后又回来了。蒂娜没有吵闹，可她很生气。因为，这时是蒂娜输了。原来，那手术非常痛。手术才刚开始三秒钟，咱们时髦的广告牺牲者就疼得从美容院逃了出去。总而言之，我们家的蒂娜就是这样，一个时刻依赖于"月亮—星球—太阳—女友—时尚—和其他众多事物"的、神经质的人，就连我和廖哈也受到了连累。妈妈说，所有这个年纪的女孩子都是如此感情充沛。就拿妈妈来说，她13岁那年想要一匹马。假如蒂娜像妈妈那样想要一匹马，我绝对会支持她，我一点也不反对买一匹马。然而蒂娜却提出一个对她而言很重要的东西——买一条打补丁的裤子。可这个时候，我为了买骑马装（一条马裤和一双靴子）已经存了半年的钱。或者，再跟妈妈闹一次？

所有的朋友都在计划着上哪儿去玩。我抱怨道，也许我会待在城里度夏，阿尔图尔于是建议我去也里可温①。他说，如果自带帐篷和食物去那儿，根本花不了多少钱，只有来回交通需要花

---

① 也里可温（Аркаим）峡谷位于俄罗斯境内乌拉尔山脉南部。

钱。那儿有小河小溪，还有一堆很有意思的人，特别是那里的女孩子。"她们有时甚至光着身体游泳。"他小声说道。我俩一块儿回了家。阿尔图尔明天就要出发了，他的妈妈整整一个夏天都在也里可温工作，进行训练。

"什么训练？"为了继续这个对话，我才这么问。

"'与另一个世界的联系''宽光带或如何找到力量之源''财富的秘密'。"

对于裸体女孩或者"财富的秘密"，我不知道我对哪个更感兴趣，不过我开始考虑也里可温之旅，哪怕为这个夏天找些娱乐活动也是好的。关于乌拉尔南部的这个地方，互联网上有各种各样的说法。也里可温是俄罗斯境内最古老的人类聚居地，这里的人后来逐渐散布至各处，成为了俄罗斯人、德意志人、伊朗人、英格兰人，等等。他们被称作印欧人，也就是说他们来自印度，扩散到了欧洲，或者反过来。五千年前，他们或是从黑海，或是从乌拉尔极地地带来到这里。他们建起了规划有序的村落，他们有马车。他们埋葬死去的男人时，会让马车和马一同陪葬。此外，他们埋葬马的方式使得这些马看上去像是在奔跑一样。我不知道该怎么看待这件事。如果我比我的马先死，我可不希望别人杀死我的马，再埋进我的墓里。不过，再没有比马更忠诚的朋友了。不论你穿的怎么样，不论你的父辈祖辈是谁，对马儿来说都一样。马儿从不会神经兮兮的，也从不会生气。

也里可温人在自己的城里生活了近一百年。后来，他们离开了。为什么他们说这里有财富的秘密呢？当然，他们活得并不穷困，每个家庭都有 20 头母牛，更不用说马了……

我该想个法子，说服爸妈让我去也里可温。

廖哈对爸爸的观察日记
也许，爸爸是个机器人

我睡着了。我做了一个梦，梦里飞来一群黑色的魔鬼，他们拽着我去吃晚饭。我立刻想到，他们要把我当作晚饭吃掉。于是，我就按照阿胡拉·玛兹达——拜火教 ① 的最高神——吩咐的那样：对魔鬼大声念出具有魔力的咒语，这些魔鬼就变成了涂脂抹粉、穿着奇怪服装的蒂娜。

"难道就这么可怕吗？"蒂娜问道，"你是不是怕得连胃口都没啦？"

"你呢，穿的那是纸尿裤吗？"我反问道，因为蒂娜穿的裤子就像我小时候还不会使用便盆的时候穿的裤子。可蒂娜说我一点也不懂时尚。我好歹也读过关于乌拉尔地区古老民族的服装的

---

① 是在基督教诞生之前中东最有影响的宗教。是古代波斯帝国的国教，也是中亚等地的宗教。

书籍。我曾经从季马那儿借来这方面的书来看，季马今天也读了这本书。这本书里介绍了跟神明对话的拜火教教徒，和一位智者。这位智者叫作查拉图斯特拉①。可是在学校里，老师说，他被称作耶稣。我们的老师常常把事实和数字搞混，她甚至都记不住地球组成部分的原子总数，这个数字大概是 10 的 15 次方。

我们安静地吃着晚饭，所有人都不说话。我看了一眼爸爸，我很少看他，除了在吃晚饭或者是节假日的时候。爸爸在咀嚼的时候耳朵不停地晃动。我摸了摸他的耳朵，耳朵的边沿很硬，无法弯曲。

我问爸爸，为什么他的耳朵这么硬？其他人的耳朵都很柔软，而他的耳朵却很硬。这可是生物机器人和魔鬼的特征。

爸爸生气地对妈妈说：

"我们的孩子读的都是些什么书？《启示录》还是《女巫之槌》②？"

我说，我读的是《阿维斯陀》③。我还说道，《阿维斯陀》写成于几千年前。这部书里关于如何赶走魔鬼，以及当你触摸到死人时该怎么办这类的说明很有趣。

"如果我们不让爸爸安静地吃东西，那么你说的那些知识对

① 拜火教的创始人。
② 是由天主教修士兼宗教裁判官的克拉马（Heinrich Kraemer）与司布伦格（Johann Sprenger）在 1486 年所写的有关女巫的条约书。
③ 拜火教经典。

爸爸来说就用得上了。"妈妈说道。于是我们接着一声不吭地吃饭。过了一会儿，我问爸爸，他知不知道查拉图斯特拉埋在哪里？他敢不敢触摸查拉图斯特拉？

"我今天，"爸爸缓缓地说道，就像一个内置能源装置的机器人，"过得很辛苦。"

可以这么认为，我在强迫爸爸把查拉图斯特拉挖出来。

接着，蒂娜起身去拿馅饼，爸爸这时看到了她身上穿着的裤子。

"这又是什么？"他问道，"你打算穿得像……像……"

"孩子们想穿成什么样就随他们去吧！"妈妈在一旁解围。她早在之前就为这条裤子和蒂娜吵过一架了，不过后来还是买了。妈妈一直都是这样，一开始很生气，可到后来总会按照蒂娜要求的去做。我还知道，妈妈之所以给我系鞋带，是因为我一点也不喜欢系鞋带。

"应该让她知道，她穿成这样有多傻！"妈妈补充道。

"你们一点也不懂时尚！你们完全落伍了！"蒂娜大叫起来，抓了一把葱。

"不准冲爸妈这么大声说话。"爸爸说。

"那我该冲着谁叫呢？"蒂娜饶有兴致地问道。

"放了我吧，别冲着我！"我说。

"那从现在开始，谁大声说话，我们就处罚他。"蒂娜提议道，

"廖哈可以发明一个大嗓门检测仪。"

我说，不论是示波器还是噪音计早就被发明出来了。而且，如果我们五人当中有机器人的话，那他的身体里应该会装有这些仪器。

"太棒了，"妈妈说，"这样我就可以安心地离开你们三天了，我要出一趟差。到时候随你们想怎么喊就怎么喊吧。"

"你要去哪儿？"我问妈妈，同时做好了号啕大哭的准备，因为我从来都不希望妈妈离开。如果哭得不错，妈妈也许就不走了。

德米特里，为事情突如其来的转折感到困惑

"去也里可温，"妈妈回答道，"那儿离马格尼托格尔斯克市① 不远，去进行挖掘工作。那里有座历史公园，我要做一部关于铜器时代的人的生态思想的资料集。你们想象一下，四千多年前的人们没有留下任何垃圾！"

"可是他们在那里留下了查拉图斯特拉。"廖哈一边用鼻子大声抽着气，一边说，"那里有座坟墓，叫作'导师之墓'。更准确地说，这位古老的智者就被埋在那座墓里。"

"我不晓得，你说的那些死人……智者们是什么情况。"蒂

---

① 俄罗斯最大的钢铁工业中心，城市位于乌拉尔河两岸。

娜眼睛一亮，插话道，"不过我的朋友们都去也里可温，因为这是个神奇的地方，所有的愿望在那里都能实现。首先要爬一座山，然后在那儿请求饶恕。接着再爬另一座山，然后许愿，愿望就会实现。可是如果爬的是住着秃鼻乌鸦的山，那么你就会生小孩。"

爸爸呆呆地看着蒂娜，一言不发。如果是其他时候，他就会给蒂娜看看小孩子，可是现在他的注意力完全在蒂娜的新裤子上。

廖哈又继续说道，也里可温的历史和埃及金字塔的历史一样长，可是也里可温人烧掉了自己的城市。那里没什么可看的，妈妈最好别去那里，大家最好一起去埃及。

"烧掉了……"爸爸嘟哝着。

"要不，咱们开着家里的车一块儿去也里可温？"妈妈突然提议，而上一秒我们才刚被她不寻常的出差之地震惊到。

"乌拉！"廖哈和蒂娜齐声尖叫起来，声音大到任何噪音计都会显示爆表。

不知为何，爸爸没有发表任何评论，而只是怯生生地说，他的计划里没有离开工作的打算。

"你的计划里连危机都没有，更何况现在？"妈妈说。

"那油钱怎么办？你准备用圣灵做汽油来开车吗？还是说靠你们的查拉图斯特拉的智慧之言？"

"靠出差费。只不过到时候咱们不住旅馆，而是住自己的帐篷。还有，咱们不住在旅游景点区，而是在旁边，那儿免费。当我工作的时候，你和孩子们就休息一下，许个愿。你有愿望吗？你总会想要些什么东西吧？你最近一次感到开心是什么时候？"

"开不开心，这是我自己的事儿！"爸爸痛苦地说道，"你们总是在指挥我！我为什么要按照你们需要的那样去做？"

"那我们还能指挥谁呢？"蒂娜惊讶地说道，"'眼睛仔'又不在我们身边了。"

爸爸一头栽到饭桌上。

"爸爸的能量用完啦！"廖哈莫名其妙地说了一句。

"快，咱们赶紧喝完茶，然后快速收拾行李。"妈妈命令我们。

不过我和蒂娜早已飞奔着离开了餐桌。廖哈跟在后面，手里还抓着一块饼。我们得赶紧收拾好行李，趁爸爸什么都还没说。

命题作文《如果我有一支魔法棒》　Б.阿列克谢

如果我是一个魔法师，所有向我许愿的人，我都会实现他们的愿望。妈妈希望我们不再吵架，好好学习，她还希望我们能经常出门旅游。

爸爸希望……我问了，爸爸希望我们能让他一个人安静地独处。

季马想要一匹属于自己的马。他说，马儿比人好，甚至比某些人还聪明，并且肯定比蒂娜聪明。

蒂娜想成为某某演员或者歌星，或者某个名人。不知道为什么，她总是不想成为自己，而是想成为其他人。她还希望我从她的眼前和她的房间里消失。

季马、蒂娜和我都希望"眼睛仔"能再回到我们身边。

所有这些愿望，除了让"眼睛仔"复活这件事，就算没有魔法棒也能实现。于是我还剩下两个愿望：我希望有很多的朋友。嗯，一个也行，不过得是个很要好的朋友；我还希望，有些东西能够转变为声音。例如，当你开车的时候，打开空调，机器的嗡嗡声转变为音乐或是知识丰富的有声书。当有人吵架的时候，这个愿望就派得上用场了。

蒂娜　前往也里可温的路上

廖哈一路上都在向我们灌输关于也里可温的知识，为我们深入了解这个地方做准备。他从书上读到，在也里可温，那些远古的人们用母牛的尿洗澡，而不是用水。因为他们不想弄脏水！于是廖哈就开心地跟我们分享了这一信息。

"呸。"我们一脸厌恶地回应廖哈的话。然而妈妈却说："这一点也不奇怪，印度人到现在都把母牛视为世界上最神圣的动物。他们从不宰杀母牛，这些母牛可以在任意一条街道上随意走动。而且如果母牛在你家门前的台阶上趴着，你不能惊扰她们，就算在路上也是这样。你要是吃母牛，你就会被终身监禁；要是在更早以前，你会被处以死刑。母牛是一种不生产无用之物的动物，她们浑身都是宝，而且非常洁净。"

"就连牛粪都是洁净和有益的？"我撇了撇嘴。

"对，牛粪也是。如果不用牛粪去滋养土地，土豆就只能长成豌豆那么大。"妈妈回答道。

此时，廖哈开始解释为什么母牛的粪便是洁净的，而他自己的却是肮脏的。原来，由于现在的人总是吃一些垃圾食品，这些食物很难分解成最基本的成分。而母牛吃草，从母牛体内生产出来的所有物质都具有消毒的功能。可是人不仅生产肮脏的粪便，还生产各种废物，比如玻璃纸或者核废料，这些废物很难被分解成基本成分。如果人将他每天所产生的垃圾（瓶子、袋子、散落的头发，等等）留在身边，那么一周之后他就会被这些垃圾完全淹没。

"请立即停止谈论这个话题！"我哀求道，"不然我就要吐了。"

妈妈答应我，她不会再谈论粪便的事了，可是她要说说神圣的母牛。雅利安人——也就是住在也里可温的远古人，他们也被称作印欧人——认为神一开始创造了宇宙，然后创造了水、大地、植物和牛，然后才创造出了人。世界上的所有母牛都从这头最初的牛演化而来。她们所产出的牛奶、奶渣、黄油、尿和粪便（哎呀，我不说，不说）都保存着最初的能量，并具有清洁的特性。

"你们知道希伯来语字母表的第一个字母是什么吗？"廖哈冷不丁地问了一句，然后又自己回答（这是因为没必要回答他的问题，他比其他人都更清楚问题的答案）道，"是'A'，被称作'Aleph'。这个字母的形状像带角的牛头。不过在俄语字母表里，牛头的朝向颠倒了，牛角朝地。希伯来语的'A'在俄语字母表中被称作'Aз'，也就是俄语字母'Я'。"

"我们这里颠倒的东西多了去了。"爸爸喃喃说着。

前往也里可温的路况非常好，车开得很快，行驶五小时后前方还剩 500 公里。

德米特里　回忆在也里可温的第一夜

也里可温位于草原之上。三块很小的丘陵地（死火山，火山口中央是平整的广场，那儿有游客服务站），草原，不远处有一座小村庄，还有无数的帐篷！

当地居民在草原上放马，这些马驮着游客。我非常喜欢。我立刻奔向那里，可是所有的马都驮着游客，而且我没带钱。我就这样站着，看着他们。我不晓得哪里有奶牛，我只看到马儿……就连原始人都明白，马可不是母牛能比得过的。在所有关于动物的岩画中，三分之一都画的是马。马是风，风是天空，天空是自由，自由是梦想，我的梦想就是马。

我们选了一个位于废弃的篝火营地和一个小洞穴之间的地方，开始搭帐篷。

"万一有蛇呢？"爸爸指了指那个小洞。

"从这个洞口的直径来看，应该是蟒蛇的洞。"妈妈恶作剧地说道。

突然间，从洞里钻出一只黄鼠狼。它坐了下来，环顾了一下四周，然后对着我们发出吱吱的声音。我们一动不动，不过它也不怕我们。

"你为什么要在这里挖洞呢？"廖哈问这只黄鼠狼，"你会被人踩到的！"

"也许，这个洞里住着它的孩子和祖父母，所以它才不愿意离开。"爸爸猜测道。于是我们立刻由衷地尊敬起这只黄鼠狼来。

这里的人太多了，就像参加游行一样。也里可温当地居民的着装使得蒂娜的"阿富汗"装看起来一点儿也不时髦了。巴什基

尔人^①穿着本民族的服装，牵着马，挥着长鞭；哥萨克人挥的则
是短皮鞭；两个塔吉克人正在搭帐篷，塔吉克妇女将自己裹得严
严实实的，只露出眼睛。山脚下有一群穿着萨拉凡^②的女孩子在
跳轮舞^③。

　　绣着各式图案的厚呢斗篷，羊毛制成的长袍，厚厚的套裙，
布头制成的短上衣。如同传说中铜山的女主人那样，妇女们穿着
碧绿色的布拉吉，戴着帽子，她们都是虔诚的牧牛神信徒。帐篷
里坐着一些不认识的人，他们穿着紫色的披肩。旁边的人则头缠
着包头，还有一些头上刺花纹的秃子。如果说服装是一个人内心
世界的表现，那么应该对也里可温的居民们给予应有的评价——
他们的内心世界五彩缤纷到了极致。

　　不过，穿着普通的人也有，甚至还有一些阿姨穿着打补丁的
套装。蒂娜对此感到不知所措。

　　"在这里，要想让别人注意到你，你得将裤子套在头上。"
我说。

　　"也许，他们可以瞬间看穿一个人的内在世界，"蒂娜猜测
道，"他们能发现人身上的光环。而那些奇装异服是为了……为那
些发现不了这种光环的人准备的。"

---

① 是俄罗斯民族之一。
② 俄罗斯妇女民族服装，套在衬衣外面的无袖宽松长衫。
③ 斯拉夫民族的一种民间集体舞，大家围成一圈边歌边舞。

　　我们正好经过一张桌子，桌上有一台能拍摄这种光环的机器。离这张桌子几米开外的另一张桌上还有一个机器，据说它能通过五种方式增强人身上的光环。你可以购买整套服务，同时还会获赠一本关于马的内科的书。

　　虽然我本人并不排斥穿成西部牛仔或者印度人的样子。

蒂娜的感受　关于平行世界

　　也里可温是世界上最棒的地方。阿尔图尔也在这儿！在我和爸爸去买参观票的路上，我看到了阿尔图尔的手推车。他离游客服务站不远。他身旁的巨大的篝火正燃烧着。我原以为他们烧火是为了驱赶蚊子，不过，我后来才发现，这里聚集的是拜火教的信徒们，他们将火视为有生命的存在。我不知道这种看法对不对，不过，如果考虑到人没有火就无法生存，火和空气、水和土地一同作为生命的组成部分，那么火就是有生命的。嗯，或者火本身就是这样吧。

　　阿尔图尔带我们参观了野营地周围的小山丘，并告诉我们每座山的名字。当然，其中最重要的是萨满山，那里能让所有的愿望都实现。

　　"关于这点要小心，"他警告我们，"愿望是一字不差地实现的。从前有一位奶奶，她的儿子酗酒，这位奶奶于是就许愿，希望儿子停止喝酒，然后她的儿子真的就停止喝酒了。他死了，也就停止喝酒了。"

"太可怕了。"有人小声地说。我也吓得打了个哆嗦。我原本想着到那座山上许个发财的愿就可以了……现在看来，还得想想别的。比如，我想变成天才中的天才？

"他是个非凡的天才，"阿尔图尔的妈妈指着对面的小伙子说，打断了我的思路，"他能使来自星体的等离子体变成实物。"

这个天才小伙子把一个小锅架到邻近的篝火上，然后开始搅拌锅里的粥，他微晃着身子，做着鬼脸，像一个精神病人。

也许，这也不是我的愿望……关于女巫的动画片我看得太少了，不然可以用来作为延续谈话的内容。

季马也吓傻了。这里到处都坐着巫师、巫婆、魔法师、具有特异功能的人、未卜先知者和赤脚医生。阿尔图尔一会儿指指这个人，一会儿又指指那个路过的人，并悄声地告诉我们，他们分别是谁，会做什么。太疯狂了，而且这不是电影。这可是真的啊！为什么我什么也没见过？既没见过灵魂，也没见过不明飞行物，就连神秘的声音都没听到过？为什么有的人就这么幸运，而有的人就不是这样呢？

"还发生过一件事。"其中一个朝圣者神秘地悄声说道，就像暑期营地里说睡前故事一样，"某所小学的学生和老师来这里做考古挖掘。老师下了班车之后就开始动手考古。一天之后，人们发现，这位老师不停地跑来跑去，口中还大声叫喊着，说他看到了远古的祭司，最后人们叫来了救护车。不是所有人都能够经受得起这种接触。"

"当然，"阿尔图尔的妈妈点了点头，"也里可温有六处地方产生力量之光。如果你毫无准备地来到力量之源，你就无法控制自己的意识。特别是其中一束光线的能量非常强大。我们不带新来的人到那里。除非通过三项专门训练……在那儿，人会变成连接天空和大地的光线本身。光线越粗，人体内能够实现愿望的力量就越强。想要参加训练的人可以在我这里报名。"

如果爸爸听到这些，那么不论我们拉着他上哪儿去，他都不会吼我们了，他只会对我们耸耸肩。现在的爸爸不相信任何鬼神和预兆。

"那你会些什么吗？"廖哈问阿尔图尔。

"这个嘛，"阿尔图尔谦虚地说，"有时候可以找回丢失的东西，或者是人。只不过你可别在学校里说这些，不然来找我帮忙的人就没完没了了。"

"我们家的'眼镜仔'也能做到。"我点点头，但马上就捂住自己的嘴，也不打算解释"眼镜仔"是谁这个问题了。

等我们来到忏悔山，天已经黑了下来。妈妈和廖哈正坐在那儿看星星。

"爸爸呢？"季马问。

"他正拿着军用水壶喝豪摩①一类的植物制成的圣水呢。"妈妈答道，"牛奶豪摩和巴尔萨姆枝条具有对抗邪恶的卡拉班②祭司们的神奇功力。"

我咕哝了几遍关于邪恶卡拉班祭司的引文。不知道为什么，每念一次引文，这些卡拉班在脑海里的邪恶形象就减少几分，反倒变得更加可怜。

"这儿的人都疯了，"季马说，"这里就像个疯人院。如果我事先知道的话……"

"你就不会来了？"廖哈惊讶地问。

"才不是呢，我会穿上你的蝙蝠侠套装，像佐罗那样骑马奔驰，简直酷毙了。可以随心所欲，做自己想做的事。而且谁都不会嘲笑别人，彻底的自由。没有钱，不靠关系和其他花言巧语也能生活下去，就像卸下了套在自己身上的网。"

"那件衣服，我带了。"廖哈站起身来，打开了系在脑门上的头灯，摊开双臂。他身上披着蝙蝠侠的披风，腰间还佩戴了玩具剑。

"大卫！"

---

① 伊朗神格化的树木。波斯拜火教的圣饮之神，植物之神。

② 定居型的游牧部落祭司被称为卡拉班（karapan），这些祭司是雅利安传统宗教的守护者，也是查拉图斯特拉以光明之神的名义抨击的对象。

"安琪儿！"

坐在地上的观众对我俩的看法起了分歧。旁边的山上萨满打起了手鼓。午夜来临了。

蓝色记事簿　蒂娜谈愿望

黎明前十五分钟我们就起床了。要不是阿尔图尔来叫我们上山，我自己是不会去爬山的。昨晚半夜，我们在篝火堆之间来回晃悠，听了一堆故事，躺下之后过了很久才睡着。

我们从被窝里爬出来的时候，太阳还没出来，不过已经有亮光了。我很好奇，这是什么原理？

我们不打算叫醒爸妈，山顶上已经很多人了。有的人坐着看日出，有的人像走迷宫那样绕来绕去。半山腰上的人们就像一具具尸体那样密密麻麻地站在一起，他们举起双手然后张开，许下自己的愿望。

噢，也里可温的神灵，阿胡拉·玛兹达，以及如廖哈所说的那样，各位查拉图斯特拉们啊！我只想睡觉，而且我觉得，一个人实在很难在凌晨五点钟的时候清楚地表达自己想要什么。

季马也一样，呆呆地看着太阳，一言不发。有时会不好意思在这么多人面前说出自己的愿望。显然，不好意思大喊大叫的并不只有我和季马两人，山顶上的大石块下横七竖八地塞满了一堆写着愿望的纸条。许多原本卷好的纸条都展开了，随风飘走了。

"我想要一辆汽车"……"我希望全世界和平"……"我想要高工资"……"我想嫁给他"……

"今天我想学会吹口哨，和黄鼠狼交朋友，到四周转转，吃东西，克服对马的恐惧心理，我还希望所有人都有好心情……"只有廖哈——我们家中拥有丰富的科学知识的弟弟——低声叨咕着自己的计划，两只手上下摆动着。

太阳缓缓升起。在某一瞬间我突然感受到了地球自身的律动，感受到地球如何庄严地转动自身，使我所在的这一面转向太阳。美中不足的是，地球没有这样说："亲爱的蒂娜，我给你介绍一下，这位是太阳。太阳，这位是蒂娜。她住在我的身上。她暂时还不明白，为什么她要这么做。不过，她很开心。"

"乌拉！光荣啊！"人群中不时从各处传来这种欢呼声，可是这"乌拉"的对象是谁，搞不清楚。每个团体都喊着自己的神明的名字。难道神明会回应他们每个人吗？或者对神明来说无所谓？也许，神明正坐在那儿，想着："把我叫作瓦罐也无所谓，只是你们自己的愿望可要说得更具体一点……"神明可只有一个呀。唔，据说是这样。

一些瑜伽修行者和阿尔图尔正在做拜日式——向太阳致敬。

我发现，季马的嘴唇微动了几下！他正嘟囔些什么。阿尔图尔做完拜日式后，拍了拍双手。

我们返回营地补觉。太阳虽然已经升起，但还没有完全离开地平线。太阳好像在等我说完自己今天的计划，以便弄清楚出于哪些理由来照耀我。

"就让阿尔图尔来邀请我们……请我去游泳吧。"我小声地说出了今日愿望中最安全，也或许是我最期待的一个愿望。太阳从地平线上猛地向上一冲，我的眼睛开始疼痛起来。我躺了下来，可是再也睡不着。小鸟们唱着歌，像发了疯似的。秃鼻乌鸦们高声叫着，从秃鼻乌鸦山飞向某处。这座山还被称作爱之山，也是唯一一座遍布着桦树的山，可是这些桦树却长得歪歪扭扭。廖哈的黄鼠狼吱吱地叫了几声。我闭上眼，眼前出现了正在升起的太阳，不知为何，还有很多睡莲。睡莲在水面上漂浮着，很大很大，很美很美。

德米特里　对炉子、瓦罐和分子的观察

我有一个喜欢幻想的兄弟。和廖哈一块儿观光旅游是无法想象的事情，他总能引起所有人的关注。蒂娜和爸爸去参观旧城遗址，我们则来到了炉子博物馆。也里可温人有五种不同的炉子！最神秘的一种炉子一般位于墙角，很大，像壁炉。考古学家不清

楚这种炉子的用途是什么，于是猜测这种炉子应该是在祭祀活动上用的。也就是说，为了神。可廖哈看了一眼之后说道："不，这不是为了神。也里可温人用这种炉子烤干浸湿的衣服和烧垃圾。还可以在这种炉子里洗澡，就像俄式炉子那样。还可以用来烤面包。"于是，廖哈就和导游格利高里争论起这种炉子的用途来。

"那么，为什么？"一个历史系的大学生问廖哈，"瞧，为什么炉子边的地面上会有一个凹槽？这个凹槽这么窄，怎么可能用来做饭！这个凹槽里放的是供奉给神的食物。"

廖哈说，这个凹槽被用来盛放小猫或小狗的食物，或是放银鼠和游蛇的食物。以前的人们为了抓老鼠而把它们圈养起来。参观团里所有人都同意廖哈的观点，因为很多人家里都养过猫，而且他们也在炉灶旁喂猫。

导游说，考古学非常需要像廖哈这样好学的人，他还邀请廖哈长大后报考历史系。

这时游客里有人想到，也里可温是被两个在草原上闲逛的男孩发现的。所以这里完全有必要造一座好学青年的纪念碑。

人群渐渐离开了那位准备讲述织布艺术的导游，而聚拢在廖哈的周围。

"孩子，顺便问一句，你还记得以前的事情吗？"一个满脸胡子、穿着蓝色短裤的叔叔问。

"记得。"我们的小神童答道。当然，他的生活回忆多了去了。

上幼儿园之前的生活特别美妙。在幼儿园的生活是全新的、痛苦的。当奶奶到幼儿园接他回家时，又是另外一种生活，是甜蜜的。不过，所有这些都已经过去了。

"那你会移动到未来吗？"另一个游客感兴趣地问廖哈，他没穿短裤，但系着魔术头巾，胸前还有一大块复杂文身。

"会，"廖哈对答如流，"不过速度比较慢，平均每小时向未来移动一小时。但是如果把地球绕日的运动也考虑进来的话，那就是每秒三万米。"

"我们的'水瓶座种族'小组正午时分有一场活动，不知道您是否能来给我们讲讲自己的运动技巧？"一个穿短裤的赤脚医生用目光寻找和廖哈一起过来的成年人，不过，显然他什么也没发现。

"费用我们来出。"他小声说着。这时所有人都开始好奇地询问，活动地点在哪儿，费用多少，是否还有空位。

当我们走出博物馆时，"水瓶座"又叮嘱了一遍："您一定要来呀！"忧郁的导游在我们身后难过地看着我们，把陶艺手工制作要用到的黏土放到盆里。廖哈转身回到导游身边，鼓励他：

"您也可以移动到未来的。我们所有人都会移动到未来的。进行参观活动的同时，我们所有人都会向未来移动四十分钟。这是平均值。"

"唉，"这位实习生摆了摆手，黏土溅得到处都是，"有时候这种绝望的感觉越来越强烈——假说这么多，哪些才是对的呢？真想知道，这种绝望的感受以前的人也有！你们想制作瓦罐吗？"

我们不好意思拒绝，而且也只能通过做瓦罐来给他打气了。格利高里递给我们搅拌黏土用的盆。

> 我来到陶器师傅身旁：一团又一团，
>
> 他把潮湿的黏土安放在圆形的转盘上：
>
> 他捏出了瓦罐的颈脖和把手，
>
> 用尊贵的龟甲和牧人的脚。

格利高里念道。我没记住这些话，不过后来廖哈一字一句地向我复述，我才得以记录下来。

"你自己创作的？"我问他。

"不是，"格利高里说，"这是欧玛尔·海亚姆① 写的。"

不一会儿，我们把远古时代的植物、龟甲、石头、贝壳、猛犸和鱼的化石碎片糅合在一起，一句话也没有说。我觉得，那里面也有远古时代的马的化石残片。后来又来了一批新的游客团，跟我们不一样的是，他们报名了陶艺大师班。他们坐在制陶转盘

---

① 欧玛尔·海亚姆（1048—1122），波斯诗人，哲学家，天文学家。代表作有《几何原本》《鲁拜集》等。

前，而我们只能坐在桌子后边。

"也里可温的居民并不晓得制陶转轮这些东西。"格利高里向大家展示如何转动制陶转盘，我和廖哈则试着按照传统的工艺——按照也里可温人的方式制造瓦罐。先用搓好的圆泥条在转盘上做出瓦罐的底部，然后一边转动转盘，一边压紧泥条，顺次加高，就像在幼儿园的时候那样，将香肠一样的圆泥棒做成瓦罐的罐壁。

当我们回到营地时，见爸爸正骑着马去某个地方。马的主人一开始在爸爸后头走路跟着，后来变成小跑，最后就被完全落在后面了。为什么爸爸可以去骑马，而我得在这儿看着弟弟！说到底，喜欢马的人是我，想给自己买一匹马的人也是我，根本不是弟弟。不过，我什么话也没对廖哈讲。

我们回头前往萨满山。要不是有一阵小风吹来，我们可能就被热浪融化了。赤脚医生—水瓶座要求大家吸收"瑞"[①]神的能量，所有希望成为"水瓶座种族"的人建立起吸收能量的小组。我们在一旁站了一会儿，谦恭地看着这些"短裤"。每一个"水瓶座人"的短裤都是蓝色的。

最后，待他们把能量吸收完毕，小组领导者说道："今天我们有一位特殊的客人。这是一个从宇宙来到地球的小孩子，跟我们

①　瑞（Pa）是古代埃及神话中的太阳神，被尊为众神之王和众神之父。

一样。可是他有一种天赋，就是一直保持和宇宙的联系，并保留关于全宇宙的知识。我们都知道，儿语道真理。这就是我们常常说到的'深蓝儿童'[①]！"

真理说话了。廖哈谈论了量子、轻子和中微子、宇宙的形状等所有他从一本书中读到的知识。这本书——《世界上最重要的秘密》——是上一次生日那天他收到的生日礼物。为了让听众们得到一些实用的知识，他在演讲中加入了关于"神造初牛"以及牛尿之清洁功效的故事。

"现在是提问时间！"领导者宣布。不过"水瓶座人"们默不作声，他们的脑子被廖哈的演讲内容占满了。

"你们知道如何向黄鼠狼打招呼吗？"廖哈反问道。

"为什么……要打招呼？"听众们很惊讶。

"为了友谊。"

领导者停顿了几秒，随后就领悟了：

"世界和平！我们要和所有的生物一起和谐生存，因为在量子层面上所有物体都可以相互转换！在任何一只黄鼠狼身上都

---

① 深蓝儿童，也叫靛蓝儿童，这一概念最早在 Lee Carroll 及 Jan Tober 夫妇所写的《The Indigo Children：The New Kids Have Arrived》一书中被提出。她根据某些人的显现于外的某些光环颜色，及所拥有的人格特质，而将之统称为深蓝儿童。使用"深蓝"或"靛蓝"作形容词的原因并不统一。某些来源指是与某个早期研究这个现象并拥有联觉的研究人员有关。亦有人声称这些儿童显现出深蓝色的灵气。

有我们祖先的一部分，反过来说，我们的身体里也有黄鼠狼的祖先！"

廖哈同意地点点头，又补充道："我们每个人的身体里都有亚历山大·谢尔盖耶维奇·普希金，以及五千年前的也里可温人的分子。嗯，也有黄鼠狼祖先的某些成分。"然后，为了消除听众对于他的超自然力量的最后一丝怀疑，他朗诵了格利高里引用的欧玛尔·海亚姆的诗。

"对于那些我们想要发生联系的生命体，我们要注意倾听来自这些生命体的分子！我们不能不知道如何向黄鼠狼打招呼，因为我们体内也住着黄鼠狼！所有需要知道的已经存在于我们身体里了。我们要做的就是回忆起来！"

大家开始进行回忆。我的肚子咕噜咕噜地叫了起来。黄鼠狼、亚历山大·谢尔盖耶维奇·普希金、欧玛尔·海亚姆和古也里可温人在我的肚子里齐声要求我去吃点东西。我完全准备好接受大多数人的意见。

关于分子的那些话一点都没使我感到惊讶。廖哈央求爸妈买电子显微镜的时候，他说过，地球上的物质的数量是有限的，所以分子和原子从一个物体转移到另一个物体。不过我从前倒是没有考虑过这点。以前好像知道，但是没有清楚地意识到。演讲结束后，廖哈收到了人生中的第一笔酬金。"原来，"我想到，"我的身体里有洛克菲勒的分子。也就是说，原则上，我也是他的后代。所有活着的人都是那些死去的人的后代。过去就在我们的身体里，我们带着过去前往未来，以每小时前进一小时的速度。"

他们给了廖哈一千卢布，并邀请他明天再来。

"你还有什么可说的吗？"我好奇地问他。

"啊哈，"天才点点头，"我还读过《我们究竟知道什么？》《哞妈妈在树上》和《是谁在鼹鼠的头上拉屁屁》，不过最后这本书是用德语写成的。"

我和廖哈每人买了一根冰淇淋，还招手叫来了供游客骑的马，花的是老老实实挣来的钱。总的来说，有一个像廖哈那样的弟弟还是有用的。

"季马，黄鼠狼很漂亮，对不对？也跟你的那些马一样漂亮吧？"廖哈问，"我想再坐坐，看看黄鼠狼……"

唉，称了廖哈的意，不论是巴什基尔人、哥萨克人还是他们的马儿，林中草地上都没有他们的踪影。

"他们赶马去了。"宿营地里的一个邻居向我们解释道，"有一个像吉普赛人的男人负责赶马。"

真倒霉的一天。

"算了。"我对弟弟说道，"咱们去游泳吧，至少得完成计划里的基础项目。"

然而，唉，就连这个愿望都没能实现。在那儿游泳的女孩子中有许多头戴花环的阿姨，装成美人鱼的样子。我们的蒂娜在阿尔图尔的身边，装扮成广告女模特的模样。

蓝色记事簿　蒂娜谈睡莲

卡拉干卡河的水面并不宽阔，不过河水很清澈、很深。阿尔图尔说，这条河沿着地表的断裂带流淌，所以有些河段的水深超过 20 米。

阿尔图尔见我呆住了，推了我一把：这里生长着一些睡莲。真的睡莲！这是我第一次见到睡莲。它们跟我晨梦中的睡莲一模一样。

不可能再接着写下去，因为在这样嘈杂的环境里没法写有关睡莲的事儿！爸爸骑着一匹黑鬃马，奔驰了近一个小时，以至于人们都准备乘滑翔机去找他了。爸爸说，是这匹黑马自己选的路，它绕着某座山走了三圈后才决定返回。他还说，为什么大家都指责他，却不去问问那匹马，它为什么要走这么远。

巴什基尔人大叫着，要求爸爸为此多付钱，因为这匹马累坏了，它已经不愿意再驮下一个游客了。

"你骑着这匹马绕着'智慧山'走，它会帮助你做出正确的决定！"爸爸严肃地说道。他不肯多交钱，因为他认为这是最正确的决定。爸爸的这句话很快就在宿营地内部传开了。越来越多的人都希望明天靠这匹马寻找解决难题的答案，以至于最后不得不登记排队。马主人不但原谅了爸爸，更允许季马拿饲料去喂这匹黑马。

不过，这还不算灾难，灾难是以盆的形状降临的。有个印度人或者是佛教僧人卖给爸爸一个会发出乐音的盅，据说它能使人的内心感到平和。此刻，爸爸正坐在帐篷里看着他买来的盅。他不明白，为什么他要买这个配小捣槌的盆子，以及为什么此刻他的理性不说话。不过，既然已经交了钱，至少没有丢了善心。爸爸拿起小木杵，沿着这个木盆的边沿划来划去。听，出声了！廖哈的黄鼠狼吓得一溜烟钻进了洞里。邻居们手忙脚乱地把自家的篝火浇灭，然后就上别的地方去了。廖哈说，如果声音的分贝降得很低，人就会变得很惊慌，要么跳海，要么逃往极光方向的苔原地带。虽然人耳听不见这种最低分贝的声波。我开始环顾四周，寻找极光。

我们捂着耳朵，迅速走进《自然与人》博物馆。博物馆旁边有一些杵在地上的手雕塑——铁制的手。也许，那些在这里生活过的人们在请求我们不要忘记他们。我只想着，进去之后快速看几眼就出来。不知怎的，我不太喜欢彼岸世界纠缠不休地朝我伸手的感觉。这种诉求最好是通过暗示的方式来表达：生长的青草、微微的清风或闪烁的星星。也里可温的朝圣者们执著于进入平行世界，也许，从彼岸世界的角度来说，这种追求看上去就像那些无边无际的、伸向天空的手……

妈妈在餐馆里下达了命令，今天我们要像白人那样吃晚餐。考古学家们还送给她一套红色的足球长衫。据说，远古时代的也里可温人身上穿的长衫大概就是这样的。

季马恍然大悟　关于桥和梦想

我久久不能入睡，思考着过去和未来。我想，我是一座桥。我是由过去做成的。我自己的每一个细胞都曾经是别人的细胞。那么，我自己究竟是什么？我的身体里还有属于我自己的东西吗？我和所有人一样。我携带着过去的什么到未来呢？一组原子吗？我是装了一堆原子的一口麻袋。不知道为什么，我觉得有点委屈。事实上也不一定是这样，因为……

到现在我都没弄清楚，所有这一切究竟是我的梦呢，还是被我想象出来的。今天早上，我找到答案了！我不要像罗斯柴尔德[1]或别列佐夫斯基[2]他们那样变得很有钱。因为……金山银山并不是我真正的梦想，我的梦想是拥有一匹马。我会教会廖哈摆

---

[1]　是欧洲乃至世界久负盛名的金融家族。

[2]　是俄罗斯的金融寡头之一。

脱对马的恐惧。同样的，我也会这么帮助别人。当人们的身边有一匹马的时候，他们就不会忧郁，而且会变得越发简单和美好。我认为，是马儿驯服了人类，而不是相反。如果能骑马再走一遍印欧人曾经走过的路，该有多好。不过问题不在于马，而在于梦想。

梦想，是一种能将你和别人区别开来的东西。有的人梦想拥有百万财产，有的人则梦想拥有一匹马。原来，这就是你诞生在地球上的目的！它为一口装着一堆原子的麻袋赋予了意义。

关于幸福的夜间谈话　蒂娜记

季马今晚睡觉的时候哈哈大笑起来，我不得不把他叫醒。而廖哈则在被窝里翻来覆去，因为他昨天晒伤了。谁让他光着肚子、披着蝙蝠侠披风四处乱窜呢。我只得给他抹药膏，我觉得自己就像一个护士。随后我又发现，原来爸妈他们也都还没睡。妈妈正在描述远古时代的也里可温人如何生活。我们三个人抱起睡袋，钻进爸妈的帐篷。帐篷里一下就变得很挤，如果想要转个身，就必须五个人同时转。爸爸自骑马回来之后就生病了，所以他能够享受特权——趴着睡。

"他们的生活方式非常环保。"妈妈把学者们告诉她的事情说给我们听，"他们修建了下水道。他们常说：'在用水洗碗之前，

要想想水的清洁。'下雨的时候，他们不到街上去，以免弄脏雨
水……"

"向左——转！"爸爸命令道。

"他们的思维完全是另外一种模式，"妈妈继续说，"而我们
现在想着的只有钱……"

"不止……"廖哈插嘴说道。

"不止，"爸爸同意廖哈，"还想着大钱、贷款和抵押。
向右——转。"

"这都是一个意思。可是这些也里可温人走的完全是另外一
条道路。他们思考的不是钱，而是生命、幸福、永恒、善良与邪恶，
以及善良的胜利。"

"可他们现在人呢？"爸爸嘟囔道，"和他们的善良都在哪儿
呢？向后——转。"

"这是一个谜。谁也不知道，他们去了哪里，在哪里定居，
以及为什么有时还回到原先被烧毁的家园，并重新修复起一个新
的城市。"

我们开始讨论他们放火烧城的原因。就连睡醒后，我们钻出
帐篷，在帐篷外也依然继续这个话题的讨论，每个人身上都还套
着睡袋。如果这是一场生态灾难，为什么他们要烧掉自己的房子？
也许，爆发了某种传染病？他们也知道，为了避免传染病传播，
就要烧掉村庄。不过这到底是什么病，导致人们需要把建筑物都

烧掉，却把物品保留下来？如果这只是一种精神上的传染病……

"咱们把这个小锅拿开，离洞口远一点怎么样？"季马提议道，"看着火更有助于思考，还能让人想喝口茶。"

廖哈同意了。不过我们没有可以煮水的锅，爸爸端出了他买的盅，放在了火炭上。

满天繁星，到处都是。我在城里从来没有见过这么多的星星。也里可温人认为，在那高空中，在人眼看不到的天际，有一个光芒万丈的星体。这个星体的内部燃烧着一团火，这是能够让人复活的火焰，这是灵魂。星体闪烁着，每一秒都在死而复活。星体死去时，散落下无数碎片。这些碎片起初出现在地球的天空上——这就是我们所看到的星星。然后，这些碎片就像一场大雨的雨滴、项链的珠子那样降落到地面，变成人类。他们在大地上各自散去，但是隐形的光线还缠在他们的身上，来自同一个星体的人们相互吸引。光线越粗，联系就越紧密，所以地球上所有的相遇都不是偶然的。当人们死去，他们会变成星星，升上天空，照耀后代，然后又重新和那个星体的核心融合为一体——正是在这一刻，星体复活。

"那我们是同一星体的吗？"廖哈听得入了迷，紧偎着妈妈，悄声问道。

"如果我们在一起，那就肯定是同一星体的。"妈妈点点头。

"那为什么我们还会吵架呢？"廖哈惊讶地说。

"不知道。"妈妈回答。

"我知道。"季马说。接着开始阐述他今晚自创的一套理论。他所说的这些理论中，我听明白的部分只有：如果人不明白他自己究竟是谁，以及他在地球上的目的是什么这些问题，他就会假装成别人，模仿别人，或者成为某种东西的奴隶；他会出卖自己的心——梦想，到那时，他身上的光线就会和别人的光线纠缠、打结；人们开始讨厌那些曾经爱过的人；而连接你和天的光线开始偏斜、断裂。其实最重要的只是要明白，你真正想要的什么。

"可是，对于'今天流行这个，明天流行那个'的现象，该怎么理解呢？"我问道。

"你就只关心你自己的衣服。"季马摇了摇头，"如果你有一个仓库，仓库里的衣服堆到屋顶，那么你就会幸福吗？这是你的梦想吗？"

他总是歪曲我的意思。我指的是，人们总是为了幸福追求着什么。

"一般而言，人们追求钱。"爸爸说着把几根树枝丢进火堆里。

"要成为一个幸福的人，只需要去感受幸福。这是人体内很普通的化学反应。金钱——是人们忘了幸福的感觉的时候拄着的拐杖。"妈妈小声地说，"如果连一个孩子都没有感受幸福的能力，这是多么可怕的事。一个人赖以生存的幸福……"

我们沉默了。不过我的沉默并不表示认可。或许是没理解？

盅里的水开始沸腾，盅嗡嗡地叫起来，像一口钟。

"我小时候对我的生活非常满意。要不是爸爸那会儿总跟我说：'进城去吧，不然，你就会像我这样，一辈子围着奶牛转。'我可能哪儿都不会去。"爸爸一边倒着茶一边说道。

"对我来说，幸福就是拥有一匹马。"季马说。

"那你呢，廖哈，你缺少什么吗？"妈妈问。

"啊?!"廖哈哆嗦了一下，半睡半醒地嘟囔着，"谢谢，我有。"

"廖哈缺少朋友。"季马替他回答了。

"每个人都希望自己幸福。"妈妈说，"不过，有的时候，有些父母自己不幸福，他们选择去教育孩子什么是幸福，而不是反过来调整自己的生活。而孩子们自己应该去感受和发现，他们需要什么才能变得幸福。他们打一出生就知道。"

也许，我也知道。不过我忘记了！我甚至都不是很清楚——我是谁。蒂娜，然而这个名字能说明什么呢？什么也没有！

如果我现在要给自己取个名字，我会取什么名字呢？"深夜独坐的女孩"吗？

我——穿着时髦裤子的人？

我——梦想有一条小狗的女孩？

我——希望在一生中做些什么，但不知道做什么的人？

我——星星的碎片……

妈妈的笔记本电脑里的文件夹《德米特里》／文件夹《也里可温及其他》／文件《旅行杂记》

一大早，爸爸就像疯了一样，催促我们收拾行装。他就差把我们和帐篷一同卷起来塞进后备箱里了。

"上车。"他一边说着一边坐到驾驶座上。

我们齐声哀号起来，纷纷表示不想离开。在也里可温才待了两个晚上——太少了。

"你们还会有五个也里可温。"爸爸嘟囔道，可是他还是没说去哪儿。难道决定去古城遗址？南乌拉尔山地区有 20 个像也里可温这样的城市，难怪这个地方被称作"城市之国"。

"至少让孩子们去趟洗手间嘛。"妈妈请求道。

人们在一个长得像椋鸟的屋子前排起了长龙，我们甚至来得及去一趟咖啡店吃东西，而蒂娜像子弹似的飞向萨满山，大概是去许愿吧。

接下来发生了一桩奇怪的事情：爸爸开着车，不晓得要开到哪儿去。对于我们提出的一连串问题，他只是喃喃地说些令人费解的话。

当车子在哈萨克斯坦边境线上停下来时，我们简直被吓糊涂了，爸爸下车，拿着我们的护照往海关走去。

"他想把我们卖去当奴隶，"蒂娜猜测，"妈，你去问问，我们到底要去哪儿？"

"从地图上看，nach osten①。"妈妈说道。

"往东去的意思。"廖哈翻译道。

"但是，为什么？"我们号叫起来，"如果是回家的话，应该往北走啊！"

"我也不知道。"妈妈说。为了以防万一，她给办公室打了一通电话，说我们现在正在哈萨克斯坦。

我们过夜的地方离库斯塔奈②不远。

第二天一大早，爸爸加速前进。我们已经无所谓到哪儿去了，至少不用待在家里度假。也许，当也里可温人带着所有家当，用四轮车载着孩子们，把城市点燃之后离开，此时他们可能也没法回答孩子们的问题：去哪儿，现在？也许他们可以回答，但是暂时还不能说呢？

"慢着，"妈妈看着地图说道，"也许这条路就是当年也里可温人走的路。"

"我认为，我们是无法追上他们的。"我评论道，"这都已经过去五千年了。所以爸爸也不用加速了，况且还有限速呢。"

---

① 德语。
② 是哈萨克斯坦北部的一个州，北邻俄罗斯。

　　我们在阿尔泰山脉的山脚下过夜。早晨，天还没亮，我们就出发了。太阳升了起来。一条光线钩住了我们的汽车，随后便一直停留在车罩上面。我们一直朝着太阳行驶，像向日葵一样，时刻面向太阳，好像太阳用一条绳子拉着我们的车子似的。

　　妈妈在爸爸买的一本有关也里可温的小书里读到，琐罗亚斯德教教徒们认为，当一个人快死的时候，他面前会出现一座桥。这不是普通的桥，而是一道宽度不一的光线。如果这个人的一生过得很正确，那么这道光就很宽，人可以顺利地走过这座"光桥"；反之，那么这座桥就会变得很窄，人在桥上根本站不住。正确的生活方式应该是这样的：善良的思想、善良的言语和善良的行为。

　　我们的右手边高耸着山岩。在我们的左侧，峡谷呼啸而过，甚至让人感到有点瘆得慌。忽然间出现了一道光——正是那座桥。我们的善良是否会获胜，此刻将会揭晓答案。

　　跑了半天的崎岖山路之后，爸爸终于把我们带到他迫切想去的地方了。

廖哈再次观察　奶牛和黄鼠狼

　　这里也有黄鼠狼，它们穿了三次公路。这儿跟也里可温一样，到处都是小山丘，只不过这里的山高一些。当我们下山时，远处的村庄由于大雾看不清楚。我们就像驶进了白云间。我甚至觉得，我们就是星星的一部分，此刻我们正升上天空。然而，相反的是，我们来到了山谷里，雾气很快就散去了。这里的树木都非常高大。其中有一棵杨树，我们所有人一起手拉手才能环抱住。

这儿的奶牛在街上随意走动，跟在印度一样。有些房子的窗口被打碎了，看起来像是海盗戴的眼罩。住在这里的人很少。那间屋子里没有人住。也许，这个村子因此被称作"僻静之所"。奶奶们和爷爷们坐在长凳上，爸爸对他们弯腰问候。我们也这么做。这一切就如同《阿维斯托》里所说的："……请走直道。遇见认识的好人时——不论遇见谁——你们都要对他适当地鞠躬致意。家中安排给你们的事情，你们都要按照要求合情合理地完成。不要以任何形式使父亲和母亲生气，不要打姐妹、兄弟、男仆人、女仆人和动物，要善待和尊敬他们。不要做恶人，要做善良的人、好人……"

像也里可温那儿一样，这儿有两条河，可是这两条河与也里可温的河完全不一样。其中一条大河叫作"恰雷什"，另一条小河甚至没有名字。我们往小河的方向走去，那里的桥非常老旧。爸爸第一个踏上这座桥，向前走了几步后，他伸了一只手给蒂娜，蒂娜把手伸给了我，我把手伸给了妈妈，妈妈把手伸给了季马。就这样，我们来到了一座高高的山崖。这座山崖下面有一片墓地，可是墓地里没有尸体，只有树林。然而，就算墓地里有尸体，这里还有这么多奶牛呢，所以不可怕。

爷爷和奶奶、曾祖父和曾祖母被埋葬的地方有着一棵巨大的桦树。这棵桦树的树干又粗又直，和秃鼻乌鸦山上的那些桦树不一样。

爸爸说，在这片墓地里埋葬的都是这个村子里的村民：俄罗斯人、德意志人、乌克兰人、巴什基尔人、布里亚特人、白俄罗斯人、卡尔梅克人、阿尔泰人。所有人都在一起。

蒂娜　关于力量之源

村庄，以及被废弃的房屋。村子四周非常漂亮，可是这些破烂的小木屋……这就是为什么也里可温人临走时要放火烧了自己的住房，因为他们实在不忍心看见自己的家变得破败，每一间破败的木屋里好像都藏着某个魔鬼。这些房子饱受魔鬼的折磨，用一双破碎的窗户眼睛看着外面的世界，它们就像被抛弃的小狗。如果你要离开某处，不应该留下任何没有你的照顾就会毁坏的东西。如果找不到可以托付这些东西的人，那么，就把它们送去另一个世界：放火烧掉。

我们赤着脚走着，光脚在地面上行走的感觉好奇怪，好像在有生命的物体上走着。

妈妈说，人会死去这件事其实很好。死去的人们给大地、青草和河流提供了休息的机会。在也里可温，人们寻找力量之柱的同时踏毁了一切。然而，在这里，力量不是柱子；在这里，力量是那绵延不绝的大地。

"喏，我们总是在那个山头上采草莓。你们知道它叫什么名字吗？"

"智慧山？"妈妈不确定地说道。

"不对，智慧山在乌拉尔那里。当我骑着赛马奔跑的时候，我的理智貌似全都抖落了，只剩下一些本能和天性。我们把这座山称作'苏利耶'①。"这几天一直沉默寡言的爸爸以一种奇怪的声音说道——那是一种特别嘹亮的声音。

"太阳！"廖哈翻译道。

一个牧人骑着马，走上苏利耶山，甩了一下长鞭。季马立即开始辨别他骑的是什么马。有一只小狗在这匹马的周围跑来跑去。

"你们知道最重要的力量源泉在哪里吗？"爸爸搂着我们和妈妈的肩膀，突然问道。

我和季马对看了一眼。我们把爸爸拽来也里可温的努力没有白费，这表明他梦到了什么，也悟到了什么。

---

① 苏利耶（Sūrya）是印度神话中主要的太阳神，他是天父神特尤斯之子。

"埃及金字塔？"我猜。

"原始的未被人类破坏的大自然？"妈妈给出了自己的答案。

爸爸指了指我们每个人：

"力量之源不在外面，在人的内心。人在哪里，哪里就有力量之源。你所在的地方就是世界的中心。"

"这个因人而异，"妈妈不同意爸爸的话，"我更愿意相信，你就是力量之源。而我呢，我是爱之源。孩子们则是快乐之源。"

爸爸和妈妈拥抱在了一起。我们已经很久没见到他们互相拥抱了。

季马拉着廖哈躺到了草地上。

我摘下发筋，松开了头发。

我觉得，我不仅像大家说的那样长得像妈妈，我还像远古时代的也里可温妇女，她经过漫长的迁徙后停下脚步休息。在她的眼里，燃烧之城的火焰已经不再跳动。

"你小时候希望做什么呀？"廖哈不知怎的，突然问爸爸。

"放牛。"爸爸坦白地说道。

"那你呢？"爸爸问廖哈。

"希望你能放牛呀！"廖哈大笑起来。

小狗没有错

［俄］谢尔盖·格奥尔吉耶夫　著

王琰　译

献给关于父亲

格奥尔吉·谢尔盖耶维奇的

美好回忆

· 目 录 ·

小 船

扬　卡

◆

蝈蝈的叫声

小　船

卡鲁－西加

离得近的时候，云朵看上去就一点儿也不像云朵了。还在山下的时候，韦洛就开玩笑说，他可以一脚把某朵心不在焉的乌云一直踹得滚到土耳其去，大家都心领神会。

一团团湿润的雾气从四面八方围住了罗曼－科什山[①]的山峰，弥漫在山顶的松林间，然后慢慢地平展开来，渐渐爬满了整个山地。

爬山的时候人总是会表现得很奇怪。彼得·伊凡诺维奇背着个巨大的登山包，腰身已经弯到了极限，但他几乎是连蹦带跳地向上攀爬着，而且中途没有停下来休息过一次。我们走在最前面，那几队年纪最小的营员几乎没有什么负重，却落在后面很远很远的地方。

最困难的一段路莫过于最开始的一公里半，即从"阿尔捷克"夏令营营地[②]的大门到罗曼－科什山的山脚这一段。

---

① 罗曼－科什山位于克里米亚半岛南部的克里米亚山脉，是克里米亚半岛最高峰，海拔1545米。

② 即如今的"阿尔捷克"国际儿童中心，其前身是由苏联政府于1925年在克里米亚半岛的黑海海滨城市古尔佐夫建立的少先队员夏令营——阿尔捷克夏令营。1925年至1969年间，这里共接待了30万名苏联儿童以及来自70个国家的13000名外国儿童。能赴阿尔捷克参加夏令营对苏俄儿童来说是一种莫大的荣耀。

柏油马路上的沥青都晒化了，踩在脚底扑哧扑哧直响，登山包不停地磨着我受伤的腰背部，就连走在前面的彼得·伊凡诺维奇也步履维艰。不过前面就是小路了——柏油马路到头了，我们走上了林间小道！山路渐渐上升，彼得·伊凡诺维奇，也就是我们的辅导员兼领队，就跟换了个人似的！只见他把腰深深地弯了下去，头也不回地开始快步小跑起来。我们赶忙紧随其后也小跑起来，跑着跑着我突然发觉似乎越来越轻松了，其他人应该也差不多吧，韦洛甚至高兴得自顾自地嘟囔起来。背上的登山包和背部贴合得很好，渐渐地感觉习惯多了，甚至到了山顶放下背包的时候，我还总觉得背上缺了点儿什么。

不过这是爬到山顶之后的事情了！我们处在云层之中，那些云看上去一点儿都不像云了；我们处在松林之中，这里的松树和我的故乡乌拉尔的松树是同一种，甚至在其中一棵树下还杵着两朵坚实的红头牛肝菌蘑菇呢。

"乌拉！"彼得·伊凡诺维奇突然轻声喊道，"先锋小分队和第一批征服者万岁！"

这时我们才意识到这一刻是多么重要："先锋小分队"和"第一批征服者"，说的就是我们自己啊！但是谁也没顾得上再喊一声"乌拉"。

"我饿了……"韦洛突然说道，而且不知为何他一直看着我。而我被他这么一看，突然意识到自己也饿了，至于喊"乌拉"，那还有的是时间呢。

"啊哈！"彼得·伊凡诺维奇惊奇地说道，"原来是一群浪漫主义者！……"

说完，他也看着我。而其他人呢，也都跟着看向我。

"当然，当然，重要的是我们都爬到这儿了……"我说，"而且……实际上马上就到吃午饭的时候了……"

"他说得对，彼得·伊凡诺维奇！"韦洛把手搭在我的肩膀上，"这件事就交给我们吧！"

就这样，韦洛·尼诺伊雅阴差阳错地成为了首席大厨，而我则是他的助手——第一副厨师长，当然也是唯一的厨师副手。

大自然对我们十分体贴周到，挨得很近的地方就有一片云杉林，旁边还有清澈见底的潺潺的溪流；一眨眼的工夫，收集起来的枯枝败叶就堆成了一座小山，其实每个人也就分头捡了几根树枝而已，不过事情本来就是这么简单！

韦洛忘我地准备着，活儿干得既轻巧又漂亮。多年以后，当我真正长大成人了才明白，韦洛当时那种工作状态才是人们应该有的、真真正正的工作状态，如果达不到那样的状态，那他做的事情就没有意义。

我们从硕大的登山包里拿出了不少装着食材的袋子，把一口大锅架在了熊熊的篝火上，大锅开始嗞嗞作响。韦洛不时地迈着轻快的步子走到这个神圣的大锅跟前，灵巧地从无数个袋子中挑选一些东西撒到锅里去。与此同时，这位首席大厨还不断地看着表计算着时间，这样的动作让我崇敬无比。

需要说明一下，我其实并不甘心于做个无所事事的旁观者。我也曾试着拿一个袋子跑到咕嘟咕嘟作响的诱人的大锅前，不过立刻就被韦洛用我无法理解的爱沙尼亚式的喝声制止住了。当我第二次试图这样做的时候，他再一次制止了我，不过这次终于加上了一句俄语：

"你是来给我帮忙的，还是来给我捣乱的啊？"

我什么都明白了，挑了一根粗树枝，开始使劲地搅拌锅里的东西。但是锅里的这堆混合物极有弹性，最终也只能把树枝插进去十五厘米左右，然后就再也动不了了。

"韦洛！……"我环顾四周，呼唤着主厨，"韦洛！……"

韦洛刚好正朝我走过来，手上又拎了一个袋子。

"你看看，锅里现在是这个样子……"

韦洛看了我一眼，大概是第一次因为我而感到惊讶。

"嗯，看起来还行，居然比我预计的还要好一些……"他假装若无其事地评价道，说完，他把袋子里的材料加到了锅里。锅里的食物发出了绝望的咕嘟咕嘟的声音，从锅里冒出的白烟笼罩了整个罗曼－科什山。

"我算是知道世界上的云都是怎么来的了……"大厨若有所思的声音透过浓重的烟雾传了过来，"你知道吗？现在这个情况让我有点担心，我害怕待会儿他们会寻思着把你吃掉……"

"吃我？为什么要吃我？"我当时年龄尚小，对某些事情还不甚了解，比如在极端情况下，人们会吃掉大厨的副手。

"因为你搅拌得很差……"

"如果可以的话，我现在就要开吃啦！"彼得·伊凡诺维奇的声音突然在身边很近的地方响起，"后面的'小鲱鱼'们就要赶上来了，等他们吃起来，就没我们的份儿啦！……"

"小鲱鱼"是对年纪最小的营员们的爱称，这会儿他们确实就快爬到山顶了。

"请吧！"韦洛热情地邀请大家用餐，"你们先吃！我得去……去山下打点水。"

"为啥？"彼得·伊凡诺维奇不解地问道，"这个附近就有泉水啊！"

"这儿的水吧，不太那个什么……"韦洛支支吾吾地解释道，"你们先吃，先吃……"

彼得·伊凡诺维奇第一个拿出行军小饭盒走到了大锅边上。其他人纷纷跟在他身后排成了一队。

"喔唷！"彼得·伊凡诺维奇惊叹道。

"最好用刀子割着吃……我们都这么吃……"韦洛热心地建议道，人却在雾气中越走越远。

"那……这个叫什么？"

"这个？……这是一种爱沙尼亚的传统美食……"

"哦……哦！"彼得·伊凡诺维奇似懂非懂，突然，他又发出了一声惊叹的"喔唷"，不过这次纯粹是赞许的惊叹，"好吃极了！……"

"那还用说！"韦洛立刻从雾气中钻了出来，走回到篝火边上，"我俩的工夫总算没白费！……"

在受到称赞的光荣时刻他居然没有忘记我！

"韦洛你真厉害！"有人说道，"超级好吃！能再给我加点儿吗？"

"我怎么不知道爱沙尼亚还有这道菜？"凯雅突然说道，这位来自塔尔图①的姑娘是我们队里最漂亮的女生。

"你说得没错。"韦洛语气随和地回答道，"这道菜的秘方已经失传很久了。"

"如果秘方都已经失传了，那你是怎么做出来的呢？这道菜叫什么名字？"

"这是一道具有魔力的菜……它叫作……'卡鲁－西加'，就是这样……"

"原来这个就是'卡鲁－西加'啊！"凯雅神秘地会心一笑。

"对！"韦洛果断地说道，"每个人一辈子只能成功做出一锅'卡鲁－西加'，而尝过'卡鲁－西加'的人都会获得一种神

① 爱沙尼亚城市。

秘的力量！"

终于轮到我了，我狼吞虎咽地吞了一口：黏黏的，但是很劲道，那美妙的味道简直只有天上才有。我之前从来没吃过这么美味的东西，之后也再没吃过比它更好吃的东西。我一边吃一边能感到有一种巨大的能量渐渐充满了我的身体，而我的灵魂……甚至可能那是我第一次感受到——不是简单地知道，而恰恰是感受到——人是有灵魂的……

光阴荏苒，多年后我才知道，原来"卡鲁－西加"就是爱沙尼亚语"熊—猪"的意思。我记录下了这道神奇美食的所有材料，曾经数次尝试着在自己家里的煤气灶上做出这道菜来，但是一无所获。确切地说，只做出了一团不忍直视的东西，连我们家的狗见了都鄙夷地转过身去。后来有挺长一段时间，我们家的狗散步的时候都羞于和我走在一起。

不久之前，韦洛·尼诺伊雅恰好来我们这儿出差，顺便到我家做客。

那天他就坐在桌子边上，面露微笑，也不说话。

长大后的他就是这样一个人，面带微笑，保持沉默。他说大多数爱沙尼亚人都是这样的，沉默少言，但时常带着微笑。

我请求他，甚至哀求他再给我做一顿"卡鲁－西加"，而他只是微笑着说道：

"这道菜一辈子只能做成一次……"

那就请你们也来试一试吧，也许你们能做出来！你们想知道什么，我可以毫无保留地全都告诉你们！做"卡鲁－西加"的材料包括荞麦、鱼罐头、青豆，应该还要加一点罐头焖肉、麦糁以及醋渍小黄瓜……也可以根据自己的口味加点别的什么东西，但是最重要的一点就是——要及时搅拌！

啊，真是美味啊！

爬　绳

当弱者只是少数的时候，他们就会被嘲笑。特别是当弱者处于一群强壮、灵活、勇敢的人之中的时候尤其如此。

谢廖加①绝对没有嘲笑沃夫卡·日马金的意思，他也没有想要背叛沃夫卡。而且说实在的，这种事情哪里谈得上什么背叛呢！是的，他确实从头到尾都没跟任何人透露过一句。难道有可能什么成效都没有吗？极有可能！

不，不可能！

父亲说得对，所有的事情归根到底都是时间的问题。

只要坚持个六七年……别说六七年了，就算是需要经过二三十年……不，如果足够努力的话，其实顶多再过两年就够了，

---

① 男名"谢尔盖"的爱称。

那时候他也一样能做到把这个沉甸甸的一普特①重的壶铃举过头顶，虽然他现在用两个手都不见得能把这个讨厌的壶铃挪动一点点。而且说到底，沃夫卡其实也算不上是谢廖加的朋友，他俩只不过恰好在排队的时候挨着罢了。不过说这些都于事无补。

"嗯，爬绳——可以理解……"爸爸说道，"其他的项目怎么样？'马'啊、'山羊'②啊什么的，还有其他那些小动物呢？"

"别的都不是问题。"谢廖加回答道，"跳马我们还没练呢。跳山羊的话，很多人已经可以在上面翻跟头了……"

"跳过去之后向前空翻吗？"

"不是啦，是全力助跑，然后——跌个大跟头！"

"哦……"

"但是班上不会玩绳子的只有我和沃夫卡……"

"什么玩绳子，爬绳。"父亲纠正道，虽然这并不能改变什么。

"我就不明白了，"妈妈突然插话道，看来她什么都听见了，虽然她这会儿正在厨房里做饭，"我就搞不明白了，这有什么大不了的！如果数学学不好，那是得好好补补，但是这不就是个爬绳嘛！我们家孩子又不是小猴子。"

"爬绳这个事情本身也很重要，再说了，班上只有他和沃夫

---

① "普特"是沙皇时期俄国的主要重量计量单位之一，1普特合40俄磅，约合16.38千克。

② 指"鞍马""跳马""跳山羊"等体育项目。"跳山羊"比"跳马"的器械要窄小一些。

卡两个人爬不上去。"父亲严肃地反驳道。谢廖加明白，父亲说的有道理，这就是安娜·米哈伊洛夫娜在课堂上提到的"理性的声音"。父亲接着说道："不过这件事急不来，不是一两天就能练会的。最大的困难就在于能不能长时间坚持，只要持之以恒，任何事情都一定会有所成。"

在此之后，谢廖加就去找体育老师借器材去了。他来到位于体育馆一隅的器材室，发现这里面塞满了各式各样令人难以置信、大开眼界的体育器材。这个时候正好是课间，体育老师阿列克谢·阿列克谢耶维奇正在器材室休息。谢廖加走上前去，请老师借一个一普特重的铸铁壶铃给他。

"拿去！"阿列克谢·阿列克谢耶维奇二话没说就同意了，"连登记都不用登记了。我还有一个两普特的，你一起拿去吧？"

"暂时不用了。"谢廖加一边说一边用手去拿壶铃，但是壶铃在地上几乎纹丝不动。而且谢廖加用的还是两只手。

"也是……"阿列克谢·阿列克谢耶维奇叹了口气，"这位小朋友，你得多锻炼啦！练练爬绳、俯卧撑什么的……"

嗬，好家伙！这不是一个死循环嘛：为了学会爬绳，得先练习举壶铃，但是为了能够把壶铃举起来呢，得先学会爬绳！

"别忘了锻炼完了冲个澡！每天早上冲个澡，特舒服……"阿列克谢·阿列克谢耶维奇冲着已经走远的谢廖加追着说道。

"早上七点起床！"父亲决定，"唉，要是我早上也能腾出一点时间来和你一起训练就好了。唉，可惜不行！"

谢廖加的训练正式开始了。他现在已经连续四周每天早上七点就起床了。经过这些天的训练，他已经可以连续做三个俯卧撑了。如果特别特别努力，也许可以连着做四个。每次锻炼结束之后，他都会用凉水冲个澡。

谢廖加的父亲每天七点都会和谢廖加一块儿起床，看着儿子精力充沛地摆动着双手，他深深地叹了一口气：

"要是我能有时间跟你一块儿练就好了！你也好有个伴儿。"

每周二和周四的体育课上都要爬绳，每到这个时候，谢廖加都会感到提心吊胆的。他心里明白，就算特训有效果，也不会这么快就起效……

不过一切都来得那么突然！周二，就在一个稀松平常的周二，第四节课。

不出所料，沃夫卡·日马金做准备活动的时候就已经气喘吁吁了。接着他俩一个接着一个从"山羊"上滚了下来。而田径队的瓦列尔卡·辛杰耶夫则跟以往的每节课一样，完成了不可思议的完美一跳。总而言之，一切照旧。

接下来是爬绳，谢廖加也参加了。他打算像往常一样，先向上一跳，然后抓住绳子，再像根煮熟的腊肠那样在上面挂个几秒钟就可以下来了。再多挂几秒又有什么意义呢？

他向上一跳，抓住绳子……他的手掌紧紧地握住了粗糙厚实的绳索……谢廖加瞬间感到有某种力量正在将他的身体向上拉起。虽然很慢很慢，幅度也小到难以察觉，但是他的身体正在上升！

又向上了一点儿，再来一点儿！……

一秒钟之前还吵吵嚷嚷的体育馆瞬间就安静了下来！谢廖加朝自己的肩膀后面看过去，他们班的同学站在他的脚下，看上去似乎已经离得很远了，所有的人都抬起头，看着他爬绳。

他还在顺着绳索向上爬着，越来越高，越来越高！

这股莫名的力量……

什么"莫名"不"莫名"的?！

是他自己在向上爬啊，这都是他自己的力量！

"他学会了！他还在向上爬！"底下的同学齐声喊道，"加—油—爬—呀！加—油—爬—呀！"

这时，谢廖加突然意识到他再也爬不动了，再过一秒钟，粗厚的绳索就要从他手中挣脱了。他稍稍放松了手指，迅速地滑了下来。绳子把他腿上的皮蹭破了一块，可是谢廖加竟然完全没有察觉到。因为他居然爬上去了，顺着这根该死的绳子爬到了高高的天上！……为什么是该死的呢?！绳子就是绳子嘛！绳子也是好样儿的！

谢廖加回到队伍里自己的位置上站好。就在此时，他突然发现在众多同学之中，有一个人脸上的表情尤为与众不同。

这个人脸上的表情看起来像是快要哭了一样。

这个人就是沃夫卡·日马金。

"你以为你爬得很高吗？"沃夫卡用几乎听不见的声音耳语道，"你就爬了一米半，就这么点儿！而且你爬得那么费劲，晃晃悠悠的，像一根黄瓜似的吊在那儿，明白吗？"

当弱者只是少数的时候，他们就会被嘲笑。之前班上有两个弱者，现在只剩沃夫卡·日马金一个了。

当然，谢廖加和赫拉克勒斯①比起来还差一大截呢：爬绳一米半，确实不值一提，但是再也不会有人嘲笑他了。剩下的只是时间问题：再过一两年，或者就算是再过六年吧，谢廖加总有一天能顺着绳索一直爬到天花板。

只剩沃夫卡·日马金一个人了。

他也算不上是谢廖加的朋友，只不过体育课上按照身高站队，他俩正巧挨着站罢了。

难道每天早上七点起床做俯卧撑，接着再冲个凉水澡，这就算是背叛了吗？说实在的，其实这根本跟背叛沾不上边儿。难道他谢廖加和沃夫卡曾经商量好了，两个人就这样一起做一辈子的弱者吗？

"嘿嘿！……"即使到了课间休息，沃夫卡·日马金还是抓

---

① 希腊神话中力大无穷的赫拉克勒斯，又名海格力斯，是宙斯之子，与赫耳墨斯同为古希腊的体育馆和角力学校的庇护人和保护者。

着谢廖加不放，"这个人爬绳爬了一米半呢，了不起，嘿嘿！"

或许沃夫卡心里很痛苦吧。谢廖加很理解，哎呀，真是不能更理解了。

如果不是谢廖加，而是反过来，沃夫卡突然之间像个猴子一样顺着绳子爬上去了，那又会怎么样呢？只是如果真的是这样，那么沃夫卡·日马金就得是那个每天都坚持锻炼、跟自己死磕的人。"这就是最大的困难所在。"谢廖加的父亲估计会这么说。

"嘿嘿！"等到课上完了，沃夫卡还在喋喋不休，"有些人爬绳爬了一米半，就开始想着……"

"听着，沃夫卡！"谢廖加抢先一步走到沃夫卡面前，因为有的时候就必须得这样，必须主动出击，"听着，沃夫卡！跟我一起训练吧，怎么样？但是必须每天都坚持，明白吗？总会有那一天，连两普特的壶铃我们都能举起来的！相信我，不难做到！"

小 船

晶莹的巨浪轰鸣着打在甲板上，狂风撕扯着船帆，橡木制的船身在猛烈的狂风和澎湃的巨浪的夹攻下咔咔作响。浓密的乌云像厚厚的布帘一样遮住了整片天空，使得哪怕一丝一缕的阳光都无法穿透下来，可是船身侧面锃亮的铜字却高傲地发出耀眼的光芒，上面是"ВУЛКАН"①几个大字。无所畏惧的小船就这样乘风破浪、一往无前，一直驶向无人知晓的远方，向前，一直向前！

"不要离得太近！"尤拉的父亲总会这么提醒道，"离得越远越好！就得站在这儿……就在这儿……怎么样？没说错吧？"

"嗯哼……"尤拉总会这么附和道。

这艘小船，他大概已经看了不下一千遍了，但是仍然愿意目不转睛地盯着它看。

"真是一幅美妙的水彩画啊！"父亲赞叹道，"不过也许这不是水彩，而是水粉画，哎呀，鬼才知道呢……不管怎么说，画得真好！你说呢？"

尤拉并不关心它是水彩画还是水粉画。他只看到微不足道的小船战胜了狂暴的大海。这艘小船定会排除万难，完成不为人知的使命，就像在任何一本描述海上探险的故事书里写的那样，它会在最后一刻化险为夷，不仅完成使命，还会及时地出现在那些需要它帮助的人的身边。

"好吧，现在——去干正事儿吧！"

很久以前，父亲有一整支画在纸上的舰队。确切地说，也算不上舰队，而是一本日历，一本巨大的日历，大到都放不进行李箱，爸爸是把它卷在报纸里拎回来的。

---

① "沃尔卡诺斯"，是罗马神话中的火神，这艘船的名字可以理解为"火神号"。

　　日历占据了半个墙面。每过一段时间，父亲就会翻过一页，一艘新的船就会显现出来。每艘船的下面都写着一些字，是两个月的日期。当然了，如果不想看的话，完全可以忽略这些字的存在。在船的左上角，用大大的红字写着"ДВНЦ"，就是远东科学研究中心①的首字母缩写。这本日历是爸爸从符拉迪沃斯托克②带回来的。

　　后来日历上就只剩下一艘"火神号"了，下面印着的是很多年之前的十一月和十二月的日期。时过境迁，这本日历也没什么用处了，父亲就把其他的几页都送人了。

　　"好了，去干正事儿吧！"父亲重复道。

　　"正事儿"指的是英语。并不是每个人都有一个既懂英语又懂法语的父亲。

　　"可不可以不看英语啊？"尤拉并不抱什么希望地恳求道，"今天就布置了一道题，而且特别……无聊。"

　　"不行！"父亲坚决地说，"赶紧写吧，写完了我们可以再聊聊。"

　　"聊什么呢？"尤拉来了兴致。

　　"总会找到话题的！你先写作业，我先看会儿报纸……如果有什么问题的话随时问我，我就在沙发上，随时为您服

---

① 即"苏联科学院远东分院"。
② 即海参崴，位于亚欧大陆东面，阿穆尔半岛最南端。

务，sir^①！"

"要不就聊聊维水河吧？"尤拉打开了课本，"聊聊钓鱼怎么样？"

"嗯哼……"父亲从报纸后面回应道。

"爸爸，这个地方是什么意思？就是这里……我都看不懂，我觉得连这些字母都快不认识了！"

"唉……我跟你讲了不下二十遍了吧……你再好好儿想想！"

"不行，想不起来，确实不认识……"

"那好吧……那你去查查字典！"

"字典里也没有。"

"怎么可能没有？肯定有的！要不你去拿我那本大字典查查。你知道在哪儿的，就在书架上！……尤里^②啊，你长大了，应该更独立自主一些！"

"我很独立自主啊！"尤拉一边说着，一边去拿大字典。实际上他并不需要大字典，实际上这个单词他认识，而且即使有什么词不认识，课本后面的生词表上也一定会有。

"你不能这样拖时间啊……"父亲从沙发上站起身来，向厨房走去，"你这么拖拖拉拉的，我们什么时候才有时间聊天呢？"

"有时间的……我现在就加快速度。"

---

① 英语，"先生"。
② "尤里"是"尤拉"的大名。

"赶紧的！吃个苹果吗？"

"不用……那……来个小的吧。"

父亲把苹果递给尤拉，转手又拿起了报纸。

"爸爸，维水河应该是一条很大的河吧？"

"是啊……你作业写完了吗？"

"马上就写完了……太棒了，我们会去钓鱼吗？"

"嗯，会钓的……"

"你可一定得带上我啊，行吗？"

"一定……"

"那还去南方吗，去海边不？"

"不去。"

"那去年夏天……"

"你也知道，医生嘱咐过加利娅阿姨的！"

"那今年医生怎么说？"

"我也不知道。你作业写完了吗？"

"最后几个字了。"

"好，那就没什么了……那你想聊些什么呢？聊聊学校里发生的事情？"

"我不想聊那些。我就是想和你聊聊夏天的事儿，我们怎么去维水河啊，怎么钓鱼钓个爽啊，还要每天都游泳……爸爸，我们是不是还得晾鱼干啊？"

"如果钓上鱼来的话，自然要做成鱼干……"

"当然能钓上鱼啦！"

突然，楼道里传来了轻柔的"布谷布谷"的声音，这是布谷鸟的叫声——不过对于父亲来说，这是一个暗号。

"好啦……"父亲过去开门，"加利娅阿姨回来了。"

"哎呀，家里有客人呀！"加利娅阿姨惊奇地说道。虽然这其实没有什么好惊奇的，因为今天是星期三，而尤拉每个星期三都会来父亲这儿写英语作业。

"尤拉，你好！"

"您好！"尤拉对爸爸的新妻子说道。

妈妈常跟尤拉说，加利娅阿姨是个好人，所以尤拉每次见到她都会主动打招呼，这已经形成一种习惯了。

"给儿子倒茶喝了没？"加利娅阿姨问父亲。

"不用了，我得走了……"尤拉站起身来。

"你去哪儿啊？！"父亲两手一摊，开始对妻子解释道，"小伙子有正事儿呢，正事儿……要说十年前……不，加利娅，你试想一下，要是放在十年之前，怎么可能放心让一个六年级的小孩儿一个人跑到城市的另一头！……而现在呢——尽管放心！"每次加利娅阿姨回来的时候，父亲都会这么说。

"我可以再看一眼'火神号'吗？"

"天啊，我都在说些什么呢？！"父亲惊讶地说道，接着领着尤拉来到另一个房间。正是在这个房间的墙上，巨浪轰鸣着打在甲板上，船身侧面锃亮的铜字发出火焰般的光芒。

"不过不要靠得太近——离得越远越好！"

这一点不用他提醒，尤拉自己也知道，毕竟他已经长大了。

因为如果走得太近了，那么一下子就能看出来那根本不是真正的海水，而只是涂抹在纸上的水彩颜料抑或是水粉颜料。

而小船也没有在汹涌的巨浪中航行，只是杵在一堆水彩或水粉颜料之中……

大海的彼岸

月亮一下子就从密林的深处爬了上来。这个月亮不知为何与往常不大一样，不是那种圆圆的，而是被拉得长长的，可以明显看得出有脑袋有肩膀。月亮像只小狗那样把整个身子一颤，嫌弃地甩掉挂在它身上的树叶和枝子，然后高高地向上一跃，用一对又细又长的类似兔子那样的爪子笨拙地沿着山坡爬上了山顶。在山顶上，月亮又被毛绒玩具般的树冠绊了一跤，扑通一声摔了下来，身子下面一下子瘪进去一大块。它停在那儿喘了好一会儿，突然转过脸来看着科斯佳，对着科斯佳使了个眼色，接着张开一张没有牙齿的大嘴喃喃地说道：

"怎么你还在这儿睡大觉哪？亲爱的舍尔斯涅夫·科斯佳。"

"走开，别烦我！"科斯佳生气地说。

但是这个讨厌的月亮竟然完全无视科斯佳的话，把它那双细细长长的、也不知道是手还是爪子的东西伸了过来，使劲地摇着科斯佳的床头，一边摇还一边说：

"起床啦，起床啦，起床啦，起床做早操啦！"

"起啦，我起来啦！"科斯佳极不情愿地喊着，他很想一脚把月亮踢开。

科斯佳从床上来到了冰冷的地面上。突然，一只有力的手捂住了科斯佳的嘴，月亮突然用廖哈①的嗓音在科斯佳的耳边轻轻地说道：

"你喊什么啊?！都在睡觉呢，你会把大家都吵醒的！你还让我'别睡着，千万别睡着'！你自个儿却在这儿睡得香！"

"我没睡着！"科斯佳隔着捂着他的手呜呜地说道，"醒啦！醒啦！"

"终于醒了。"廖哈舒了一口气，接着命令道，"把运动裤拿上，到下面再穿！"

廖哈已经穿戴整齐了，他像一个影子那样一跳一跳地从床位之间穿过，一点儿声音都没有。在房间的一个角落里，来自下塔吉尔的瓦西里·苏沃洛夫正安详地打着呼噜，不过声音不大。科

---

① 男名"阿列克谢"的爱称。

斯佳一把搂过自己的衣服，朝着窗户的方向走去，路上不小心撞到了一张床。

"动静小点儿！你这头大象！"廖哈压低声音冲科斯佳喊道。

科斯佳看了一眼天空。月亮好好儿地挂在那儿，圆圆的、黄黄的、大大的，跟平常没什么区别。

廖哈爬上窗台向前一跨，一下子就消失在外面的夜色中。外头有些凉，科斯佳缩着身子紧跟在廖哈后头。

路上，廖哈时不时地蹲下来用手摸摸地面，然后语气坚定地告诉科斯佳：

"没错！就是这条小路！"

开始的时候，科斯佳也会跟着弯下腰来，在地上摸索一番。但是他摸来摸去，大部分时候都只摸到一些草，偶尔能碰上一些细细的树枝，上头还带着一些钝钝的刺儿。后来科斯佳干脆就不跟着弯腰了，他选择完全信任廖哈，因为在他看来，在这么黑的情况下，廖哈还能找到这条别人在大白天都不一定找得着的林间小路，一定是有什么特殊的技巧。

"向前走！"廖哈又发出了一声命令。

"好黑啊！"科斯佳在他脑袋后面呼呼地喘气儿，"而且还湿乎乎的。我已经从头到脚全都湿透了！"

"是啊，就跟黑人跑到肚子里去那么黑。"廖哈说道，"不过肚子里好歹还比较暖和。"

"我怎么知道，我又没进到肚子里去过。"科斯佳嘟囔道，"你说，为什么这么湿啊？好久都没下过雨了，却这么潮湿！叶子上全都是水，稍微碰上一点儿——身上就全是水！"

"大概是露水吧。"廖哈漫不经心地回答道。突然间他叫了起来，"上坡了，你感觉到了没？小路开始往上走了！"

老实说，科斯佳一点儿都没有"感觉"到。不过他倒是看见远处跳动着一个微弱的光点。他觉得那应该就是营地里头唯一一盏彻夜都开着的灯，也就是食堂大门口的那盏灯。这就是说，他们确实在往上走：因为就在几分钟之前，那个方向还是漆黑一片。

"又黑！又湿！又可怕！"走在前头的廖哈突然开心起来，"每棵小树后面还蹲着个鬼！每个小鬼身上都带着花儿！专躲在这里吃小孩儿！"

"哎呀，太吓人啦！"科斯佳也轻松起来，"要是那些小鬼吃了你，肚子得痛一个星期吧！"

不管怎么说，想到身后还有一盏灯像一朵小花那样一直开着，就觉得很好。

"你听到了吗？海浪声！"廖哈停了下来。

他们站在光秃秃的山顶，浑身上下都湿透了。两个人紧紧地挨在一起，冷得牙齿直打架。

"在哪儿呢？在哪儿呢？你说好的土耳其呢？"科斯佳努力地朝着漆黑的海面望去，第二次提出这个问题。

"你耐心一点嘛，现在还早呢。"廖哈聚精会神地盯着远处若隐若现的地平线回答道，"我不是跟你说了嘛，也许现在海面还不够平……"

"如果今天不会变平了呢？"科斯佳紧张地问道，"那我们不是白费这么大劲啦？"

"怎么可能变不平？怎么可能！"廖哈着急得连牙齿都不再打架了，"你要知道，只有现在能看见。因为白天是不可能看见的，那个时候海面是最高的，海平面就会把对岸的大陆挡住！而且半夜就开始涨潮了！每天都是如此！所以只要爬到高一点的山上，然后朝着地平线看过去，就一定能看到！"

"你看！……"科斯佳突然大声喊起来，"廖哈，快看！"

"什么？！"廖哈不解地问，"是什么？！"

"就在那儿！就在地平线往上去一点儿！……出现了！……黑黑的一小条儿！你快看呀！"

廖哈朝着科斯佳指的方向看过去，但是直到他把眼睛都看疼了，还是没能看到什么"黑黑的一小条儿"。

"是什么样子的？"最终，廖哈只好开口问道。

"很细很细。"科斯佳回答道，"不是很明显……"

"土耳其，肯定是土耳其……"廖哈叹了一口气，"我跟你说什么来着，那就是大海的彼岸……"

"廖哈，为什么土耳其那儿那么黑呢？"

"再简单不过了呀。"廖哈回答道,"他们都还在睡觉呢……跟我们这儿一样。"

"也许不是都在睡觉呢?"科斯佳说到这儿,激动得连心跳都要停止了,"也许,也有两个年轻人正站在那边的山上……站在土耳其的山上……然后朝我们这边看呢?"

"是啊。"廖哈说道,"而且那是两个土耳其小伙子……而且也在想,为什么对面那么黑呢?"

"不—对。"科斯佳笑着说,"我们这边不管怎么着还亮着一盏灯呢,就在食堂门口!"

不经意间已经天亮了。就连科斯佳也看不见那条紧挨着地平线的、细细黑黑的"大海彼岸"了。

"没了,廖哈,海水又开始往回涨了。"他叹了一口气。

"我们也往回走吧,咱们回营地吧。"廖哈率先走到了来时的小路上。

"唉,我们肯定得挨训了!"科斯佳一蹦一跳地跟在廖哈后面,开心地说道,"大家起床之前我们能赶得回去吗?"

"赶不回去了。"廖哈头也不回地答道。

"不管了,挨训就挨训吧!"科斯佳满不在乎地摆了摆手,"还有什么机会能让人这么容易就看见土耳其呢?"

小桥底下

小狗正在死去。

小男孩儿还不理解这种状态——对于这种处于生与死之间的脆弱的边缘地带，他还没有真正的体验。他倒是见过几次死人的尸体，不过都是以旁观者的角度，所以并不觉得可怕。这些人憋屈地躺在自己的棺材里，和活人没有一点儿共同之处——就是这样，非常明显。

"图希克被杀死啦！图希克被杀死啦！"小男孩儿一边喊着一边从小桥上跑开，"图希克被杀死啦！"

也不知道他是喊给谁听的，因为他一边喊，一边一个人下到河边，一个人沿着河边爬到了小桥下面，一个人找到了那条小狗。但他还是一直在喊，因为发生了这样的事情令他不得不喊。

"你喊什么呢？"一个熟悉的声音从他的头顶传过来，是雷瑟。

"图希克被杀死啦！图希克被杀死啦，雷瑟！"

"什么，该死！"雷瑟骂了句脏话，"谁干的？"

"不知道……"

"在那儿等着，我现在就下去！……"雷瑟说着就沿着小桥朝河边跑去。

"真见鬼，该死！……"

雷瑟并不是他的外号^①，而是他的姓，他就叫廖尼亚·雷瑟，确实有人有这样的姓。而且不管他有多想要一个外号，雷瑟就是没有外号。

"在哪儿呢？"雷瑟一下子就出现在小男孩儿旁边，嘴里喘着粗气。

"那儿呢……"小男孩儿把下巴一挑，"就在桥底下躺着呢……"

"走！"

离得不算太远的地上放着小男孩儿的钓鱼竿，还有一个用得很旧的带盖儿的小铝桶，小桶的两边已经瘪了进去。

"来钓鱼的啊？"

"嗯哼……"

雷瑟吐了一口吐沫。他有一门绝技：能够瞄准一个地方然后把吐沫吐过去，百发百中。

"我刚从桥上下来，就看到……图希克它……"

"要是让我知道是谁干的，我一定弄死他！"雷瑟握紧了拳头，一脸阴沉地发誓道。高年级的孩子们的这类誓言都是很严肃认真的，所以小男孩儿对他说的话深信不疑。

"就在这儿……"

---

① 雷瑟在俄语里是"秃顶的"的意思。

　　紧挨着金属桥墩的旁边有一片密实的草地，草地里露出一个黄黄的东西。

　　"图希克，唉呀呀……"雷瑟嘴里不住地叹气。

　　这个黄色的东西在草地里孱弱地颤抖着。

　　雷瑟走上前去，小男孩儿犹豫不决地跟在他后面。

　　"嘿，什么图希克！"雷瑟突然完全换了一种语气说道，"这得有四个图希克！"

　　"什么四个？"小男孩儿没明白，"为什么是四个？"

　　"你瞎嚷嚷什么啊？"雷瑟又吐了一口吐沫，"喊什么'图希克被杀死啦，图希克被杀死啦！'害得我也跑过来！……"

　　图希克是一只个头小小的流浪狗，它的毛色是那种不太正的杂种狗的黄色，大家都挺喜欢它的。它每天都在幼儿园的那间小板棚后面过夜，但是具体在哪儿也没人知道。不过每天一早，它必定会出现在大街上，跟来来往往的小孩子们讨些东西吃，小孩子们走到哪里，图希克就会跟到哪里。

　　"你看看这条狗，个头这么大！"雷瑟朝着草地里的狗弯下腰来，小男孩儿听见小狗轻轻地吼了一声，可是那吼声一点儿都不让人觉得害怕，"嘿呦，你还挺凶！"

　　是的，这只不是图希克。这是一只个头很大的狗，应该是只牧羊犬，身上的毛是棕黄色的。

　　雷瑟仔细打量这只狗，小狗再也没出声儿。小男孩看到小狗的上嘴翻了起来，露出一排尖利的牙齿，其中两颗肉桂色的犬牙尤为突出，看起来十分凶恶吓人。但是他们再也没听到它叫一声，看来它已经叫不动了。

"你看它龇牙咧嘴的样子！都已经被捅伤了，还是对谁都一脸凶相！"

"被捅伤了？怎么回事？"小男孩儿没听明白。

"什么怎么回事……这明显是用叉子扎的吧……你看，它身上有四个窟窿。还冲我凶，又不是我捅的你！"

"那会是谁捅的呢？"小男孩根本无法相信，居然有人会用大叉子去捅这样的小狗。

"我怎么知道！也许这是条咬人的疯狗。然后人们就……就得把它弄死。就是用那种叉羊或者叉兔子的大叉子……明白吗？"

"那它干了什么坏事吗?！"

"我不是跟你说了嘛，我怎么会知道？也许它当时正朝着某个人扑过去呢，然后就这样了！好了，我得走了……"

"但是它还活着呀……"

"快死了……"雷瑟不太确定地说，"这又不是图希克！我以为是图希克才跑过来的！……"

"快死了？"

"……也好，要不然还不知道要咬断哪个人的脖子呢！即使现在这个样子，看看，还那么凶！龇牙咧嘴的！"雷瑟从牙缝里挤出一声厌恶的"呲"声，转身走了。

小桥下面只剩下小男孩儿和小狗在一起。小狗的嘴闭了起来，吓人的牙齿也不再露在外头了。如果不是身体一侧有四个几乎不怎么流血的窟窿，看到它的人会以为它在打盹儿呢。太阳升了起来，桥墩投下的阴影退到了一边。小狗的呼吸也越来越沉重了，它尝试着爬起来，想要换个地方趴着。小男孩儿赶紧跑上前去想要帮它，可是小狗随即又瘫了下去，两只前爪被压在了身下。

小男孩儿又走近了一些。他用自己纤细的身体帮小狗遮挡已经变得炙热的太阳，但是小狗似乎并没有察觉到这些。它躺在那里，身体剧烈地起伏着。小男孩儿站在小狗上方，一动都不敢动，生怕自己不经意间的一个小动作再次惊吓到小狗。

"它怎么可能扑过去咬人呢！"小男孩突然间明白了，"这绝对不可能啊！如果是这样的话，那么叉子就会扎在它的胸口，而不是从侧面捅到它！它当时根本就没有预料到会受到这样的袭击！"

小狗吃力地把脑袋稍稍抬起了一些，看了看小男孩儿。它能明白小男孩儿为什么要站在这儿吗？应该是不会明白的，毕竟它只是一条狗……

"现在可好，它对所有的人都会恨之入骨！既然人类中的一员用大叉子捅了它，那它怎么可能还会对人类抱有好感呢？！这样也对，就应该恨所有的人！……"小男孩儿心想。

小狗把舌头伸了出来，似乎是想说些什么。

小男孩儿蹲了下来，朝小狗伸出一只手去……

小狗用临死前最后一丝力气把热热的、干干的鼻子埋进了小男孩儿的掌心里。

巫 术

"高丽人"号仅凭最低端的武装就完全掌控了穆里诺湖的整个水域。这是因为在这片水域除了"高丽人"号就没有别的船了——不管是敌方的，还是友方的——而且从来就没有过。

穆里诺湖毕竟不是拉普捷夫海[①]，也不是亚马逊河或者美国的安大略湖。因为拉普捷夫海可不像穆里诺湖这样，有星罗棋布的凶险的绿色浮岛，这些漂浮的小岛由水草组成，这些水草就像维奇卡[②]家里的草席一样交织、混杂在一起，甚至比草席更为密实、更为混乱复杂。船要是撞上了这样的小岛，那真是要急死人的！哪怕是艘最厉害的巡洋舰——螺旋桨都给卡住了，你还能做什么？维奇卡和彼得卡[③]恰恰碰上了这种麻烦事儿，而他们竟然

① 拉普捷夫海是北冰洋的陆缘海之一。位于西伯利亚沿岸的泰梅尔半岛、北地群岛、新西伯利亚群岛之间。
② 男名"维克多"的爱称。
③ 男名"彼得"的爱称。

能够摆脱出来：他俩一起挪到船尾坐着，让船头高高地翘起，然后再用船桨轻轻地推开"草席子"……

总之，这个"小水塘"——戈尔布诺沃镇上的人有时会这么称呼穆里诺湖——天生就十分凶险。还有就是这儿的瀑布，瀑布倒是不错……

离湖面不远的地方，有一道瀑布淙淙地流淌着。如果能花个一分钟的时间静止不动，安下心来仔细倾听，那么即使在湖面中心的位置上都能听得见瀑布的声音。不过维奇卡和彼得卡两个人一直以来都在激烈地争论一个科学问题：这个到底算不算瀑布？

彼得卡认为应该算瀑布，而维奇卡则一贯坚持用事实说话，坚信对大自然的了解应该来自严谨的科学研究，而不是毫无事实依据的猜测。瀑布——是说水要像布一样挂落下来，如果水流只是顺着突起的石头哗哗地流下去，就算它再澎湃，再裹沙卷石势不可挡，那也算不上瀑布，而只能算……算是瀑流，或是别的什么……

但是最终还是彼得卡取得了胜利！确切地说，是他的学术猜想取得了胜利。因为他们找到了光芒闪闪的事实证据！

维奇卡是个不会善罢甘休的人，他趴在地上，脸贴着地面看了好久，终于看清了这个由彼得卡率先发现的关键的学术证据！水流流到这里碰上了一块突起的巨石，就像遇上了一段滑雪道上的跳台，向上腾空飞了起来——就算仅仅飞起来那么几厘米，毕竟也是飞了起来！接着便在地心引力的作用下狠狠地摔向了多石的河床。这就是瀑布啊！维奇卡甚至把手塞进了飞起的水流下面的缝隙里摸了摸下面的石头——石头是干的！

除此以外，维奇卡和彼得卡还进行了一系列其他的重要科学实验，也许这些事情都会在科学的发展史上留下重要的一笔，谁说不是呢！比如说，他们发现，穆里诺湖里的每一处水面都是流动的，这难道不是很有趣吗？！当然，所有人都对此略知一二，他们知道列巴河从穆里诺湖上游流入，可是很快又从湖的下游"溜了出去"……就是说流了出去。但是他们有没有想过，列巴河会不会只在穆里诺湖的中间流动呢？比如说，就像墨西哥湾暖流^①那样！维奇卡和彼得卡不仅是猜想，他们还做了实验：他们把一些带有标记的大片儿的鹅毛散落在湖面上，这对于拥有"高丽人"号的他们来说并非难事。他们发现，落在湖面不同地方的鹅毛漂流的速度不尽相同——湖中心的速度快，越靠近河岸速度越慢——但是最后所有的羽毛全都漂向了瀑布！在取得这个惊人的发现之后，船长维奇卡还极为小心地驾驶着"朝鲜人"号靠近了瀑布，这艘小船灵活轻巧，操纵起来十分顺手：顺手倒也确实算

---

① 墨西哥湾暖流，简称湾流，是大西洋上重要的洋流，同时也是世界大洋中最强的暖流。湾流水温很高，特别是冬季，比周围的海水高出8℃，和周边的海水有明显的分界。它像一条巨大的、永不停息的"暖水管"，携带着巨大的热量，温暖了所有经过地区的空气，并在西风的吹送下，将热量传送到西欧和北欧沿海地区，使那里成为暖湿的海洋性气候。

顺手，不过总觉得缺了点什么。特别是自从"朝鲜人"号损失了一个船桨之后。而且这个船桨损失得十分窝囊：当时他们把船桨摆在地上晾干，正巧瓦洛佳叔叔开着拖拉机经过，等到发现的时候已经晚了……最后他答应一定帮忙给做个新的船桨。

另外，应该称"高丽人"号为"她"，而不是"他"[①]。因为这是一艘炮舰[②]。这样命名是为了纪念那艘同名的"高丽人"号炮舰，很久很久之前她曾经和另一艘叫作"光荣的瓦兰人"号的船一起并肩抗击日本人，就像歌里唱的那样，打了一场以少战多、力量悬殊的恶仗。[③]

不过考虑到在穆里诺湖里永远也不会有什么战事，因此英勇

①　"朝鲜人"一词对应的俄语词是阳性，因而为"他"；"炮舰"一词对应的俄语词是阴性，因而为"她"。

②　现在的标准译名为"巡逻舰"，为海军舰艇中护卫舰以下一级的水面作战舰，吨位数可从数十吨到数百吨不等，功能视设计具体情况而定，可能用于扫雷、反潜、导弹或鱼雷突袭、近岸巡逻、巡河、情报搜集、缉私、救援等多种功能。有时又称为护卫艇、炮舰、炮艇。

③　这首歌译作《"瓦兰人"号巡洋舰》，在国内常被称为沙俄时期或者苏联时期的海军军歌，但事实上并没有资料指出这是沙俄或者苏联海军统一的、官方指定的军歌。这首歌是为了纪念仁川海战中以少战多、最终战败自沉的"瓦兰人"号巡洋舰和"高丽人"号炮舰而作的，确实在沙俄和苏联的海军将士之中广受欢迎。仁川海战一役是日俄战争的开端，而打响"日俄战争第一炮"的正是当时欲突破日军舰队封锁而前往旅顺港的"高丽人"号炮舰。另外，"高丽人"号炮舰服役于俄罗斯太平洋舰队，也曾参与过八国联军侵华战争。又及，"瓦兰人"号巡洋舰有时又被译作"瓦良格"号巡洋舰，与中国近年从俄罗斯购买的"瓦良格"号航空母舰同名，但并不是同一艘。

无畏的"高丽人"号炮舰带着她唯一的船桨作为她的发动机，至今为止执行的都是和平的任务。不过维奇卡和彼得卡还是一边钓着鱼，一边随时准备着投入到任何一场以少战多、力量悬殊的恶仗中去。

这个六月又冷又阴沉。天空中满满地挂着一团团笨拙的乌云，把天空压得非常低，显得非常拥挤，而且这些乌云还在一天天地变得越来浓密。他们把"高丽人"号平平的船底①朝上晾在岸边，可是一连晾了好几天都没有晾干。由于船体潮湿，炮舰的自重增加了，吃水比以往更深了，转起弯儿来也不那么灵光。

不过光荣的炮舰还是载着全身裹得严严实实、暖暖和和的船员们出航了。因为任何一片大海，如果不去用锐利的船头犁开它的水面，那它就算不上是真正的大海，而顶多是一片大水塘……

彼得卡迟到了，他以前从来没有迟到过。维奇卡一个人把岸上的"高丽人"号翻转过来，一个人把它拖到水里，一个人把船拴在了摇摇晃晃的小码头上。他又一个人穿好钓钩，放好装鱼饵的小罐，还有小勺儿……彼得卡还没来。

跑去找彼得卡——太远了。彼得卡住在戈尔布诺沃镇的另一头，跑过去得花半天的工夫。要是他家像维奇卡这样，住在岸边

---

① 这里强调这艘"高丽人"号区别于有龙骨的尖底船。一般而言，江湖里常用平底船，吃水浅，便于过浅滩沙洲；海里航行多用尖底船，便于抗击风浪、破浪航行。

就好了。或者就算他俩掉个个儿也好——那样也简单了，他可以一个人先把船划出来，然后半道儿上和小伙伴会合。

把装着鱼饵和小勺儿的罐头移来移去可算不上特别好玩的事情，特别是当码头上有一艘万事俱备等待离港的小船的时候。一向冷静沉稳的维奇卡这会儿也渐渐失去了耐心。最终，他的耐心彻底用完了！

而就在此时，彼得卡出现了！他既没有慌张地跑过来，也没有表现出一副不小心迟到了很愧疚的样子。就比如说，如果是不小心睡过头了，或者半路跑去扑救森林大火，那么一般人都会尽力表现出想要弥补自己迟到的罪过的样子——不，彼得卡一点儿也没有！他慢吞吞地晃悠着，两只脚几乎都没抬起来，而是在地上拖着走。鱼竿则无精打采地拖在身后，一头夹在胳膊底下，一头在戈尔布诺沃镇富含黏土的土地上剐蹭着，划出了一道小沟。彼得卡一边走着，一边专心致志地看着脚下——似乎那儿有什么非常重要的东西，因为即使只隔着五米的距离，他居然都没有注意到眼前维奇卡的存在，也没有注意到"高丽人"号。

不过维奇卡突然间就发现自己已经顾不上彼得卡了：因为就在彼得卡的身边，还有一位身着厚外套、棕色长裤的小姑娘，只见她裤脚塞在便靴里，迈着高傲的步子大步流星地朝维奇卡走过来！

"您好！"她跟维奇卡打招呼，"听说您有一艘平底船？"

"是炮舰!"彼得卡把头转向了一边,嘟囔了一句,接着用几乎听不见的声音又加上了一句,"傻瓜!"

"没错。"没想到维奇卡竟然没有站在自己的朋友这边,"一艘平底船……一艘非常结实的平底船。"

"你快跟她说,我们不能让女人上'高丽人'号的……让她快回家去找她姥姥玩去吧!……"

"那我应该坐哪儿,船头还是船尾?"小姑娘笑着问道。

"最好坐在船头吧……"维奇卡回答道,"我得在船尾划桨……"

"她怎么这么死皮赖脸地要上船啊?"彼得卡十分不解地望着船长,完全不明白发生了什么。因为根据所有已知的航海条例,指挥官理应把这个"娘们儿"从战舰上驱逐下去才对啊,而且在极端情况下还可以下令把她缝在麻袋里扔到海里去。

"她已经赖在我们家不走一个多月了!……"

"你们家?"不知何故,维奇卡兴致很高。

"那还能是谁家!她是我亲戚!"彼得卡气呼呼地说道,然后似乎是为了纠正一下,又补充道,"远房的……"

"我负责当舰艏瞭望兵!""远亲"一边走上船一边宣布道,"彼得卡,你负责当舰艉瞭望兵!另外我的名字叫马林娜!名字就注定我是'属于大海'的[①]!"

---

① 俄语名"马林娜"是罗马人名"Marinus"的女性变体形式。"Marinus"在拉丁语里表示"属于大海的"。

"真该把你扔下船去……"彼得卡还在喋喋不休地坚持拒绝马林娜上船，不过已经不那么坚定了，"我跟她解释了半天，可她就是不听！……姥姥说，你们就带上她吧，划船的时候小心点儿。我这样解释，那样解释，怎么解释都不行，我说我们只有一个船桨啦，我们的船没干、太重啦……"

"前进！"小姑娘开心地喊道。维奇卡顺从地解开了"高丽人"号的缆绳，接着用一种一点儿都不像是船长的口吻说道：

"坐吧，彼得卡！离港了！"

维奇卡划了几下桨，方向控制得极为准确，小船灵巧地穿过一片并不显眼却凶险异常的绿色草席岛，马林娜朝着水面弯下腰，用手挑起一根柔韧结实的水草杆子。

"在这种水草附近应该有很多鱼！"

"现在得把鱼给她端上来了！"彼得卡坐在自己常坐的位置上，也就是船首，而马林娜则背对着彼得卡坐在船中间的座板上（其实就是放在船上的普通长凳，不过根据航海术语得称之为"座板"），"你是来乘船兜风的，还是来钓鱼的啊？你要是来兜风的，那就好好坐着！"

"那你带着鱼竿来做什么？"马林娜十分机灵地反问道。

"今天这个天气，鱼都不咬钩的……"维奇卡若有所思地答道，"大阴天的，估计什么也钓不到吧。我和彼得卡不管什么时候都会带着鱼竿的。每次出航都应该带齐全套装备。"

"你说的不对，这个天气鱼最容易咬钩啦！"马林娜争论道，"而且就算不咬钩，我也知道一句话……其实不仅仅是一句普通的话哦，而是一句有魔力的咒语：只要念了这句咒语，所有的鱼都是我们的啦！"

"那你说，有没有这样的咒语，只要念一下，你就可以从船上消失，立马回到姥姥家的厨房里？"彼得卡怪腔怪调地挖苦道。

"那我们钓一下试试吧。"维奇卡说道，"但是船锚……我是说，我们没有什么重物可以沉下去固定住船。我们只能这样一边漂着一边钓鱼，明白吗？"

"明白！"马林娜疑惑地眨了眨眼睛，"这有什么奇怪的……"

维奇卡把桨放在船舷上，换了个更舒服的姿势坐了下来，接着从小包里拿出两根最好的鱼竿。马林娜想了很久，挑了一根短的，然后把绕着的鱼线解了下来。她朝着维奇卡抱歉地笑笑，就这么一只手拿着鱼竿，一只手拿着鱼钩等在原地不动了。维奇卡不太明白怎么回事，自顾自地把两团饵料准确地投到了小浮岛下方。

"你还坐在那儿干什么？"彼得卡对着马林娜呵斥道，"是你自己要钓鱼的啊！你以为说两句'所有的鱼都是我们的啦，都是我们的啦'，鱼马上就自己跑上来啦？真是的！"

"我……我马上……"马林娜用几乎听不见的声音怯生生地说道。

维奇卡十分惊讶，她怎么突然间跟码头上那个大步流星的姑娘判若两人了呢？

"她这是害怕蚯蚓！"彼得卡嫌弃地哼了一声，"唉，麻烦死啦，搞得我们两个人一个头两个大！"

"咱俩本来就有两个头！"船长严肃地打断了他的抱怨，"来，把钩子给我吧！"

维奇卡迅速帮马林娜穿好蚯蚓，并且帮她把钩抛到了离自己的浮子不远的地方。彼得卡只好转到另一侧的船舷放下钩子。

风在湖面上吹起微微的涟漪，马林娜和维奇卡的浮子就跟被缠住了似的一动不动，而就在此时，彼得卡的浮子却漂了起来。

"咬钩了！"马林娜紧张起来。

"这是湾流！已经被我们的实验证实了！"彼得卡心平气和地解释道。接着他又把钩子拉了回来，放在了原来的地方，"有的时候湾流确实也会把钩子'咬'住拖走！"

维奇卡其实十分理解彼得卡，他也知道今天出来钓鱼是没有意义的，在这样的天气里钓鱼，还不如把钩子扔到鱼姥姥的井里钓鱼，反正上钩的可能性都一样低。

彼得卡还在喋喋不休地挖苦马林娜：

"你怎么还不念你的咒语啊！我们都已经把钩子扔下去了……还得等多久啊？"

"好啦，彼得卡，别说啦。"维奇卡试着安抚彼得卡的情绪，"要等多久就等多久呗，耐心点儿。"

马林娜抿了抿嘴唇，朝着自己的鱼竿弯下腰去，维奇卡似乎看到她嘴里念念有词地说了些什么。

只过了一小会儿工夫，马林娜的浮子突然猛地沉了下去！

"快拉啊！拉呀！"彼得卡发狂般地大喊道，"别让它跑了！快快！"

马林娜赶忙把鱼竿朝自己这边猛地一扯，可惜用力过猛，钩子都脱落了下来——一条肥硕的银色的大鱼从水中被拉起，高高地飞向空中，然后划过一道漂亮的弧线……啪的一声落在了"高丽人"号的船底。彼得卡迅速上前把这条大鱼抓了起来，放进装了水的小桶里。

"你干吗喊那么大声？"船长严厉地问道。

"你看她呀！差点让鱼跑啦！"

"我刚才，是钓上来了吗？"马林娜似乎被吓到了，战战兢兢地问道。

"你刚才说……"维奇卡本来要说些什么，却被彼得卡打断了：

"我可什么也没说！虽然，也不是不可能……但是这种情况纯属偶然……"说着，他又一次把自己的钩子从湾流里拖了出来，放到一个离水草近一些的地方。

而维奇卡帮马林娜把钩子还是放在了之前的地方：

"来，再来！"

可是还没等到马林娜接过这根轻飘飘的竹鱼竿，浮子就又一次沉了下去。这次的鱼比刚才那条还要大，不过马林娜十分轻巧地就把它钓了起来，那娴熟的手法就好像她已经在漂浮的"高丽人"号上钓了一辈子鱼似的。

彼得卡自言自语地嘟囔了一句，把他那不断在钩子上扭来扭去的、诱人的红蚯蚓拖到了马林娜刚才放钩子的地方，他觉得也许这是一块福地。

"你往旁边去一点儿！你放在这儿，我往哪里抛钩子啊？"维奇卡说道。

"啊，原来这是你的位置啊？！"彼得卡装着似乎吃了一惊，"我说呢！我老看你不停地把钩子抛出去，但是从来没看到你往上拉钩子。"

马林娜那儿的鱼还在一条接一条地上钩，有大鱼也有小鱼，还有两条特别大，就算是专门出来钓鱼的老手，有了这两条也可以问心无愧地回家了。

彼得卡不下十五次地拉起线重新换上新的"底料"，他不停地朝自己诱人的红蚯蚓上吐着口水，吐得嘴巴都发干了。有一次，他甚至设法把自己的钩子挂在了马林娜的线上……而恰恰就在那次，马林娜钓起了那条最大的小欧鳊[①]！

---

① 俄语 Подлещик，是指体型较小的 Лещ，即欧鳊，学名为 Abramis brama。欧鳊是鲤科的一种淡水鱼，主要分布在阿尔卑斯山和比利牛斯山脉北部和巴尔干半岛。通常体长 30 至 55 厘米长，也有过 75 厘米长的记录，重量在 2 到 4 公斤左右，是常见的食用鱼和养殖鱼类。

穆里诺湖上大概还从未有过这样的景象：两个钓鱼老手坐在一个第一次拿钓竿的新手小姑娘两边，自个儿一条鱼都钓不到，却眼睁睁地看着他们破旧的小水桶里一下子就装满了鱼。

"不行！"彼得卡忍不住了，"维奇卡，你没发现吗，这儿的鱼根本就不咬钩啊！但是今天又确实是个适合钓鱼的好天气！我们得换一个地方！"

"谁说不咬钩？"维奇卡吃惊地问道，"马林娜这儿可以说咬得相当厉害啊。"

"嗯哼！"彼得卡并不善罢甘休，"我们都是老实人，钓鱼从来都是本本分分的，从来不用什么巫术，但是她可不是！"

"你愿意的话，可以在我这里用我的鱼竿钓啊！"马林娜说道。

"哼，然后你就可以拿我的竿子把我的大狗鱼①钓走啦?！"彼得卡伸手去够之前一直好好儿地放在"高丽人"号左舷上的船桨，"最好还是换个地方本本分分地钓鱼，不要依靠这种邪门歪道！"

还差一点点才能够到船桨，彼得卡稍稍欠了欠身子，可是这

---

① 俄语 Щука，狗鱼，中文俗名苏联火箭（鱼），常见个体体长在 50cm 左右，最大体长可达 137cm（雄性）至 150cm（雌性）。学名 *Esox lucius*，中文标准译名为白斑狗鱼，台湾亦称白斑狗鱼，是狗鱼目狗鱼科狗鱼属的一种肉食性淡水鱼。广泛分布于北美洲及欧亚洲大陆北方的冷水淡水流域。体大凶猛，是世界性著名的游钓鱼类。

时维奇卡也突然站了起来。"高丽人"号突然剧烈地晃动了一下，他们唯一的一支船桨、炮舰唯一的发动机，就这样掉到了水里。

"好吧！"马林娜喊道，"你们要是想的话，当然可以换个地方，反正不论到哪里鱼都多的是……"

"船桨！"维奇卡突然意识到了问题。

"墨西哥湾暖流……"彼得卡沮丧地说道。被卷进湾流的船桨已经漂出去很远了。

"嘿！"此时彼得卡居然突然平静了下来，"这下可麻烦咯！"

"那我们接下来应该做什么呢？"马林娜问道，语气里没有丝毫紧张或者害怕的感觉。这可能是因为她还没有充分意识到事情的严重性，要不然就是十分信任这两位小伙伴。

"接下来如果太阳出来了，我们可以先晒晒太阳！"彼得卡开玩笑道，虽然在这个情况下一点儿都不好笑。

"要是游过去的话，太冷了……"维奇卡出声地思索道。

"那……我们可不可以用手划水？"马林娜又活跃了起来。

"嗯，要是使劲划的话，没准儿还能刚好赶上第二学期！"彼得卡又开玩笑地说道，他的幽默感总能在最危急的时刻爆发。

"什么第二学期？"

"学校里的第二学期啊，还能是什么？第一学期我们还在路上，所以错过了。"

"我们可以划到湾流那儿。"维奇卡顺着马林娜的思路说，"然后就可以借助湾流往前走了。来吧，划起来！"

湖水冰凉彻骨，水花不断地溅起来，打湿了他们的袖子。就算三个人一起用手划水，这艘沉重的小船还是几乎纹丝不动。

"再来，我喊一二三，一起划！"船长再一次发出指令。

"高丽人"号调了一个头，船头已经撞上了水下的暗流。

"乌拉！"彼得卡开心地大叫，"成功啦！我们动起来啦！动起来，动起来！"

"高丽人"号慢慢地打着转儿，虽然可以说暂时是以龟速前进的，但是无论如何毕竟是朝着被水流带走的船桨的方向前进着。

"乌拉！"马林娜也跟着喊了起来，"要是现在就能知道我们会在哪儿靠岸就好了……"

彼得卡突然呆住了，他转过头去看维奇卡：他俩比任何人都清楚穆里诺湖的水下暗流都流到哪里去了。

"马林娜，你会游泳吗？"还是维奇卡率先开口了，"你别怕哈……我们现在……正被湾流……带向瀑布……"

"啊？瀑布！"马林娜吃惊地"啊"了一声。

离湖岸越来越近了，如果他们仔细倾听，就能听见瀑布那边传来的哗哗的水声。

"然后呢？"马林娜惊恐地问道，彼得卡似乎还看到她开始念念有词地喃喃自语起来。

维奇卡站起身来，迅速把外套脱了下来。

"你干吗?!"彼得卡不解地问。

"没什么……"说着,维奇卡又把毛衣扔在了船底。

"维奇卡,不用吧!"彼得卡一边小声地说道,一边也开始脱衣服。

很快,维奇卡全身上下就只剩一条孤零零的游泳裤了,游泳裤上还有奥运会的标志,是他爸爸从城里给他买的。维奇卡冷得缩成了一团,他纵身一跃,越过船舷跳进了水里。没过几秒钟,彼得卡就出现在了他的身边。

"你们去哪儿啊?"马林娜带着哭腔喊道。

维奇卡可没时间回答她。他双手紧紧地扒住船尾,用尽全身的力气用两条腿拼命地打水。彼得卡跟在后面和他一起打水,"高丽人"号慢慢加速,渐渐从水底暗流的右侧突破了出去。

发动机是任何一艘船的心脏。如果发动机不能正常工作了,那就糟糕了。而现在的发动机呢……要是真正的巡洋舰上的船员也像这样跳进水里,用脚来打水,不知道巡洋舰能不能被推动?我也不知道,大概是能被推动的吧……

"水里是不是特别冷?啊,彼得卡?"马林娜关切地问道。这时他们已经都在岸上了。

"不——冷!"彼得卡的牙齿直打架,"我们不停地打水啊、打水啊给它加热,水都变温了!"

"马林娜,你那什么……"维奇卡绕着烧得正旺的篝火一边转着圈一边说道，"你赶紧回你姥姥那里去吧……"

"为什么啊？"马林娜有点委屈，他们能待在这儿，而她就得回姥姥家去！

"你赶紧回去，跟她解释说今天和我们划船了，我们这儿一切都好，等把船弄干了就回去。不然的话，你姥姥要担心的……那样的话，下次她就不会允许你和我们一起玩儿了。"

"下次？！"马林娜高兴得叫了起来，但是立刻又确认了一遍，"你是说，下次你们还会带上我？"

马林娜渐渐走远了，不过还能勉强看到她那件大衣在戈尔布诺沃镇最边缘的那排房子那里闪了几下。

"她真是把你给迷住了！……"彼得卡不知何故叹了一口气，同情地说道。

"什么？""高丽人"号的船长没听明白。

"就是说，你中了她的巫术啦！……居然想都不想就往那么冷的水里跳，还一点儿都不在乎！"

"你不也是？"

"我怎么了，我得跟着你啊！"彼得卡笑了，"你说，我们当时怎么就慌了呢？其实就算湾流把我们冲到瀑布那边，又能怎样？船肯定会搁浅在石头上的，我们甚至可以走上岸的！"

"说的也是……"维奇卡说。

"都是因为她！我觉得是她把你变糊涂了，'我知道一句咒语，我是个巫婆'……看看你！还有那些鱼！"

"我们的船桨没准儿也在哪里的石头上搁浅了呢，你觉得呢？"

"当然，肯定就卡在什么地方了……如果不是已经断了的话。不可能，肯定是搁浅了！一定能找回来的，船长！"

"明天再来一趟……"

"也要带着她吗？……"

"我都答应她了……"

彼得卡犹豫地想了一会儿：

"但是不管怎么说，根据航海条例……唉，我们一开始就不该让她上船……"

维奇卡看了一眼篝火微弱的火焰，转过头去沉默了一会儿，接着轻声说道：

"你听我说……关于女人，你说的没错……但是航海条例上从来没说不能带巫婆上船，你说对吧，彼得卡？"

玻璃窗上的画

生活之不如意十之八九……

七年级乙班的科斯佳①·特罗菲莫夫，全校最厉害的前锋，

_____

① 男名"康斯坦丁"的爱称。

对此深有体会。

虽然刚开始的时候一切都进行得很顺利，甚至可以说相当不错。科斯佳从中场附近连投两球，两次，篮球都听话地顺利进筐。不过在此之后，对方防守队员紧贴了上来，再也没有给他进球的机会——不论是远投还是近射。不过有了前面那两球也算是值了！

教练看到了科斯佳投的这两球，吃惊地抬了抬眉毛，和旁边的助手——一个看上去非常严肃的年轻小伙子窃窃私语了几句。教练则是个个子矮小的大叔，完全不像是个打篮球的人。

最好能，不，应该说必须得展示点别的技巧才行——比如科斯佳最擅长的右翼突破，不过这套战术需要动作灵活的斯拉夫卡·乌姆里欣帮他打掩护，然后传球给他——这样就能斩获一个漂亮的两分球。但是斯拉夫卡没来参加这次选拔训练——他似乎还有别的更重要的事情。而除了斯拉夫卡，科斯佳和其他小伙伴们根本配合不起来，他们在场上根本不理解科斯佳的意图。

科斯佳尝试着自己一个人带球突破，但是球被断了下来。他又朝着底线一突，伸手要球，但是没人看见他。然后比赛就结束了。比赛只打了十分钟，大家都还没活动开呢。教练坐在自己的位置上喊道：

"两两一组！"

所有的人迅速两两一组配成了对。科斯佳的对手是一个瘦得皮包骨头的、看上去很灵敏的小伙子，也是新人。

"格斗！"教练命令道。

"皮包骨"一下子抓住了科斯佳的胳膊肘，使劲朝着自己拉了过去，然后用一种几乎难以察觉的小动作猛地把科斯佳摔倒在地。不过科斯佳甚至都来不及想到底疼不疼，好在摔得一点儿都不疼。就在翻过身来趴在地上的一瞬间，科斯佳看了一眼教练。正巧此时教练转过脸去，仿佛完全没有注意到科斯佳以及科斯佳那个可怕的对手这边的情况。

也许这样更好，教练什么都没看见的话最好。

科斯佳迅速站了起来，他也学着"皮包骨"刚才的样子抓住了他的胳膊肘，谋划着该怎么把他摔出去更好，接着……科斯佳又躺在了地上。这回可不是简简单单地躺下了，而是伴随着讨厌的"咚"的一声，四仰八叉地拍在了地上。

教练和那位一脸严肃的助手一齐转过头来——大概是因为那一声实在太响了，要不然就是因为他们刚好转过头来打算看看这边的情况。科斯佳慢慢爬了起来。为什么要搞这些玩意儿呢？难道他们是来选摔跤手的吗？好在接下来还有一场对抗赛，到时候再把实力展现给他们看也不迟！

教练诡异地笑了一下后，拍了一下手，喊道：

"爬绳！"

绳子比科斯佳的膀子还粗，大家轮番顺着绳子往天花板爬起来。科斯佳爬得又快又轻松，甚至都没有借助腿上的力量。他一直爬到最高的地方，骄傲地朝教练望过去。

但是教练这会儿又没有在看他。这都是什么事儿啊?!

训练的最后一项内容又是一场对抗赛！科斯佳觉得教练此时似乎一直在注视着他一个人，他就是七年级乙班的科斯佳·特罗菲莫夫，全校最厉害的前锋。在教练全神贯注的注视下，科斯佳发挥不佳，投篮屡次不中，好几次进攻都以走步告终，只有传球还算力量适中，准确到位。不知道为什么，每次进攻都被对方破坏掉了。

对抗赛结束后，老队员和新来的球员一起站成一排，直到这时，科斯佳还是心存希望的。因为不管怎么说，在第一场比赛的时候，他有两个精彩的进球。除了"皮包骨"和他自己，其他人几乎都没有看到他在格斗训练时糟糕的表现。而他当时被人看到像只青蛙一样四仰八叉躺在垫子上——又有什么大不了，有谁看到之前发生了什么吗?

至于爬绳，那更是无可挑剔！

助手把一张很大的纸递给教练。训练开始的时候，所有的新人都把自己的名字写在了那张纸上。

"特罗菲莫夫！"教练大声点名道，第一个就喊到了他。

科斯佳红着脸从队列里走出来。教练指了指自己的左侧：

"站这边！"

接着又开始点下一个人。一眨眼，所有的新人都排成了两队，分列在小矮子教练的两边。当科斯佳看到他这队隔着两个人站着那个几分钟之前把他凶狠地摞倒在地的"皮包骨"的时候，他感到很舒心。教练的右手边站着三个人，而左手边，有十几个人。

"好了，小朋友们。"教练用十分慈祥的声音说道，"我看着你们……你们每一个人我都很喜欢……我很乐意把你们每一个人都留在队里，但是这是不可能的，我也没办法。"

正是在这一刻，科斯佳领会了生活的不如意。因为在他们这个小城市里再没有第二家篮球俱乐部了，而唯一的这一家呢，每年只有一次选拔的机会。

"那么，我的孩儿们，"教练朝着右手边的那三个人看过去，"星期三穿着运动服过来，明白了吗？"

"明白了！"三个"孩儿们"迅速而整齐地喊道。

"至于你们呢，我最亲爱的朋友们……不是所有人都能一下子被选中的……再接再厉，下次再重新来过……不过这次嘛，很可惜……"

"皮包骨"在走廊里不屑地哼了一声，晃晃悠悠地朝着更衣室走去，一边走着一边小声哼着歌。科斯佳也走了出来，眼泪汪汪的。其他人跟在后面，也都一言不发地走了出来。

科斯佳站在走廊里，靠在结冰的窗户旁边。他怎么也想不明白刚刚发生的事情，就算一切真的发生了，却怎么是这样一个结果。他——科斯佳·特罗菲莫夫，全校最厉害的前锋，连八年级的人防守他的时候都会惮他三分，现在却站在这么一个憋屈的小窗户旁边！这个小窗户如此憋屈，就算是夏天，透过这扇窗户也几乎看不到什么东西，而现在这样的冬天就更不用说了。严寒在这扇该死的窗户上画下了愚蠢而无用的花纹。

科斯佳把大拇指摁在了冰冷的玻璃窗上。窗子上的冰融化了一些，露出一个圆圆的洞。

科斯佳似乎提起了一些精神。他把手掌稍稍握了起来，用手掌的边缘紧贴在那个融化的小洞下面又摁了一下，接着又在旁边轻轻地抹了几下。整个学校只有他一个人，七年级乙班的科斯佳·特罗菲莫夫，能够在结冰的玻璃窗上画画。

他在玻璃窗上画的这个"教练"惟妙惟肖。矮矮的个子，长长的鼻子——科斯佳特意把他的鼻子画得比现实生活中还要长，这样看起来甚至比按照真实的比例画更像现实生活中的教练。

在教练的旁边——是那个浑蛋助手。就是这副模样儿！年纪轻轻就驼成一个大哈腰，对自己的领导唯唯诺诺。

还有这个球队的所有队员，全都像猴子一样七零八落地挂在绳子上！

科斯佳的背后有人轻轻地咳嗽了一声。科斯佳转过头去——是教练。

"你怎么还不回家啊？"

科斯佳不说话。

"我理解你，你的生活里不能没有篮球。"教练说着叹了一口气。科斯佳心里闪过一个令他十分不快的念头：他哪里会理解我？

"要我说吧……"教练突然看见了科斯佳画在玻璃窗上的画，"嗯……很好……"

"让他看到就是了！就该让他看！让他也知道知道！"科斯佳心里想道。

"很好，很好……"教练接着说道，"不错！难道我看起来真的是这个样子的？"

"如果不像的话，那您怎么可能猜到这就是您自己呢？"科斯佳含混地嘟囔道。

"嗯，说的也是。"教练表示同意，"你别理解错，朋友。别理解错我的话。你注定不是打篮球的人。"

"那我是什么人？！"科斯佳生气地喊道。

"我也不知道。要是我能知道的话……这么说吧，"教练指了指科斯佳的画，"你觉得，他们有谁能做到这个吗？"

教练没有明说"他们"是指谁，不过这很好理解——就是那些这会儿幸运地留在了体育馆大厅里的、下周三还要再回来的人！

"您要是试着也把他们赶走，也许他们也能画得出来！"

"不要说这种气话嘛！"教练突然用手重重地拍了拍科斯佳

的肩膀，什么也没说，转过身径直朝大厅走去。也不知道他刚才为什么要出来。

科斯佳目送着教练离开，又转过头来看了看自己的"作品"。他突然间感到十分厌恶自己的这些画……

他还从来没有画过这么龌龊的、令人厌恶的画！这些画全是谎言！教练完全不是这样的！

校队门将

"三头龙"戈尔内齐在场边的围挡附近轻松击败了笨手笨脚的卡泰。当卡泰迟钝地转过身来冲向进攻的"三头龙"的时候，一切已经来不及了："三头龙"甚至都没有减速，而是一边滑行着一边准确地朝球门"开了一炮"，冰球应声打入球门，撞在金属门网上。卡泰低声对"三头龙"说了些什么，不过隔着围挡听不见。"三头龙"耸了耸肩，不慌不忙地朝场地中央滑去。不过就算听不见他们具体说了什么，也很容易明白：面对没有守门员的空门，进球并不是什么难事！

廖什卡坐在场边的围墙上，这个在柱子左边一点儿的位子是他最喜欢的位置，墙上还有一个把手，刚好可以用来放脚。总的来说，大家都喜欢坐在场边的围墙上看冰球比赛，围墙就像看台一样。

　　观众总是比球员们来得要早一些。他们三三两两地坐到围墙上，就像一群小麻雀一样，耐心地等待着。

　　"你支持哪个队？"尤拉·索博列夫每次都得问这么一句，虽然问不问也没有什么区别。

　　"支持我们队！"廖什卡每次都会这样自豪地回答。

　　"三头龙"戈尔内齐和卡泰分别是校冰球队的主力前锋和主力后卫，他们现在正并排绕着小圈儿做滑行练习，两个人不停地交谈着什么。其他的队员也各有各的事情，有一些正蹲在围挡旁边，挥动着手臂。而冰球则冷清地躺在场地中央。

　　毕竟这只是训练，还不是真正的比赛。真正的比赛在明天，是校队对抗校队，我们队打三十三小学队。等到明天，这个有点儿笨拙却十分强壮的根纳·卡泰可不会像今天这样朝着"三头龙"苦闷地使眼色，而是会干脆利落地把球传到"三头龙"的杆子下，就算对方的球门前站着的是弗拉季斯拉夫·特列季亚克[①]本尊，他们也会无所畏惧……

---

①　弗拉季斯拉夫·特列季亚克是原苏联国家冰球队守门员，现为俄罗斯冰球协会主席。他曾五次被评为苏联最佳冰球守门员，是 2014 年俄罗斯冬奥会的火炬手之一。他作为莫斯科中央陆军队守门员，帮助球队 13 次获得苏联冠军。他作为苏联国家队守门员，共打过 287 场国际比赛，帮助苏联国家队获得过三届冬奥会、十届世锦赛、十届欧锦赛的冠军。为表彰他的杰出成就，他被授予了列宁勋章、荣誉勋章和劳动英雄奖章。1987 年他荣获欧洲最佳"金冰杆奖"。

不过，站在我们的球门前守门的又会是谁呢？

从学校的方向跑过来一个人，球员们一下子都围了上去。"三头龙"轻松地把卡泰撞到了围挡上——只是跟卡泰开个玩笑而已，不过是拿卡泰来演练一下自己的看家本领。接着他又猛蹬了几步，朝其他的队员那里滑去。

那个刚跑过来的人正滔滔不绝地讲着什么，两只手激动得上下挥舞。"三头龙"在一旁听着听着，突然非常生气地用球杆使劲砸了一下冰面……"三头龙"的目光落在了球场边的围墙上。他飞快地滑向场边，一直到围挡旁才停了下来。

廖什卡和尤拉在那一瞬间呆住了：每当有什么重大事件将要发生的时候，人们总是能够提前有所察觉。"三头龙"打了一个响亮的呼哨，同时又挥了挥手里的球杆。廖什卡突然意识到，"三头龙"不是朝别人挥手，而恰恰是在朝他挥手。不过为了以防万一，廖什卡还是朝四周看了看。

"你，就你，那个胖子！"戈尔内齐喊道，"你还坐着干吗，快过来！"

廖什卡从围墙上一跃而下，跳进围墙下深深的积雪里，他几乎小跑着来到"三头龙"面前。

"你是我们学校的吗？你是几年级的？""三头龙"问道。

"是我们学校的。四年级……甲班……"

"很好，我们可不想找来一个外校的卧底！"

后卫卡泰急忙跑过来：

"戈尔内齐，你在做什么？"

"你看，这个小胖子根本就是个'大箱子'，我们就让他代替'裁缝'上场吧！他光站在那儿不动就能遮住半个球门啊！"

这还是廖什卡头一回没有因为别人说他胖而感到生气。甚至很奇怪，他还觉得挺高兴的！难道校队里还有别的什么人仅凭自己的身材就可以几乎整个儿地守住球门吗！

卡泰态度不明地哼了几声。不过"三头龙"重重地把手拍在了廖什卡的肩膀上，很严肃地问道：

"你不害怕球吧？ [①]"

"……不怕。"廖什卡费了好大劲才憋出这两个字，因为幸福和激动的心情已经压得他喘不过气来了，甚至连说话都变得困难了。

"那你穿上冰鞋应该至少能在冰面上站住吧，'大箱子'？"卡泰一脸阴郁地问道。

"嗯……"

"'裁缝'波尔特诺伊最开始的时候不也是穿着毡靴就上场了嘛！""三头龙"安慰卡泰道。"裁缝"波尔特诺伊，在球场外的真名叫作瓦利卡·波尔特诺夫，他是"三头龙"戈尔内齐最好

---

① 冰球的球速极快，力量也很大。一般守门员的护具会比一般队员更为厚实，但是即使如此也曾出现守门员被大力射门击晕的情况。

的朋友，不过其实戈尔内齐也记不清瓦利卡第一次上场的时候到底穿的是毡靴还是别的什么了！

当廖什卡穿着加长款的大衣和绱了底的毡靴来到冰场上的时候，场上所有身穿背后印着数字的绿色队服的队员们都不大信任地看着他们的这位新门将，不过谁也没多嘴。

"三头龙"把廖什卡推到球门边上。

"萨尼亚，给他拿双手套来！""三头龙"招呼道。

廖什卡梦寐以求的两只冰球手套啪啪两声落在了他面前的冰面上。

"我们这儿没有守门员专用的手套了，你暂时用这双普通的吧。"

"得把他那张脸挡上……"某个队员提醒道。

廖什卡明白他说的是什么，他还需要一个门将专用的头盔！可是上哪儿去找呢？

"没事，先这么着吧……"

"专业！就像 NHL[①] 来的顶级加拿大球员一样！""三头龙"戈尔内齐夸赞道，接着就疾速向场地中央滑去，"我们只打你这一个门，所以你得盯紧了！"

---

① 国家冰球联盟（英语：National Hockey League，缩写 NHL），是一个由北美冰球队伍所组成的职业运动联盟。NHL 是全世界最高层级的职业冰球比赛，为北美四大职业运动之一。

黑色的小球开始在场上疯狂地飞来飞去，廖什卡集中精神，眼里只盯着冰球，其他一概不管。

"别慌！别慌！"坚实可靠的后卫卡泰不时地在廖什卡耳边提醒他，"别乱了阵脚！"

廖什卡朝飞来的球扑过去，全然不顾球打在身上的疼痛。他穿着自己那件碍手碍脚的大衣，腿上也没绑什么护腿板，不断地左扑右跳，用薄薄的普通冰球手套把射过来的球全都挡在了球门外面。

"打得不错！"训练结束之后某个"绿队服"对他说道。

之后，他和"三头龙"一起走回家。"三头龙"一只手拎着一个装满了冰球装备的袋子，另一只手搂在廖什卡的肩膀上。

"我跟你说，'裁缝'波尔特诺伊这个人真是个混球儿！""三头龙"语气里略显疲惫。

"他不是你的朋友嘛。"廖什卡怯生生地反驳道，"就算发生了什么事，也没什么大不了的吧……"

他还是第一次这样和七年级的大人们平等地聊天。

"好一个朋友啊！难道朋友之间可以这样吗？！他早就知道明天要比赛了，混球儿，早就知道了！但是却没有来训练！根卡去他家里找他，他邻居说他去奶奶家过寒假了！居然都不事先告诉我们一声！"

"也许是他奶奶家有什么事呢？……"

"不管了！明天早上就你上了！就像今天这么打！我敢跟你打包票，很快你就会成为我们的明星门将！而不是像'裁缝'波尔特诺伊那样儿的，浑身上下都是洞！"

"如果我明天防不住球怎么办呢?"

"不会的！不过确实需要给你弄一身护具……要不明天你早点来吧！总能搞定的……"

第二天，廖什卡早早儿地就来到了学校，离比赛开始还有整整一个半小时。他把冰鞋挂在脖子上……他其实特别想立刻就换上鞋去冰场上跑一跑。不过他也明白现在不能白白浪费体力，得留着力气到比赛的时候再用！

球场边上的围墙——也就是看台上还空无一人。廖什卡决定先去教室里坐坐，省得在外头冻僵了。而且也可以在教室里先稍微做一些准备活动。

他等了很久很久。终于！……

在廖什卡之后第一个来到学校的人出现了，正是"三头龙"戈尔内齐和"裁缝"波尔特诺伊！他俩走在一起，开心地讨论着什么。每个人身后背着一个装满了冰球装备的大袋子。

廖什卡赶忙迎面跑过去。

"我一直都说，你是不会让大家失望的！""三头龙"戈尔内齐搂着"裁缝"波尔特诺伊的肩膀说，"你就是我们的明星门将，是我们坚固的大山！"

　　他们就这么从廖什卡的身边走过，戈尔内齐完全没有注意到廖什卡。而校队门将波尔特诺伊对于他所到之处，总有人张大了嘴巴看着他这样的情况早就习以为常了，所以对站在旁边的这个胖子，他也不以为然。

　　廖什卡回到场边的围墙上那个他最喜欢的位置坐下来，这个位置就在柱子左边一点儿，墙上还有一个把手刚好可以用来放脚。而且还可以把冰鞋挂在这个把手上，这样鞋子就不会太碍事。

　　尤拉·索博列夫早就来了。

　　"你支持哪个队？"他问道。

　　"支持我们队！"廖什卡轻声地回答道。

袋鼠的耳朵长啥样

　　瓦季克·科罗廖夫本没打算去动物园。他已经过了那个巴不得天天都要去动物园，甚至最好一辈子都住在动物园里的年纪了。不过，如果是为了艺术创作而去动物园考察——那就是另外一回事儿了！

　　"你在磨蹭啥呀，尊敬的'国王陛下'①?!"萨尼亚②·戈斯

---

①　"科罗廖夫"这个姓与"国王"一词几乎一样，因而瓦季克的同学会这样调侃他。

②　男名"亚历山大"的爱称。

捷夫从自己的"书法作品"创作里抬起头来，撇撇嘴揶揄道。这位萨尼亚同学写得一手好字，擅长那种圆乎乎的少女体，因此得以连续多年在校墙报文字总编的岗位上操劳，"你赶紧画你的画呀！难道这次的任务还说得不够清楚吗？"

"我都明白，"瓦季克不情愿地回答道，"但是画不出来嘛……这会儿没有画画的心情……"

瓦季克十分清楚，真正的画家就应该是这样：一会儿没有画画的心情，一会儿没有画画的灵感。而且承认这些似乎丝毫不是一件羞耻的事情，甚至反而挺值得骄傲的。

"难道我就有心情吗？！"萨尼亚急了，"那我还不是坐在这儿不停地写啊、写啊！"

"好啦，孩子们，别吵啦！同学之间要友好相处！"十年级的伊琳娜出来调解道。根据她自己所说的，她"以最直接的方式参与到了校报的出版工作中"。不过考虑到她写字不算漂亮，而且也不会画画，所以她负责"领导"校报的出版。"萨尼亚，你专心写你的！瓦季克马上就画出来了！这有什么难！不就是把六年级乙班的弗洛罗夫画成一只袋鼠嘛，你就把他在走廊里学袋鼠跳的那个样子画下来就行了嘛。"

"那你自己拿支笔画画看呗。"瓦季克小心翼翼地冲着伊琳娜撒气，不过紧接着他又加上了一句"要是真像你说得那么简单就好了"。

"哎哎哎！"萨尼亚气不过，把牙齿咬得嘎吱嘎吱响，"下次我也这么跟校长说：'马林娜·维塔利耶夫娜女士，请您自己来把校报搞定吧！'凭什么他瓦季克可以这么说，就不准我这么说？！"

"就是不准你这么说！"伊琳娜斩钉截铁地回答道，"你就算不会真的这么做，也该为有这样的念头而感到羞愧：因为你出身于一个体面正派的家庭！"

"唉！唉！"萨尼亚又哼哼起来，不过这次的声音更为绝望。

瓦季克看着伊琳娜，觉得很有意思。因为伊琳娜正在和萨尼亚的哥哥伊戈尔交往，伊琳娜拿他的家人说事儿真是把握得恰到好处。

"你倒是说说，为什么画不出袋鼠样子的弗洛罗夫？哪儿把你难住了？"伊琳娜直截了当地问道，"是你们之间的私人恩怨吗？因为你欣赏他，或者是讨厌他？担心舆论压力？怕弗洛罗夫来找你算账？"

"不是这方面的问题。"瓦季克笑了一下，"我就是记不清袋鼠的脑袋长什么样子了。"

"你为什么要知道袋鼠的脑袋长什么样？！"总编又忍不住插话了，"本来应该画袋鼠脑袋的那个地方你画上弗洛罗夫的脑袋不就行了？！别再推三阻四的了！"

最近这段时间，每逢课间，全校的同学都会玩儿立定跳远。这项风潮已经持续了一个多星期了。而活动的"首倡者"或者说是"罪魁祸首"，同时也是该项活动的冠军选手，根据伊琳娜的说法，正是这个季姆卡·弗洛罗夫。不得不说，他跳得很好，而且他跳起来确实具有某种袋鼠的气质。

"其实吧，让我画谁的脑袋我都能画。"瓦季克忍不住夸口道，"但是谁能跟我说说，袋鼠的耳朵长啥样？或者我就画上弗洛罗夫的耳朵咯，还是你的耳朵？"

"明白了！"伊琳娜突然站在了瓦季克这一边，"你的意思我已经清楚了，我们完全认同你的想法，并且会全力支持你的想法！"

她在自己的书包里翻了一阵，找出了一些零钱。

"拿着！用你最快的速度跑去动物园，最好能一脚跨过去。我们现在派你去动物园做创作考察，命你速速搞清楚袋鼠耳朵的样子！"

"不用，买个门票的钱我还是有的。"瓦季克觉得有点尴尬。

"叫你拿着你就拿着！"伊琳娜命令道，"不管怎么说，你是在帮编辑部做事！"

编辑部下达的考察任务，确实是件马虎不得的事情。动物园离学校很近，坐电车也就两站路。可能是因为意识到事情的严肃性，又或是因为别的什么原因，总之在去动物园的路上，瓦季克又找回了画画的心情。而且他确实对这个问题感到十分好奇：说实在的，袋鼠的耳朵到底长啥样呢？

　　具体来说是这样的：瓦季克能轻易地在脑海里想到袋鼠的样子，它起跳之前静态的样子，以及跳起来之后动态的样子。但是它的耳朵！……其实只要看上哪怕一眼，他就可以立刻给弗洛罗夫安上一对袋鼠的耳朵！

　　绿色的动物园大门看来已经锁上了。尽管如此，瓦季克还是使劲用手拉了几下，他要确认一下大门是不是真的锁上了，而不是碰巧被风吹上了之类的。铁门发出特有的隆隆声。几乎与此同时，一旁的围栏上开了一个小门。

　　"别拉了，反正也拉不开！你这样只会吓着里头的动物！"一个看上去和蔼可亲的老爷爷对瓦季克说道。

　　"我必须得进去。"瓦季克还没说完这句话，就已经意识到自己这样说话很没有礼貌。

　　"明白了，你必须得进去。"老爷爷说，"谁都这么说，谁都必须得进去。那你怎么不早点来？我们这儿关门儿啦，今天动物们六点就下班啦。"

　　"那现在几点了？"瓦季克问道。但是无论现在是几点都没有什么区别了，反正动物园已经关门了。

　　"快七点了。"

　　"那……早上我得上学呀，下午也在学校里——我们在学校出墙报。甚至此时此刻大家也还在忙着出墙报呢，他们把我派过来，让我看看动物园的袋鼠，因为……就是说，来看看袋鼠的耳朵长什么样……"瓦季克越说越乱，不过老爷爷还是听明白了。

"咻！"老爷爷打了一个呼哨，"那你可来错地方了！当然啦，来找我们这个部门，也就是说找动物园，你的想法没错儿，只不过我们这家动物园从来就没养过袋鼠！"

"那就是说，我白跑一趟了呗。"瓦季克十分伤心，"那真是抱歉了，我这就回去……"

"不过你这个事情……"老爷爷若有所思地摸了摸自己胡子拉碴的下巴，"这么着，你先进来吧。"

"可是，你们这儿不是没有袋鼠吗？"瓦季克提醒老爷爷道。

"不过我们这儿有谢尔盖·伊凡诺维奇。"老爷爷十分有力地说出了这个名字，对瓦季克使了个眼色，"谢尔盖·伊凡诺维奇可是个厉害的医生啊！他什么动物都懂！进来吧！"

看门老爷爷给瓦季克指了指，在林荫小道的尽头有一个小棚子。

"嘘！嘘！"瓦季克刚刚勉强把头从门缝里塞进去，里面的人就发出了警告的嘘声。棚子里很暗，不知道是因为窗户开得过小了，还是因为窗子被什么不透明的东西遮住了，总之，屋子里没有足够的光线。里面的人又说道，"我刚才不是警告过你了！"

"对不起，对不起。"瓦季克赶忙向后退了几步，"我找谢尔盖·伊凡诺维奇。门口的老爷爷叫我来这里的……"

"我就是谢尔盖·伊凡诺维奇！"在瓦季克听来，说话的人已经生气了。

"抱歉，我不知道您正忙着。"瓦季克再次表示道歉，准备关上门离开了。这时，坐在里面的人突然换了一种正常的语气：

"我不忙，我闲着呢！你进来就是了！把门带上，别漏风进来！"接着他又小声问道，"你来做什么？狗吗？还是猫？"

"袋鼠。"瓦季克迈过门槛，关上了门。

他看到一个什么动物被裹在了被子里，只高高地伸出一个小脑袋来，一双昏暗的眼睛睁得大大的。

这双眼睛一眨不眨地盯着某个角落。在瓦季克看来，这双眼睛毫无生气，分明是死了。

"这是什么？他死了吗？"瓦季克悄声问道。

"没死。"谢尔盖·伊凡诺维奇同样悄声地回答道，他坐在一个舒适的小椅子上，面对着那个被裹在被子里的动物。谢尔盖·伊凡诺维奇解释道，"是她，不是他[1]。这是个小姑娘。"

"是个小姑娘。"瓦季克重复道，"那她怎么了？"

"她刚出生……刚刚来到这个世界上。"谢尔盖·伊凡诺维奇解释道，"就在今天凌晨。"

"哦！"瓦季克笑了，"我还以为……！吓了我一跳！"

"我之前也这么想……"谢尔盖·伊凡诺维奇叹了一口气，"不过现在还说不准呢……"

---

[1]　俄语里"他"和"她"发音不一样。

"那她妈妈呢？"瓦季克再次担心起来，他感到有什么地方不对劲，任何一个刚出生的小宝宝不是都应该在自己的妈妈身边吗？

"在那儿。"谢尔盖·伊凡诺维奇漫不经心地摆了摆手，"在笼子里呢。不过也没什么好奇怪的，说实在的，在笼养条件下他们很少有繁殖行为，可以说根本就不会在笼养条件下繁殖。这次真的是特别少见的情况。"

"那这是件好事咯。"瓦季克不太确定地说道。

"格列塔拒绝给自己的女儿喂奶，但这完全不怪她，因为格列塔根本就没有奶水。"

可以听见窗外秋风正吹动着树叶，发出簌簌的声响。

"那她会死吗？"瓦季克悄声问道，他感到一丝寒意。

"如果能喂她，那她就不会死。"谢尔盖·伊凡诺维奇医生有气无力地回答道，"所以事情的关键就在于，我不知道该怎么喂她。她不喜欢这个奶瓶嘴，总是吐出来！"

"那你刚才为什么说你不忙呢？"瓦季克突然不合时宜地想起这个问题来，"你这不是忙得不可开交吗？"

"我忙什么呢？"谢尔盖·伊凡诺维奇苦恼地说，甚至有些激动地提高了音量，"我在这儿坐着完全不知所措，什么都做不了，什么办法都想不出来。难道说我正忙着不知所措?!"

"能让我试一下吗？"瓦季克此刻无比同情眼前的这个人，

"能让我试着喂喂她吗？"

"你怎么了，你这是怎么了嘛？"瓦季克一边喂一边说，努力克制住自己的情绪，以防自己着急得大叫起来，"喂，你这是怎么了嘛？可好喝啦！这个奶瓶里可都是最好喝的奶哦！你就尝尝嘛，尝一口吧，啊？"

慢慢地，这个刚出生的小动物不再用舌头把奶嘴顶出来了，也不再摇头晃脑地躲开奶嘴了，甚至可以含住奶嘴不再吐出来了。她不再抗拒瓦季克把奶嘴塞到她的嘴里，而是顺从地让瓦季克撬开她还没长出牙齿的牙床。可是她也没有什么别的动作，只是时不时地眨一眨那双混浊的小眼睛。

"唉，看来都是白费劲……"谢尔盖·伊凡诺维奇叹了口气，"违背自然的规律总是行不通的。"

这时，瓦季克竟忍不住大声哭了起来。

他继续轻轻地抚摸着小动物耳朵之间柔软的毛发，将来在她头顶上的这个位置应该会长出隆起的小犄角。瓦季克不住地喃喃自语，眼泪顺着他的双颊流了下来：

"求你啦，就尝一口吧，就一点点儿，求你啦……"

突然间，小棚子里响起了微弱的、几乎难以听见的咂吧嘴的声音……

"你快回去吧，已经不早了。"谢尔盖·伊凡诺维奇说道。

"那您呢？"

"我在这儿再多坐一会儿，以防万一。"谢尔盖·伊凡诺维奇医生对瓦季克说，"你放心好了，现在一切都正常了。小伙子，谢谢你带来的好运！"

他们又在昏暗的灯光下坐了许久，但是是谁开的灯，又是什么时候开的灯，瓦季克统统不记得了。

"走吧，回去吧。"谢尔盖·伊凡诺维奇医生轻轻地把瓦季克推到门边，友善地对他使了个眼色，"另外，你不用担心你的小狗，你现在知道我这个地方了，随时把小狗带过来就行了！"

"什么小狗？"瓦季克本来想问谢尔盖·伊凡诺维奇，可是看到医生疲惫的双眼，他还是忍住了。

夜已经深了。

学校里只有两个房间还亮着灯：一个是一楼的传达室，另一个就是三楼的文学教研室——也是学校墙报的编辑部。

瓦季克这会儿才突然想起来自己是谁，想起来他为什么要走回学校来。

画家瓦季克·科罗廖夫是去动物园做艺术考察的。他唯一应该问而忘记问谢尔盖·伊凡诺维奇医生的问题就是：袋鼠的耳朵长啥样？

"天才的灵光终于闪现了吗?！"萨尼亚心平气和地揶揄道，"玩得怎么样？没忘记吃晚饭吧？毕竟这都已经晚上十点多了，老兄！"

伊琳娜正忙着把画笔都收进盒子里。

"别收起来，我现在就画，一会儿就画好！"瓦季克说着就准备开工了。

"就算没有你我们也能搞定的，我们马上把它挂起来就行了。这次的墙报特别棒！"萨尼亚的声音略显疲惫，"你是不是以为我们没有你就搞不定了？"

瓦季克从萨尼亚的肩膀上望过去，墙报平展开来放在几张拼起来的桌子上。

在墙报的左下角画着一只弗洛罗夫袋鼠，他样子灵巧地跳在半空中。

而弗洛罗夫的耳朵呢，就是最最普通的弗洛罗夫的耳朵。

帕霍姆

它坐在面包铺对面，不时地转动着乱蓬蓬的脑袋左顾右盼，满不在乎地看着稀稀拉拉的路人在它面前走来走去。维奇卡停了下来，数了数手里头刚刚找给他的零钱。也许正是这个动作引起了小狗的注意，使得维奇卡在小狗的眼里与那些匆匆而过、忙着自己的事情的路人有明显的不同。

小狗仔细地打量着这个站在门廊台阶上的人，缓慢而庄重地站起身来。它朝着这个人迈近了几步又停了下来，似乎有所期待，似乎在说："嘿，哥们儿，看我这儿。"

"怎么，闻到小面包的味道啦？"维奇卡笑着说，"你猜对了，真厉害！我刚买了半块黑麦法棍、巴顿面包和四个果泥馅饼！"

似乎怕小狗不相信，维奇卡还故意晃了晃带着小马图案的麻布包，包里的巴顿和法棍随着晃动相互碰撞。

"怎么着，要不我掰半块馅饼给你？吃吗？"

小狗扭过脸去，伸长了脖子朝着街道的尽头望过去。它似乎是用这样的方式让维奇卡明白"馅饼当然是极好的，但我可不是为了向你讨东西吃才走过来的"！

"哎呀，你别生气呀，半个馅饼给你，另半个是留给我自己的！"维奇卡补充道，"告诉你，吃果泥馅饼的时候，我就喜欢跟别人分着吃……"

小狗摇了摇尾巴，甚至叫了两声表示同意，似乎在说："哦，如果是这样，那就是另一回事儿了！既然这算不上施舍，而是咱俩做个伴儿，分享着吃，那我是很乐意的！"

维奇卡和小狗走到一旁，把馅饼均匀地分成了两半。小狗把自己的那份儿一口就吞了下去，连嚼都没嚼一下。

"要不，再来点儿？"维奇卡问道，不过他随即又补充道，"不过我自己不吃了，我够了！"

小狗没有回答，也没有抬头看维奇卡，而是用爪子蹭了蹭地上的积雪。

"那随你便啦!"维奇卡说着便自顾自地往家走去。小狗在原地呆了几秒钟,接着起身不紧不慢地跟在维奇卡后头。

"欸?"维奇卡拖着长音惊奇地说道,"我现在要回家了,你要去哪儿啊?"

小狗久久地看着维奇卡,眼神里充满忧伤。突然,它重重地出了一口气。

"你这是怎么了嘛,是迷路了吗?"维奇卡蹲下来,"我还以为你就是一条流浪狗呢。小笨蛋,你怎么不早说?……"

维奇卡老远就看见了爸爸高大强壮的身影。看到爸爸的一瞬间,他才意识到天已经黑了很久了,甚至院子①里的路灯都亮了。爸爸正在院子里焦急地踱来踱去。

"爸爸!"维奇卡大喊一声,朝爸爸跑去。

爸爸听到维奇卡的喊声禁不住一颤,停下了脚步。不过当他面朝儿子转过身来的时候,脸上的神情却显得十分平静。

"怎么回事啊,买个面包跑到北极绕了一圈吗?"爸爸问跑得气喘吁吁的维奇卡。

"不是……"维奇卡愧疚地回答道,"你和妈妈等得担心着急了,是吗?"

① 俄式大院。俄罗斯的很多住宅楼会在中间围出一个天井一样的区域,作为天井周围各栋楼住家的公共活动区域。

"也没有啦。"爸爸耸耸肩，不过他的声音却颤抖了一下，"我们有什么好担心的？我们的维奇卡都上五年级了，已经是个大人了，你说是吧？"

"是的。"维奇卡点点头，"是这么回事……你看……这只小狗迷路了……"

爸爸这才看到儿子身后还跟着一只毛茸茸的小狗。

"它是跟着你一起回来的吗？"爸爸仔细地打量起小狗来，"这个长着四个黑爪子的雪人是个什么玩意儿？"

"这是帕霍姆。"维奇卡急忙解释道，"它不是雪人儿。只是它的毛太长了，而且上面沾满了雪而已。我开始想叫他'大肚子'来着，不过后来还是觉得叫'帕霍姆'更好些！是吧，这个名字不错吧？"

"啊，嗯。"爸爸含混不清地回答道。

"爸爸，我跟帕霍姆一起找了半天，都没找到它原来住的地方，也不知道它是在哪儿迷了路！我们甚至都挨个儿敲门问过了，但是大家都说不认识它！"

"是这样的，尊敬的小狗先生……"维奇卡的爸爸带着拖腔，很为难地说道，"您看您，您的主人在家里等着您回去呢，您自己倒好，在外头逛来逛去的，这怎么可以呢？这可不行哦。"

帕霍姆看了维奇卡的爸爸一眼，突然向后退了几步。

"爸爸，我不是说了嘛，它迷路啦。"维奇卡争辩道。接着，他突然不假思索地说，"能不能……让它在我们家过一夜呢？明天早上我们一定会找到它的主人的！"

"主人在为你担心呢，没准儿现在着急得不得了呢！"爸爸摇了摇头，用责备的口气说道，"这可不好啊，我亲爱的朋友帕霍姆！"

帕霍姆转过身去，脑袋耷拉了下来，顺着人们在积雪上踩出的小道一路小跑着离开了。

"帕霍姆！"维奇卡喊道，"回来，帕霍姆！"

"如果小狗走丢了，那就说明这是条坏狗！"爸爸在维奇卡耳边教导他说，"而帕霍姆一定是明白这个道理的，所以我相信它一定能找到自己的主人，今天晚上就能回到自己温暖的窝里了。"

"帕霍姆，停下！"维奇卡急忙顺着雪地上的小路追过去，"等等我，别跑！"

可是帕霍姆却加快了脚步向前跑去，就像看到前面有认识的人在等它似的，甚至都没有回头看维奇卡一眼。而维奇卡则一脚踩到了积雪里，摔倒在地。当他爬起来的时候，帕霍姆已经不见了踪影。

爸爸走了过来：

"回家吧，儿子。"他说，"你走前面，我跟着你，路太窄了，并排走不了。"

维奇卡沿着小道往家里走去，脑子里一直在想："也许在某个地方，帕霍姆确实有个属于它的既温暖又舒适的狗窝，如果今天它就能回到自己的窝里，那当然是再好不过的了。"

不过，如果哪天维奇卡自己心情不佳，然后跑去找帕霍姆……帕霍姆会欢迎他在它的窝里过夜吗？还是也会像他一样，找各种借口拒绝他呢？

一只手套

其实女孩子也分很多类型，有一些女孩子，就比如说丹卡[①]吧，说实在的一点儿都不比男孩子差。那件事发生在夏天，而直到现在根卡[②]还是逢人便说："你跟塔季扬娜这样的人在一起，啥事儿都不用怕！"

夏天的时候，萨尼亚的亲叔叔瓦洛佳把他的小船借给了两个小伙子一整天，供他们划船去钓鱼。不过他们第一次抛锚停船的时候就遇到了问题：他们彻底"抛锚了"。真正的水手都是把锚抛下去还能随时拉上来的，而当萨尼亚和根卡把船锚挂在绳索上抛下去之后，却发现再也拉不上来了——沉甸甸的铁疙瘩深深地陷进了河底的淤泥之中。他们使劲地拽啊，拽啊，差点连小船都

---

① 女名"塔季扬娜"的爱称。
② 男名"根纳季"的爱称。

拽翻了，还是一点儿用都没有。

当时丹卡刚好和另外一个女生一起在岸边晒太阳。她看见两个倒霉的小伙子在船上不住地摇来摆去，当即纵身一跃跳入水中，摆动着双臂一下子就游到了小船跟前。丹卡让萨尼亚和根卡坐到船尾去，自己则用两条腿抵住船头使劲一蹬——船锚就被拔了起来。

就这样，他们三个一起在船上度过了接下来的一整天：根卡和萨尼亚负责划船和钓鱼，丹卡则负责抛锚和起锚，而岸上的另一个女生呢，丹卡早就把她忘得一干二净啦。

就是这么个姑娘！

而与之相反的是莲卡①，她是个坏姑娘，特别自高自大。根卡在班上的同学中个子最矮，莲卡总是叫他丑八怪，要不然就叫他小矮子。尽管其他人也是这么叫他的，但是其他人都是叫着玩儿的。

可能恰恰因为莲卡就是这样一个人吧，所以根卡最终既没有从梅吉舍夫手里抢过那只手套，也没有照他的下巴来一拳。虽然梅吉舍夫肯定不敢打架，也不敢还手，就算根卡和他这个……小偷比起来又矮又弱。

到底发生了什么呢？

周四是学校的兴趣小组日。根卡早早儿地下了课，第一个放学。他的"战斗驳船"模型早就做好了（这是一种在伟大的卫国

① 女名"叶莲娜"的爱称。

战争时期使用的巡洋舰——根卡参加的是船模兴趣小组）。根卡暂时还没心情开始做下一个模型，今天来就是为了再欣赏一眼自己的作品，以及问一下到底什么时候才能去试航，当然，问了也是白问。

试航定在周日。其实根卡早就知道了，不过他还是十分开心，连蹦带跳地从航模小组的教室冲向对门儿的衣帽间……这一跑差点没把梅吉舍夫撞个大跟头。

梅吉舍夫也没料到会突然蹿出个人来，赶忙缩作一团，哆哆嗦嗦地要把手上一个大红色的东西塞进口袋里。但是由于太紧张了，他手一滑，没能把那个东西塞到口袋里。梅吉舍夫就这么傻站着，手上拿着窝成一团的——莲卡的手套。

根卡一眼就认出这只手套了——因为学校里别的女孩子都不戴这样的手套。莲卡常常炫耀她这双手套，说是她妈妈从里加①给她买回来的，纯手工编织，上面还有漂亮的传统拉脱维亚民族图案。

"小偷！"不知为什么根卡没有喊出声来，而只是小声地说道，"你这个小毛贼！居然在衣帽间偷偷翻人家的东西！"

学校的衣帽间里从来就没有丢过东西，至少在根卡的印象里从来没有发生过类似的事情。甚至负责清扫的阿姨都不会在衣帽间里值守——不过难道正是因为如此才发生今天这样的事儿？

———————
① 里加，拉脱维亚首都。

"你傻啊！"梅吉舍夫小声地回骂道，"你这个笨蛋，谁会只偷一只手套呢，啊？"说着，他当着根卡的面把手套塞到了口袋里，确实只有一只手套，而不是一双。

"那另一只呢？"根卡问道。

"那儿呢！"傻大个子梅吉舍夫冲着一排大衣点了点头，这是话剧小组放衣服的地方，根卡一眼就看到了莲卡的大衣，"该在哪儿，就在哪儿！"

"那你为什么……"

"不懂就不要乱喊！"梅吉舍夫把根卡推到挂衣架旁，"拿上自己的衣服快快滚开！"

他们来到街上，小毛贼梅吉舍夫迅速平静了下来，他深深地出了一口气，甚至还朝根卡笑了笑。不过这笑容看起来似乎有些苦涩。

"现在明白了吧？"梅吉舍夫大声地抽了抽鼻子，他的鼻子因为长期犯鼻炎而显得又大又红，"懂了没？"

他们并排走着，在旁人看来，就好像是两个好朋友一起放学回家那样。

"你为什么要偷手套？"根卡再一次提出这个问题。只不过这一次没有丝毫责怪的意思，他明白这里头确实有什么他不了解的原委。

"她都不把你当人看……"梅吉舍夫说，"而你还……"

"谁？你说的是谁？"

"就是莲卡啊！她根本不把你当人看，难道你自己还不清楚吗？"

确实如此，不过这和手套又有什么关系呢？不过根卡却问了另一个问题：

"那你呢？她把你当人看吗？"

"我这样做又不是为了我自己……"梅吉舍夫扭过脸去。

"你的意思是——为了我？"

"嗯，也算是为了你吧……她这个人除了自己，谁都看不上！你瞧瞧她那种看人的眼神！你们在她眼里统统微不足道！"

"那你就偷她的手套，然后她就会用另一种眼光看别人了？"

"神经病……你这个人真奇怪……"

这时根卡突然想起来，和他讲话的这个梅吉舍夫根本就不属于任何一个兴趣小组。而且也从来都没参加过。

"得给这些人一点教训，明白吗？"梅吉舍夫苦闷地接着说道，"要让生活好好地教训他们一下……"

他们来到一座大楼前，停了下来：

"你知道她今天回家会被骂得多惨吗？丢了这样的手套肯定会被骂的！如果我把两只都拿走了，那什么都不会发生，因为很明显是被偷走的！没准儿还会安慰她，甚至拍拍她的脑袋，哈哈，让她别哭啦，不要因为手套被偷走而伤心！"

"难道丢了一只，就不是被偷走的了吗?!"根卡摇了摇头表示难以理解。

"真笨，一只不见了怎么可能是被偷的呢？那肯定是她自己不小心弄丢了！他们会骂她真粗心，丢三落四的！把这么漂亮的手套都搞丢了！明白吗？就要这样！这样搞个一两次，她就懂事了！"

梅吉舍夫说的这些肯定有什么问题，但是根卡不知道说什么，只能带着拖腔喃喃地回答道：

"原——来如此……"

"而且万一被发现了，咱俩也有'alibi'①！说到底，谁会只偷一只手套呢？"

梅吉舍夫说"alibi"的时候，重音放在了第二个"i"上②，听起来十分可笑。不过根卡没有纠正他。

"咱俩？"根卡吃了一惊，"难道你的意思是我和你是一伙儿的？"

梅吉舍夫的嘴突然扭曲了起来，眼睛眯成了一条又细又长的缝。

"怎么，你想背叛我？出卖我？你是不是在想：'我回去告诉

---

① 法学术语，"不在场证明"的拉丁语。

② 重音应该在"a"上。

我妈妈，告诉我爸爸！'"梅吉舍夫带着重重的鼻音，用又尖又细的声音说道。

"神经病……"根卡说道，但是梅吉舍夫明白他不用再担心根卡举报他了。梅吉舍夫也不说话了。

根卡转过身去，大步流星地往家里走去。他越走越快，完全没注意到从他脚边飞起的小麻雀，飞速地经过透明的商店橱窗，经过……

然后他突然停下了脚步，他感到似乎有一颗子弹突然打穿了他的胸膛，只不过没有留下一丝血迹。不，这不是小偷小摸！这根本就是——卑鄙无耻！

他转过身去，顺着原路往回跑去。他现在只想做一件事，那就是冲着梅吉舍夫的脸大声地骂出这个词："卑鄙无耻！"就这样，这就够了！

而此时，梅吉舍夫正站在大门前的入口处，站在一个没有人能注意到的位置。他挺直了略微有点驼的腰板儿，看起来就是一个漂亮、高大、健壮的小伙子。跑回来的根卡老远就看见了梅吉舍夫的脸。他的脸看上去特别的愚蠢——而又幸福。

这个正在上七年级的小伙子——瓦列里·梅吉舍夫——此时正把莲卡大红色的手套紧紧地贴在自己的右脸上。

还　债

这个售货亭十分偏僻，位于某条小巷子的尽头。也许根本就没有几个人知道它的存在，就算是知道这个售货亭的人，也不会专门跑过来，因为就在旁边的中央大街上有无数家这样的售货亭！也许正是因为如此，恰恰在这里能偶尔碰上一些稀少的邮票，这些邮票就算是去邮局专门的"集邮"窗口，都偶尔才有个三四套的货，而且还得凭着预定券来买。

每次从市区回来，维塔利都会抽出十分钟顺便来这条小巷子一趟。反正都得转车，而且电车车站就在旁边，走过去连一百步都用不了。

巷子的两边密实地排列着一些一层或两层的小房子。因为车子开不进来，所以可以大大方方地走在路中间，完全不用担心撞着谁、碍着谁！这一天跟往常一样，小巷子里几乎一个人都没有，只有一位女士牵着一条小狗，还有一个小男孩……

维塔利突然停下了脚步，就像被一条看不见的、但是非常结实的绳子绊住了膝盖似的。这个男孩……

这个男孩就是个普普通通的男孩，正赶着去什么地方——也许是要去那个售货亭，也许是要去小巷子旁边的某条小路。他身体瘦弱，留着短发，并没有什么特殊之处。本来维塔利会若无其事地从他身边走过，可是这个小男孩恰好就是"布恰"！

他俩能认识完全事出偶然，那是在两个月之前，还是初夏。

那天是维塔利第一次去"砖头村"，真是令人难忘的一天。村子坐落在一个水塘的旁边，它的名字非常奇怪，因为村里的房子都是木质的。村里没有什么好玩的东西，这一点大家都知道。不过维塔利的新同学——谢廖加①·叶夫列莫夫就住在这个村子里。叶夫列莫夫一家曾经在北方待过几年：谢尔盖的父母一度在那儿打工。那几年里，他们家的房子用木板钉了个严实，由邻居帮着看管。现在主人回来了，就又重新住了进去，与常人无异。

维塔利因为某些事情急需谢廖加帮忙，但是具体是什么事情，现在已经记不得了。总之，当时谢廖加没在家，维塔利在村子里逛了半个小时无果，只好回家。

"嘿，这是谁呀！这不是我最好的朋友嘛！"一个又尖又细的声音从背后传来，这时的维塔利已经走到村口了。

维塔利转过头来一看，有三个小伙子，其中一个看上去和他年纪一般，另外两个稍大一些，他们不紧不慢地朝维塔利走过来，看上去十分友善。

"兄弟，好久不见啊！"年纪最小的男孩儿说道。他看上去十分瘦弱，并且不停地抽着鼻子，说话的时候好像很费力气，每

① 男名"谢尔盖"的爱称。

个词儿从嘴巴里挤出来似乎都很不容易。维塔利从来没见过这帮人。

那个瘦弱的小男孩突然张开双手要来拥抱维塔利，令他猝不及防。小男孩儿用一种令人厌恶的带着鼻音的腔调说道：

"你怎么这么长时间都不来找我们玩呢?!"

维塔利想要躲开，可是这位"朋友"一把抓住了他，这几个人面相友善，看上去似乎有些没睡醒的样子。

"不好意思，我还有事……"维塔利平静地说。

"这就要走了？"瘦弱的小男孩带着哭腔说道。

"布恰，你的朋友要走啦……"另一个小男孩惊奇地说道，嗓音十分低沉。

"他太忙了！"那个叫布恰的瘦弱小男孩呜咽着说道，"他这次来是专门为了来找我还债的……"

"还什么债？"维塔利变得警惕起来。

"你欠我一个冰淇淋啊！"布恰笑着"提醒"道，"你忘了？我之前请你吃过一个冰淇淋，带核桃仁儿的奶油冰淇淋，你忘了吗？快把我的钱还给我！"

冰淇淋——这没什么，这点小钱维塔利随时都拿得出来。但是他已经明白是怎么回事了，问题根本就不在这几个小钱上！就算他现在把"欠的债"还给布恰，这几个人也不会就此罢手，还会继续纠缠他。

"放手！"维塔利眉头一紧，大声说道，"放手！"

"这样对小朋友大喊大叫可不好哦。"一直都没有开口的第三个小男孩儿用满是责备的口气说道，"好在我们的布恰一直忍着不跟你计较……"

布恰似乎就在等这句话，突然就"忍不住计较起来"。他猛地一拳打在维塔利的下巴上，而且对于他这样的小身板儿来说力量却大得出奇。维塔利疼得眼睛都睁不开了，但是立刻也抡起了拳头，然后……然后就被绊了一脚，摔倒在地。

"打小朋友可不好哦。"第三个小男孩儿说道，很明显就是他使的阴招绊倒了维塔利，"不仅欠债不还，还要打人！布恰，看看你这个朋友，怎么能这样！"

擦伤的伤口不久就结痂了，身上的淤青慢慢变黄，渐渐消褪了。后来维塔利回想起来，觉得要是不停下来，甚至完全不去管那个可恶的声音就好了，也许这一切就不会发生。也许没用，他们会追上来……布恰以及另外那两个家伙。

而现在，布恰一边不断地朝人行道张望着，一边沿着小巷子走着。只有他一个人。

一对一——再公平不过了，难道不是吗？

不是三对一，不是大的欺负小的，而是同龄人之间的一对一单挑！

维塔利向前跑去，一转眼就赶上了布恰，而布恰一点儿防备
都没有。正好旁边有一条通向某个小院子的过道，维塔利把布恰
轻轻一推，推进了院子里。

"嘿，你好，布恰！"

布恰一下子就明白是怎么回事儿了，就好像他每天都会遇到
这样"走着走着就被人推到一边"的状况似的。他甚至没有左顾
右盼忙着找出口。他心里明白这下逃不掉了。维塔利向前逼近了
一步，两个拳头紧紧地握住，蓄满了力量。布恰不停地抽着鼻子，
就跟那天一模一样——怎么回事，永久性鼻炎吗？布恰站着不动，
就好像被钉住了一样。

维塔利终于明白了，布恰是不会率先有什么动作的，他甚至
都不会挥起拳头还手！可以一直把他打到失去知觉，甚至直接打
死，而他只会不停地抽鼻子、抽鼻子，一直抽到死！也许，他们
也会打他，另外那两个，也许不只他们俩，其他人也会打他，被
打的时候他就这么站着，抽着鼻子……

维塔利感到十分厌烦。他就不应该追上来，他追上这个卑鄙
又可怜的布恰干什么呢？难道要和"这种人"公平地干一架吗？！
"这种人"到底是哪种人，维塔利不愿意去细想，甚至也不愿意
在心里说出来。

他转过身，走回了巷子里。

布恰还是没有动——也许是为了以防万一，万一维塔利突然

又改变了主意，冲回来把他暴打一顿。

维塔利完全忘记了售货亭和邮票的事儿，他朝着中央大街走去。这时他听见背后响起了沙沙的脚步声。

终于走到了中央大街，就这样吧。

但是他还是忍不住回头看了一眼，虽然他并不想这样做，啊，根本不想！

布恰就站在那个倒霉的小院子旁边，但是这时的布恰完全是另一个布恰。确切地说，又变回了那天在砖头村的那个布恰！如今他和维塔利之间隔着很远，完全足够他随时溜走了。

"哼，浑蛋！"突然，布恰用他那种尖细的、令人讨厌的声音喊道，一边喊还一边冲着维塔利挥舞着拳头，"咱们走着瞧！我们会逮着你的！"

城里的松鼠

瓦列尔卡·克鲁季科夫是第一个看到松鼠的。这天一大早，他就从自己住的三层小楼里走了出来。小楼十分破旧，只有一个大门。瓦列尔卡走到大门前的台阶上，清晨的露水令他感到一丝凉意，他微微蜷起了身子。瓦列尔卡眯起眼睛，朝着还很柔和的太阳看过去……太阳似乎对着他眨了一下眼睛，好像在说："小懒虫，你终于睡醒啦，终于从甜美的梦乡回来啦？你要是这么一直睡下去，可不得把世界上所有的事情都错过啊！"

杨树上有一只松鼠，它坐在一根很粗的枝子上，紧贴着树干。阳光虽然被叶子遮住了一半，但还是能一直射到瓦列尔卡的眼睛里，这使他看不清树上的这个小动物，不过他还是认出来这是一只松鼠。如果稍微向右边去一点儿，从另一个方向接近它……但是如果松鼠被吓到然后急忙跑掉了呢？！那就是田野里追风，水底里捞月，怎么找也找不回来啦。

松鼠似乎猜到了瓦列尔卡心里的想法，轻巧地跳了几下，嘿！换了一根低一点儿的枝子坐下来，然后又向下挪了一根。树叶投下了灰色的阴影，瓦列尔卡可以把松鼠看得更清楚了，可是松鼠却……和刚开始看上去不大一样了。也许问题出在尾巴上？这只松鼠的尾巴一点都不蓬松，而且看上去有些乱糟糟的。但这是瓦列尔卡第一次见到活的松鼠，因此就算这只松鼠的尾巴有些缺陷也不会让他觉得扫兴。即便是它完全没有尾巴都没关系！

"松鼠！小松鼠！"瓦列尔卡自言自语道。

松鼠用两只黑溜溜的、像浆果一样的小眼睛疑惑地望着瓦列尔卡：你是什么人，你要做什么？

"傻子！"从一旁传来了一个语气坚定的、几乎是男低音的声音，"自言自语，这是躁狂性神经官能症的典型表现……"

这个"几乎是男低音"的嗓音来自卜卜里亚，一个在很多方面都处于"几乎是"的状态的人。他几乎成年了,几乎很有涵养,几乎是彬彬有礼的,几乎很友善。瓦列尔卡的父亲甚至曾经说过,卜卜里亚这个人啊,几乎算是个人。

"卜卜里亚"这个奇怪的绰号是怎么来的,已经无人知晓了。不过这个绰号在这个"几乎算是个人"的家伙的生命中变得尤为重要,甚至取代了他的名字和姓的地位。只有学校里的老师(卜卜里亚刚刚升入九年级)还坚持叫他"克里尼奇尼科夫"。不过卜卜里亚就是卜卜里亚。在他们这个大院儿里,就连卜卜里亚的爸爸都被大家叫作——卜卜里亚的爸爸。当然不是当着他的面,而是私下里这么叫。

卜卜里亚最喜欢干的事儿就是坐在瘸腿的"山羊桌"旁的长椅上,将大院儿里发生的鸡零狗碎的事情品评一番。要做好这件事可不简单,而卜卜里亚总是能点评得很有水准,所以他身边总是围着一群忠实的听众——一群年纪比他小的三年级、五年级的小朋友们。

"松鼠!"瓦列尔卡又轻轻地说了几遍,"小松鼠!"

他说这些的时候几乎连嘴唇都没有动,生怕因为动作太大而吓跑了松鼠,错过这美好的一瞬间,因为此时,有一双浆果般的小眼睛正友善地看着他,而且仅仅盯着他一个人看,这双小眼睛属于一只毛茸茸、活生生的野生小动物,既不是电视里的,也不是动物园里的。不过即使这样,卜卜里亚还是听见了瓦列尔卡说的话。

卜卜里亚一下子就明白了，尽管他们这个院子里之前从来就没有过松鼠。

卜卜里亚极不匀称的身体里似乎有一根紧绷的发条突然间舒展开了，瞬间带动他的四肢运动起来。他全身各个关节就跟装了铰链似的扭来扭去，极不协调地向前运动着，瞬间他就神不知鬼不觉地出现在了杨树底下。

"跟着我上啊，小鹰们！围上去！……"卜卜里亚连声大叫起来，好几个男孩儿从长椅那边飞速跑上来——瓦列里卡甚至都没看清到底是哪些人。

卜卜里亚不知道从哪儿随手抓起了一块鹅卵石，重重地敲打着杨树的树干。

"下来，下来！……快包围住它！……"

松鼠迅速爬到了最高的一根树枝上，有那么一瞬间它完全躲到了叶子后面。但是卜卜里亚不断地用石头敲打树干，越来越重，越来越快……突然，一团灰色的东西掉了下来，摔在了地上。

不过松鼠并没有摔死，还没有。这个小东西立马从草丛里站了起来，像一根箭一样迅速朝大院儿深处蹿去。

卜卜里亚扔掉了手里的石头，大声喊道：

"追啊！上啊！你们都给我上啊！……"

瓦列尔卡急忙冲到卜卜里亚面前，想要阻止他，他本来打算抓住他的袖子冲着他喊来着，就应该那么直勾勾地冲着他的脸大喊！

"你这个慢吞吞的窝囊废，还站着干什么！"卜卜里亚的脸上浮现出某种野兽般的神态，就好像隔壁楼里那只纯种的大猎狗一样，"快追上去啊！追啊！"

瓦列尔卡什么也没来得及喊，不知道是因为卜卜里亚推了他一下，还是因为受到了某些神秘力量的影响，总之，瓦列尔卡好像突然间变成了另外一个人，他似乎可以从一旁看到自己。是的，站在那里的那个人确实是他——瓦列尔卡·克鲁季科夫，但是却不是一分钟之前的那个瓦列尔卡了，不是那个眯起眼睛看着夏天褪了毛、掉了色的松鼠的那个瓦列尔卡了，而是完全变成了另一个人，两只手不可理喻地张开着，随着一些不认识的小朋友们疯狂地跑着、喊着，喊着一些他自己都弄不明白的疯话。

小松鼠在院子里窜来窜去，从这个角落逃到那个角落。但是无论它往哪里逃，总会撞上一群疯狂地跺着脚的、大喊大叫的怪物，而且这群怪物的数量似乎还在无休无止地增长着。

这个院子只有一个出口，而现在这个出口已经被堵上了。

可是小松鼠并不知道这些，恐惧驱使着它不断地跑来跑去。它跳到了树干上，但是不用等到卜卜里亚拿起石头，小松鼠自己就又跳了下来。它拼命朝出口奔去，却在半道儿上遭遇了某个追击它的小孩儿，又立刻以同样的速度拼命掉头跑去。

突然间发生了一件事，就在这一瞬间，院子里的情况发生了极大的变化。

小松鼠突然停了下来，愣在一个地方不动了。它躲到了院子里的儿童游戏区里，就在沙箱的旁边。它在院子里跑了无数圈之后，这会儿突然就趴在那儿一动不动了。

"别出声儿，别把它给……"某个小朋友说道。

"别害怕！准备好！"卜卜里亚用低沉的嗓音说道，坚定地朝着一动不动的小松鼠走过去。

大家缓缓地走到沙箱旁边。瓦列尔卡这时才突然惊讶地发现，这些人原来都是他们这个院子里的小孩儿。有一个就是他的同班同学——文卡·米申。

沙箱旁边散落着小孩子玩的时候撒出来的沙子，这儿一块，那儿一块，黄黄的。小松鼠的头就扎在这堆被踩得脏兮兮的沙子里，它小小的、尖尖的牙齿龇了出来，牙齿的缝隙间不时地吐出一些稍带点儿血红色的泡沫。

"把它养在学校的动物角应该很好。"文卡不太确定地提议道，"不过我们先得帮它治疗一下，然后再……"

卜卜里亚抓着松鼠的尾巴把它拎了起来，小松鼠已经死了。

卜卜里亚的爸爸从楼里走了出来，站在楼门口的台阶上。这是个体型十分臃肿的男人，卜卜里亚跟他长得一点儿都不像。他穿得很随意，下身是一条皱巴巴的灰色裤子，上身穿了一件汗衫，不仅胸口上破了个大洞，上面还有好几个油斑——卜卜里亚说过，油炸土豆是他爸爸在这个世界上的最爱。

"你们这群蠢货跑来跑去地做什么呢？"卜卜里亚的爸爸十分和善地问道。

"嗯，你看，有只松鼠……"卜卜里亚代表大家解释道。

"说不定……"卜卜里亚的爸爸丝毫没有感到惊奇，"看来森林里又着火了，所以才跑出来的。"他伸了个懒腰，打了个哈欠，说道，"夏天的松鼠正在换毛，这个时候的松鼠不值几个钱。"

"我们抓它可不是为了卖钱！"卜卜里亚情绪高昂地解释道。

"是为了动物角……学校里的。"文卡眼睛看着地面，用很轻很轻的声音说道。

"它怎么就死了？！"卜卜里亚气呼呼地说道，"刚才还好好的呢，还爬树呢！"

"心力衰竭了呗……"卜卜里亚的爸爸说着又打了个哈欠。

"心机跟死 ① 吧……"卜卜里亚跟着说道。

"整天不干正事儿。"卜卜里亚的爸爸转过身去，无精打采地说道，接着就钻进楼道里去了。

瓦列尔卡站在大伙儿中间，想要搞清楚到底发生了什么事。当然，应该，不，是必须得走到这个"几乎算是个人"的家伙面前好好地给他一拳，这一拳要用尽全力打在他的脸上。为了小松

---

① 应做"心肌梗死"，卜卜里亚年纪尚小，对这个医学术语还不太清楚。

鼠，也为了自己……

只不过现在他又有什么权力去打卜卜里亚呢？他——瓦列尔卡·克鲁季科夫，有比大家做得更好吗？早在五分钟之前，他就已经变成一个凶手了。

深深的水底

根卡从药店里走出来的时候，正好被桑卡·叶林和他的朋友廖哈看见了，毋庸置疑这是一件极倒霉的事情。倒霉归倒霉，却也没什么办法。好在他们并不知道根卡手上的纸包里头装的是什么。不然根卡很可能要成为全校的笑柄，要被大伙儿取笑至少两个星期。根卡该怎么解释呢？给弟弟买了某些东西？但是他的弟弟米什卡可是个健健康康的已经上二年级的小伙子了。不过，纸包就是纸包嘛，其实什么都用不着解释。难道帮别人去药店里买点东西很奇怪吗？比如说，为家里的小猫买点治咽峡炎的阿司匹林什么的。根卡若无其事地朝两个小伙伴挥了挥手，赶忙跑回家去了。

开始的时候，米什卡假装完全不相信**这件事情**能够成功，甚至都没跟着哥哥一起去药店。哎呀，这个人就是这样。而这会儿呢，却在家里等得着急，踱来踱去，来回乱窜，等哥哥根卡一回来，就迫不及待地问道：

"买到了吗？反正你也做不成！"

"肯定能做出来的，只要你不来捣乱。"

根卡连外套都没脱，就径直走进了自己的房间。他急忙扯开扎得很结实的纸包，把里面装着的一叠粉红色的婴儿用防水布倒在了桌上，这种防水布是专门用来垫在襁褓里防止婴儿把襁褓弄脏的。

"把钱都花光了吧？"米什卡嘿嘿地坏笑着说，"够用吗？"

"应该够用了。你到底帮不帮我？只想在一旁说风凉话的话可以省省了，谁不会啊！"根卡用一种成年人的语气说道。

"当然啦，肯定帮你！但是你不会做出来的，你说呢，根卡？"米什卡虽然嘴上这么说，心里却很希望能成功。

"你真啰嗦！快把妈妈的纸样①拿来！"

"纸样？妈妈会生气的……"

"你真是我的好帮手！"根卡自己打开了衣柜的门，"这些图纸非常重要！你以为我们可以凭着自己的想象随便设计吗？要做一件真正的大事，最重要的是什么？"

"不知道……"

---

① "纸样"一词是服装工业中专用的词语。服装纸样设计是服装结构上的设计，指导如何裁剪面料，有别于服装造型的设计，可以理解为立体服装的平面表达。

"是图纸！雅克—伊夫·库斯托 ^① 要是没有图纸能干成什么事儿？"

根卡把几张《女工人》杂志里的附页 ^② 直接摊在地板上，这些可都是妈妈的宝贝。这些大开面的纸上密密麻麻地画着许多杂乱而令人费解的线条。说实话，根卡并没有预料到这些图纸这么复杂。他还以为只要把这些妈妈的宝贝弄到手，到时候一看就知道该怎么做了。

"这些衣服都是给那些个阿姨设计的！"米什卡继续我行我素地拆台道，"我们可不是要做这些衣服，你说呢？"

"还用你说！"根卡拍了拍自己的脑袋，"当然不是要做这种！我们俩真是够傻的，米什卡！快把这些都收起来！看来这次没有图纸也得硬上了，全靠我的印象了……"

米什卡迅速地把那些纸样都拨到一边，而根卡则小心翼翼地把他买的婴儿用防水布都铺在了地板上。

"拿剪刀来！还有胶水也拿过来！"

---

① 法兰西学院院士，法国最著名的海洋探险家之一，同时也是一名海军军官、生态学家、电影制片人。他以广泛的海底调查而闻名。他发明了水肺型潜水器和水下使用摄像机的方法，不仅能让探险家们在海底停留更长时间，更好地观察海底情况，也成功地将海底这一神秘世界搬上荧幕让大众知晓。

② 《女工人》杂志会随杂志附送一些插页，其内容很多都是服装的纸样，上面详细标注了剪裁、制作某种款式的衣服的方法和具体数据。很多苏联时期的妇女都会收集这些插页。

"根卡，它会漏水吗？"

"难道雅克—伊夫·库斯托会总是纠结于他的深海潜水器会不会漏水？而就不下水了吗？"

"根卡，我们能做出两件潜水套装吗？"

"我们做的这叫潜水服！我得跟你说几遍啊！……不行，米什卡……我们没有做两件的钱……"

"那我怎么办？"米什卡差点把手里的剪刀掉到地上，他似乎忘记了，起初他根本就不相信**这件事**能成功。

"重要的是把它做出来！米什卡，等到我们做出了一件！……到时候我们可以轮流穿嘛，我先穿，穿完了……不，如果你想先穿的话，那就你先穿，我后穿！"

"什么啊？你是这样的，我呢，我是这样的！"米什卡生气地嘟着嘴，"你个头那么大，我个儿这么小！……"

"哎呀，你很快就会长高的啦。到那个时候，我可能就结束研究了，潜水服就完全归你啦……"

"老是这样，'到时候''到时候'……"米什卡不满地叹了一口气，手上却紧紧地抓着剪刀和胶水，"根卡，到时候你是不是就可以一直潜到水底，没有鱼竿都能抓鱼了呢？直接上手捞？"

"哈哈，用手捞鱼！如果是为了这个的话，潜水这样的事情真是太有必要了！不，还有更重要的事情！"根卡躺在那堆防水布上面，胳膊向两边张开，"你先用铅笔把我的轮廓描下来……不对，停，米什卡，等等！我真是个笨蛋啊！这个防水布应该铺两层才行。"

"你刚才说还有更重要的事情，是什么事？"米什卡提醒根卡道。

"什么事？什么事？就是那些事啦！"根卡一边说着，一边纠正刚才的失误，把防水布铺成了两层，"科学家们已经在研究太平洋了，对吧？大西洋也有人研究了。可是我们的斯莫良卡河有人研究过吗，你觉得呢？"

"不知道……"

"就是这样。也许，这条河里藏着许许多多的秘密呢！没准儿就在小桥边上的水底深处，就能有一些了不起的发现！……"

"小桥边上那个地方，科利卡·沙罗夫不穿潜水服也能潜到水底啊。"

"瞧你说的，潜到水底！他那就是一个猛子扎下去，又猛地一下跳上来，两只眼睛傻瞪着！真正的水底研究员应当是隐蔽起来的，不会去惊扰水底王国中各种生物的正常生活，他可以在水下待一两个小时……"

"那他肯定会冻僵的……"

"你以为潜水服是干什么的！我穿着潜水服，里面可以再加一件毛衣，可以穿着裤子。等到发现了重大成果后再浮起来，就像雅克—伊夫·库斯托那样……"根卡在地上爬来爬去地把防水布弄平整，接着又在地板上躺了下来。

米什卡沿着根卡在四周用铅笔描上了线，虽然不是特别的贴合，但是大体上有个形状。接着根卡开始进行最关键的一个步骤，沿着线剪下防水布并且把它们黏在一起。而米什卡就跟在根卡旁边，根卡一边黏着，他一边吹气，这样胶水就会干得更快一些。总的来说，工程进展得很顺利。

潜水服终于做好了！虽然看上去不太匀称，一个肩膀高、一个肩膀低的，但是无疑是一件质量上乘的可靠的潜水服，所以应该是世界上最好的潜水服！

"真不错！"根卡满意地说道，一边把潜水服摊开挂在椅背上，等着它彻底晾干。

"真不错！"米什卡跟着哥哥说道。

"现在就等着试穿一下了，然后就等着夏天的到来啦！"

"怎么试穿呢？在哪儿试穿？"

"不要着急嘛，等胶水再变干一点儿……这样吧，你先在浴缸里放一些水，等水差不多装满了，潜水服也就差不多准备好了！"

米什卡惊恐地看着哥哥——对于他来说，在浴缸里做试验甚至比在深深的水底坐上一两个小时都要可怕得多。

"如果妈妈回来了呢？"

"难道雅克—伊夫·库斯托会在下水前担心万一被他妈妈发现了会怎样吗？！"

米什卡急忙跑去执行哥哥的指令去了。

根卡开始穿衣服。他套上一件暖和的运动服，又穿上一件毛衣，然后才把潜水服套上。接着他又从书架上拿来了潜水镜。

米什卡从浴室里走了出来。

"哦嚯！……你就像个宇航员！"

"你最好帮我把洗衣机上的那个进水软管拿来。"

"为什么？"

"我在水下用什么呼吸呢？我们又没有什么别的管子！"

米什卡跑去拿洗衣机的管子去了，而根卡则一扭一拐地极不协调地朝浴室挪去，就跟一个橡胶做的人似的。

浴缸里几乎装满了水。根卡跨了进去，接过米什卡递过来的软管，把管子的一头塞进嘴里，接着又戴上了潜水镜，然后整个人都泡进了水里。

感觉很奇妙，你知道你的周围都是水，甚至能听见水的声音，看见水在流淌，甚至可以隔着橡胶质的手套触摸到水的存在……但是却感觉不到水的湿润！就好像水根本就不存在似的！周围都是水，但是又好像根本没有水……

突然，有种热热的、湿湿的东西从根卡的背后钻了进来……这个东西慢慢沿着背后往下爬，一直爬到根卡的肚子那儿。而且越来越热，越来越热！

根卡一下子跳了起来。他站在放满了水的浴缸里，透过潜水镜看见弟弟把眼睛睁得大大的望着他，他感到粉红色的、世界顶级的潜水服正从他的身上一块块剥落。

"根卡，为什么会……"

难道他自己看不见吗？还问为什么？！

"你为什么穿着毛衣呢？我放了热水，而你却穿着毛衣！"

"热水？！"根卡缓缓地摘下潜水镜。他全身上下都湿透了，但是这都无所谓了，"为什么要放热水？"

"我怕你冷嘛，但你却穿了毛衣！"米什卡赶紧把浴缸里的塞子拔了起来，把水溅得到处都是，"都怪我！全都怪我放了热水，是吗，根卡？"

"小心点，米什卡……如果雅克—伊夫·库斯托每次都像你这样把水泼得到处都是，那地球上可能要出现一片新的大海了！"根卡开玩笑地说道，不过他也高兴不起来。

"都怪我！现在我们再也不可能知道小桥下边儿的水底有什么了！"

"总有一天会知道的！"根卡语气坚定地打断了弟弟，"我们把潜水服重新黏起来吧！不过这次可得好好干……"

阿加普西科

尤拉^①甚至没看见飞过来的皮球，只是感觉到突然有个东西不算太重地打在了他的膝盖上。他被这个东西绊了一下，在跌倒的瞬间，他瞥见原本像只蜘蛛一样蜷缩在那里的守门员施普尼亚犹豫不决地向右迈出了一小步，接着就愣住不动了……

紧接着就响起了斯拉维克^②幸福的欢呼声，这欢呼声从一秒钟之前凝滞紧张的气氛之中爆发出来，直冲云霄：

"进啦！进啦！尤里·沃洛诺夫接到队友维亚切斯拉夫·乌姆里欣的助攻打进一球！"

"进了吗？"对方防守队员瓦列尔卡一脸茫然地问道。

这位瓦列尔卡负责在场上"盯住"尤拉，尤其要阻止斯拉维克把球塞给他。

尤拉还没来得及回答他，守门的施普尼亚突然回过神来，大喊道："打在门框上了！没进！打门框上啦！这儿应该是门框，该死的^③！"

---

① 男名"尤里"的爱称。

② 男名"维亚切斯拉夫"的爱称。

③ 维亚切斯拉夫·乌姆里欣的姓"乌姆里欣"与"死的"一词很接近，因而他的外号叫作"该死的"。

"进——球——啦！"斯拉维克继续欢呼。他甚至连着好几下高高地跳起，在空中拼命地挥舞着拳头：好在天上的云没有飘得很低，不然的话，如果哪片云飘了下来，一定会被斯拉维克的铁拳打晕过去。

斯拉维克从来不会因为被大家叫作"该死的"而生气。至少"该死的"这个外号比他自己的名字"死啦维克"听上去要更具男子气概一些。

"打到门框上了，我都跟你说了！"施普尼亚冲向斯拉维克，"我都没扑救，看一眼就知道了，没进！"

"扑救"属于守门员所能掌握的终极技巧，只有远古时代的伟大的列夫·雅辛①才算是真正掌握了这种技巧。而在我们这个时代，真正掌握"扑救"技巧的人就寥寥无几了，包括某个非洲联队里的一个神奇守门员——关于这个人名字的发音，院子里的小伙伴们各执己见，除此以外就是施普尼亚了。

"进啦！"斯拉维克轻轻地拍了拍施普尼亚的肩膀，"不管你有没有扑救，进了就是进了……"

瓦列尔卡拖着郁闷的步子去捡球了，但是施普尼亚并没有妥协。施普尼亚一双淡黄色的小圆眼珠子里渐渐充满了怒火，像极

---

① 即列夫·伊万诺维奇·雅辛（1929—1990），世界知名的苏联足球运动员，司职守门员，身高190公分，穿着全黑球衣把守球门，凭着出色的扑救而被称为"黑豹"，又由于特长的双臂亦称为"黑蜘蛛"或"八爪鱼"。

了二单元那只叫作梅福季的讨厌的猫。据维奇卡·马雷舍夫说，梅福季老是在窗口那里窝着，成天愤愤地撕咬着他们家的窗帘。虽然谁也没看见过那个窗口挂过窗帘，但是大家还是对维奇卡的话深信不疑。

"门框！"施普尼亚猛地把斯拉维克的手从自己的肩膀上推了开来，他激动得嘴巴都变形了，嘴唇都在微微地颤抖："你是不是欠揍啊？"

尤拉转过身来，正要上前劝架……就在这时，他看见了旁边的阿加普西科。

弱不禁风的阿加普西科在斯拉维克的身后挥舞着双手跳来跳去，样子十分可笑。他应该是有话要说，可是他的声音完全被施普尼亚和"该死的"斯拉维克的叫喊声盖住了。

"别吵了！"尤拉大吼了一声，"我们听裁判怎么说！听裁判的！"

阿加普西科，也就是谢廖沙·阿加波夫，是尤拉最好的朋友。他走上足球裁判这条道路完全出于偶然。总的来说，六班的同学中没有正儿八经地想专职当裁判员的。要不然就踢锋线上的位置，要不然就当门将，当防守队员那是最不济的选择——不过这也得另说！可阿加普西科不管是进攻还是防守都搞不出什么名堂来。他是班上最懂足球的同学，没有之一。只是他上场之后只会忙着瞎跑，甚至曾数次在比赛的关键时刻自己把自己绊倒。他也曾进过几个球，不过都是打进自家球门的乌龙球。

开始的时候，大家觉得似乎找到了一个简单而靠谱的方法来处理阿加普西科的问题：那就是分拨的时候不算他，分完了再把他加到实力稍强的那个队来平衡一下。但是这个方法被证明是无效的，因为不管阿加普西科加入哪个队，效果就跟完全没他这个人一样。后来大家又想到：要把阿加普西科在场上带来的负面效果减到最小，那只有让他当裁判——当然，只有那种既不能被看见、又不能被听见的毫无存在感的裁判员才能符合这个标准！而阿加普西科在场上正好是这种毫无存在感的人。

"听裁判的？！"施普尼亚嚷嚷起来，"难道，他也算是裁判吗？而且他还是他最好的朋友，喏，就是他，离门这么近都能踢飞了！"施普尼亚一边说着，一边指着尤拉，"这样的裁判能判比赛吗？而我就站在门边上啊，我看得清清楚楚！他就是踢在门框上啦！"

实际上，尤拉根本就不可能踢到门框上，因为根本就没有门框：场地是很好的场地，可是还没来得及装上球门，门框的位置实际上只能通过肉眼来大致判断。

施普尼亚突然放开了斯拉维克，转而威胁阿加普西科去了：

"你怎么说，裁判，你也不想挨揍吧？"

这两个人就这么面对面站着：笨拙瘦小的阿加普西科和高挑灵巧的施普尼亚。阿加普西科是场上唯一一个穿着蓝色训练服的人，因为裁判总得在什么方面与选手区别开来吧。而施普尼亚看上去其实也不算很强壮，不过大多数人都领教过他的拳头的厉害。

"你怎么可能看见呢，你站得那么远，当时你在中场站着呢！"

阿加普西科直勾勾地看着施普尼亚的眼睛。尤拉甚至没想到他的小伙伴如此勇敢，眼神如此坚定不屈。

"球没进……"阿加普西科平静地小声说道，但是大伙儿都听得很清楚，"打到门框了……"

"啊哈！"施普尼亚大叫一声，"听见了吗？！这可是裁判说的！"

他从瓦列尔卡手里抢过皮球，把球放在了禁区的一角。

尤拉刚想跟在"该死的"斯拉维克后面往回走，突然听见阿加普西科略带歉意的声音：

"尤拉！确实没进，打门框上了。你要是再往右偏个五厘米就进了……还有……我也没被施普尼亚吓倒。真的！"

"明白，确实没进，我相信你。"尤拉出人意料地很随意地回答道，"这个球其实我也搞不清楚到底怎么回事，是球自己撞到我膝盖上来的……完全是个意外！"

欧　鲢①

　　那条欧鲢大概有一米半那么长，可能还不止。其实我也知道，野外根本不可能有那么大的欧鲢：这种鱼最大的也就比一个正常男人（就比如说我）的手掌大那么一点儿。如果真有一条欧鲢长到了一米半那么大，那么只能说，那是它自己的造化了。

　　也许，那条欧鲢一直活到了今天呢。甚至还在原来的那个地方没挪过窝儿，对此我深信不疑！二十年前它就住在那个深潭里，离尼亚贾河②汇入乌法河的地方不远，过了那座摇摇晃晃的小木桥就是。而且，你相信我，一条上了年纪的欧鲢绝对不会无缘无故地迁离故土，因为这根本就不符合它的习性嘛！

　　这条欧鲢可不是一条简单的欧鲢，它甚至有自己的名字。我

---

① 　在阅读这篇故事的时候，参考一些关于鱼的种类和体型大小的信息能够帮助我们更好地理解一些细节。
　　Голавль，欧鲢，常见个体体长 30cm 左右，最大可以到 60cm 左右。学名 *Squalius cephalus*，中文标准译名为圆鳍雅罗鱼，台湾称为大头欧雅鱼，属于鲤科雅罗鱼亚科欧雅鱼属。是一种主要分布于俄罗斯、欧洲大陆和英国的常见淡水鱼，该属共 44 种，在我国均无分布。与我国常见淡水水产"四大家鱼"相比，和草鱼在外观上最为相近。
② 　尼亚贾河是中乌拉尔山脉地区的一条河流，伏尔加河的四级支流，上级河流依次为乌法河、别拉亚河、卡玛河、伏尔加河。流经斯维尔德洛夫斯克和车里雅宾斯克两个州。

从来没有听过它的名字，但是我就是知道，一定有这么个名字。

有一天，我做梦梦到了它的名字，后来我醒了，我就想："如果我知道了它叫什么，接下来又能怎样呢？或者，如果它知道了我叫什么又怎样呢？不过它可能已经知道我的名字了。穆舒尼亚当时不是一边在岸边跑来跑去，一边高喊着'谢廖沙！谢廖沙'嘛。"

我这么沉思着，那条巨型欧鳇的名字也就从我的脑海里溜走了。

可能在那件事之后，它很是生我的气。估计也很生穆舒尼亚的气。可是后来它也就忘了，毕竟像我们这样的人太多了吧……

那是我和穆舒尼亚第一次独自出门旅行。穆舒尼亚是我弟弟，比我小两岁，头脑自然要比我简单不少。也就是说如果细究起来，独自出门旅行的人是我，而他则一路都需要我的照顾！一路上基本都是我们自己做主，妈妈只是把我们送到了德鲁日尼诺①车站。不过她还送我们上了电气小火车，帮我们找好了位置，再三叮嘱严禁我们在火车到尼亚泽彼得罗夫斯克②站之前从位置上站起来。等到了那儿，外婆会在站台上接我们。除此以外，剩下的事情当然就全靠我们自己了。

① 俄罗斯斯维尔德洛夫斯克州的一个城市。
② 俄罗斯车里雅宾斯克州西北部的一个城市。

顺便说下，"剩下的事情"自然是旅途中最有意思的部分：我和穆舒尼亚一路上都看着窗外广袤的未知的大地发呆，我们成功地穿越了两个州的边界，并且在外婆看见我们之前就先看见了她。外婆紧张地在木质的月台上踱来踱去，生怕错过了这每天唯一一趟电气小火车。

"哦嚯！"我们从小火车的踏板上跳到外婆的身边，她立刻说道，"我在这儿等我的孙子们，我以为我等的是两个小鱼崽子，没想到等来了两个大男子汉啊！"

那个时候，我和穆舒尼亚岁数加起来已经十八岁了，不过已有成年人的样子了，因此对于外婆的"哦嚯"我还是很理解的。

"嗯。"作为我和弟弟的代表，我很成熟地回应道，"时光飞逝啊！"

"外婆，我们这次来主要不是来做客的，而是专门来钓鱼的！"穆舒尼亚骄傲地和外婆说道，然后又小声地加上了一句，"得在这儿待整整两个月……"

"那太好了！"外婆精神振奋地说道，"专门来钓鱼的？你们现在就可以直奔目的地！不过呢，如果你们能等一会儿，和罗伯特舅舅一起去可能会更好，他对这个地方很熟悉……"

这里需要说明一下，在这次去尼亚泽彼得罗夫斯克之前，我和弟弟就已经是经验丰富的钓鱼老手了。

之前，穆舒尼亚在报纸上读到一篇讲怎样保存钓鱼用的蚯蚓的文章，那篇文章简直绝了！具体说来，就是要拿一个粗麻布的袋子，在里面塞满湿漉漉的苔藓，要一直装到装不下为止，这就成了。然后只要把蚯蚓装进去，它们就能在这个麻布袋里一直活下去……甚至活个一百年都不是问题。粉嫩多汁、鲜美可口的蚯蚓啊，要多少有多少！弟弟在刚开春的时候就缝好了这么个袋子，里头放上了苔藓，天天带在身边，甚至上学的时候也带着。而我的经验主要体现在我已经成功地钓起过一条鱼了。是一条小滑鱼[①]！

在我们这次来尼亚贾河钓鱼之前，妈妈允许我和弟弟先在水库里练一下手。那天钓鱼的人多得不得了，有六个人。我和穆舒尼亚也算在这里头。我们在那儿坐了两个小时，弟弟就有点待不住了，想要回家。我只好拉起鱼竿……居然有一条鱼在鱼钩上晃荡着！是条滑鱼！

而且那天，除了我这条鱼，其他人一条都没钓着！然后我们就出发了……

---

① 俄语 Елец，雅罗鱼，国内俗名滑鱼等，常见个体体长 15cm，很少长于 30cm。学名 *Leuciscus leuciscus*，中文标准译名（欧洲）为雅罗鱼，台湾亦称雅罗鱼，是鲤科雅罗鱼亚科雅罗鱼属的模式种，与欧洲白鲑在演化上关系较近。该属共 19 种，其中有 7 种在我国有分布，本种国内无分布。

罗伯特舅舅对我们的帆布袋和滑鱼一点儿概念都没有，他的蚯蚓则很不科学地养在几个生锈的铁罐头里。而且尼亚贾河里也没有滑鱼。应该就是因为这个，罗伯特舅舅看不上滑鱼，觉得滑鱼甚至比不上最最普通的狗鱼。

"我们这儿钓鱼，没有什么讲究的。"罗伯特舅舅一边解释着，一边帮我们穿好钩子，"就是千万别跟别人说'鱼漂'这个词——会遭人笑话的！我们这儿都叫'浮子'。剩下都一样了，把钩子抛下去再拉回来，就这么简单……"

说完，他就去上班了。

外婆可没想到罗伯特舅舅会有这么一出，她苦思冥想起来："这可怎么办？"难不成她还得自己套上胶鞋陪着我们一起去？而我们已经等不及了，我和穆舒尼亚拿着鱼竿一溜烟儿顺着山坡跑远了。我们要赶紧去尼亚贾河汇入乌法河的地方，去找那座在河面上晃晃悠悠的小木桥啦……

除了习惯把"鱼漂"叫作"浮子"，当地的钓鱼圈子还有一些奇怪的风俗，这些罗伯特舅舅都没有提到。大概是因为他自己并不觉得奇怪吧。

就在那座晃晃悠悠的小桥边上，我们遇见了一位看上去十二三岁的壮小伙子。他左手提着一个比平常用来打水的桶要稍微小一号的那种水桶。他不疾不徐地走着，看上去挺吃力的。看到我们之后，他向河里望了一眼，然后不满地哼了一声——看来要不然是对这条河不满意，要不然就是对今天的收成不满意。

"怎么样？这儿的鱼咬钩吗？"穆舒尼亚急不可耐地喊道。

"唉！"小伙子无奈而又郁闷地应了一声，并且为了让自己的态度显得更加明确，他还摇了摇头，"唉！"

他完全没有必要摇头，一切都很明显嘛：肯定是白白浪费了一个上午，一无所获，可怜的孩子，肯定一早就守在河边了，漂子呢……不对，是浮子，浮子呢，一丁点儿都没动过！估计上上下下逛遍了整个河岸也没找着个好地方，带着的蚯蚓也都用完了吧……

我和穆舒尼亚当然不会像他的运气那么差，我甚至开始同情起他来了，开始想象他会怎样拎着这个空桶沿着尼亚贾河一直走回去，一路上所有的人都能看到他手里的桶空空如也……

我不小心往他的桶里瞄了一眼……我惊呆了：桶里全是鱼，几乎都要溢出来了！最上面是一条很大的小白鱼①，得有小煎锅那么大！小伙子又叹了一口气，迈着外八字顺着小路慢慢爬到坡

---

① 俄语 Язь，圆腹雅罗鱼，国内俗名小白鱼，常见个体体长在30cm左右，最长可达80cm。学名 *Leuciscus idus*，中文标准译名为圆腹雅罗鱼，台湾称红鳍雅罗鱼，有时又被叫作高体雅罗鱼，是鲤形目鲤科雅罗鱼亚科雅罗鱼属的一种鱼，与前文的滑鱼（Елец，雅罗鱼）同属不同种。分布于欧洲北部和俄罗斯西伯利亚的河流中，在我国仅见于新疆的额尔齐斯河水系。该鱼种在俄罗斯西伯利亚地区为重要渔捞对象，也是当地池塘养殖的对象。在我国新疆布尔津地区产量很大，为产区的重要经济鱼类。

上去了。

"我们有两个人！"穆舒尼亚眉开眼笑，"但是我们没带桶来……我们钓上来的鱼得往哪儿放呀？要不然，我跑回去一趟？你在这儿先钓起来，钓上来的鱼先放在地上，用干草盖起来！这儿干草这么多！"

干草确实非常充足：河漫滩的草甸上堆着一摞摞的干草，排得整整齐齐、满满当当的，不过穆舒尼亚还是不太放心，他仔细打量了一下这些干草——到底够不够用呢？

"不用！"我坚决地回答道，"我们先一起钓起来再说吧！"

穆舒尼亚十分感激地看着我，在这种重大的时刻，谁会甘心先跑回去拿桶呢！

尼亚贾河上此时空无一人，河水不疾不徐地流淌着，甚至有些慵懒，而就在不远处，乌法河从深山中抽出巨大的水流，轰隆作响。我突然间有种感觉，觉得刚才那个愁眉苦脸的小伙子在离开的时候，把整条河都留给了我和穆舒尼亚，而且是只留给了我们两个人。

"要是照这么个钓法，就算把我们钓的鱼分给整条街的人一起吃，那都吃不完啊！"穆舒尼亚还在说个不停，"只能晒成鱼干了！你想想，等我们回家的时候，得带多少麻袋的鱼干回去！"

我确实在想。那场景确实很不错。我们顺着电气小火车高高的踏板爬上车厢，身后的月台上，有人紧张地把一个又一个沉甸甸的麻袋飞速地递给我们——离开车只剩下五分钟了！一个、两个、三个……车厢里渐渐充满了这个世界上最伟大的气味——那就是鱼干的气味；而其他的乘客都嫉妒地看着我俩，心想：这两个小伙子这个夏天可没白过啊！麻袋还在一个接一个不断地被递进我们的车厢……

"看啊！"穆舒尼亚扯了一下我的袖子，"我们到那边去！"

看来这条河也不只属于我们两个人，我刚开始怎么没发现呢！就在那座桥上，还杵着一个细细高高的人。

"你看，那个人一条接一条连着上钩！"弟弟惊叹地喊道。

这个人连鱼竿都没有，但是我却看到一条鱼从水里突然一跃而起，跳到空中，跳得很高很高，笔直地往桥上飞过去。然后紧接着第二条鱼也这样跳了上来，接着是第三条、第四条……

"是鮈鱼①！"穆舒尼亚不住地拉我的袖子。不得不说他理论上的功课做得很扎实。也许这些确实是鮈鱼，不过这么远我基本上分辨不出来。但是我知道那个人是怎么弄的：就是往水里垂一根细绳或者钓鱼线而已。我们可是有真正钓鱼竿的人！

---

① 俄语 Пескарь，鮈鱼，常见个体体长 12cm，最长也只有 20cm。鲤形目鲤科鮈亚科鱼类以及鮈属鱼类的总称，本亚科约有 30 属 100 多种，都是中小型鱼，以小型为主，多数体长 8cm 至 20cm。鮈属共 34 种，我国有 10 种。这里可能特指鮈亚科鮈属的模式种 *Gobio gobio*，中文标准译名为鮈（鱼）或喀尔巴阡鮈，台湾称鮈（鱼），广泛分布的常见淡水鱼。

　　"我们可不钓鲄鱼！"此时，之前那个小伙子的那条大个儿的小白鱼还在我眼前跳动、闪烁着，"鲄鱼，算不上什么好鱼，而且……而且如果要从桥上钓的话，我们的竿子不够长，懂了吗？你看那座桥多高啊！要是站在桥上钓鱼的话，只能拎着根傻乎乎的线，钓那些傻乎乎的鲄鱼！"

　　我们钓了大概四个小时。在这期间，我和穆舒尼亚找到了一个极好的点，堪称专业的钓鱼点。这里的岸较为干燥，树荫投在水面上——这样那些狡猾的鱼就看不见我们的鱼竿了，最重要的一点是离岸不远就有一处水很深的水潭。

　　穆舒尼亚一直在旁边吵吵闹闹，刚把钩子抛出去，就把鱼竿插在了岸上的沙子里。然后他对我喊道：

　　"帮我看着点哦，有动静了就叫我！"

　　没过几秒钟他就回来了，手里抱着一捧干草：

　　"怎么样了？"

　　在刚刚过去的几秒里我刚刚把自己鱼竿的位置调整好，除此以外，什么事情都没有发生。不过这没什么，但是接下来的事情就着实令人惊奇了：过了整整一个小时还是什么事情都没有发生，过了两个小时、四个小时……

　　"唉！唉！"穆舒尼亚终于忍不住悲伤地叹了一口气，"我说什么来着，应该直接去乌法河来着。而且，现在根本没人用蚯蚓钓鱼了！都已经一百年没人这样钓了……"

真是字字珠玑啊！理所当然的嘛！一百年前就没人用蚯蚓钓鱼了，我们用蚯蚓怎么可能钓得到。怪不得罗伯特舅舅有那么多大蚯蚓，可不是嘛，他根本不用那些蚯蚓！已经一百年都没有用过了，这些蚯蚓一百年来一直繁衍生息，才生出那么多来！

还有那个大丰收的小伙子，就是从乌法河回来的，而且他也没带着什么装蚯蚓的罐头！小白鱼根本不吃蚯蚓饵，甚至那个在桥上的鲍鱼捕手也是从乌法河里钓的！

不对，鲍鱼捕手毕竟还是从尼亚贾河里钓的鲍鱼，那又怎样?！不管怎么说他可是"鲍鱼捕手"！

"我们两个笨蛋就……"穆舒尼亚没来得及把他思想中最精华的一部分表达完整，我的"浮漂子"突然窜到了水下，细小的水珠溅到了我的脸上，接着竿子上传来一阵猛烈的拉力，把我一下子抛进了河里——不过也没有抛得离河岸太远。

穆舒尼亚在我身后急得团团转：

"谢廖沙！谢廖沙！抓住它，别松手啊！"

我跪在了一根树棍子一样的东西上，后来才发现是我的鱼竿。水立刻就浑了起来，我用双手不停地在水里抓着摸着，当时只有一个念头，自己一定要抓住个什么东西！

"抓住了吗?"穆舒尼亚大声喊着，"别让它跑了！"

突然，有个人从后面拎住了我的裤子。

"啊——啊——啊！"我疯狂地大叫……原来是穆舒尼亚。

"让它跑啦……让它跑啦，啊？"他不断地重复着这一句话，差点没哭出来。

"啥？"我一边问道，一边终于站了起来。我等待着穆舒尼亚的回答，心跳都要停止了。

"是条欧鳇！"穆舒尼亚呻吟着说，"一条巨型的欧鳇！"

"那你……你看见它了吗？"

"没……"弟弟压低了声音用气声说道，"只看到了尾巴！这，这——么大！"

我突然间意识到，我确实也看见那条尾巴了。没错！就在我被拉进水里之前的一瞬间，我看见了它的尾巴！那条尾巴划破水面，力气大得吓人，如果那条鱼向着水下面窜的话，轻易就能把鱼竿折断。

"我还看着鱼鳍了！背上的鳍……"穆舒尼亚又接着说道。

对，我也看见它的鳍了！强健的背部泛着青色，背上的鱼鳍陡峭地耸起，几乎像鲨鱼那样。紧接着才是用尾巴猛烈地拍打水面的那一下！接着又来了一下！嚓！嚓！

"是一条欧鳇，我还以为你抓住了呢……"

他这么一说，我才清晰地回想起来，我之前还紧紧地搂住了一个圆滚滚的鱼身子，手还被它的鳞扎得生疼。我就像在和这条鱼进行古典式摔跤一样搂着它，甚至还一度想要使出什么摔技。

但这条欧鳇还是跃开了，挣脱了……

一晃二十年过去了。如今我清楚地知道，最大的欧鳇，基本上就比我的手掌大不了多少。

穆舒尼亚也很清楚这一点，而且他的手掌几乎跟我的一模一样，只是手指更为修长。

但是我和弟弟永远都会记得那条一米半长的欧鳇。我们中的任何一个都还会时不时地跟对方提起：

"你还记得吗？"

"当然记得！"

穆舒尼亚还认为，我们当时得罪了那条欧鳇。他是因为在旁边乱说话，而我就更明显了——我跟它结结实实地打了一架！

不过在那之后，就在我刚刚上岸、身上还湿漉漉的时候，鱼突然就开始咬钩了——唉！

一颗子弹

我知道，拉希德帕夏①正在小路尽头等着我。

---

① 帕夏，伊斯兰教国家对高级军政官员的称谓。又译"巴夏""帕沙"等，系突厥语音译。奥斯曼帝国时，"帕夏"是苏丹授予军事最高统帅的称号，后用于称呼帝国高级文武官员。奥斯曼帝国在统治埃及、伊拉克等地时，将委派为该省区的总督也称"帕夏"。如派往埃及的总督穆罕默德·阿里帕夏。该称号只属个人，不世袭，一般置于名后。

　　他正坐在自家门前的长椅上，眯着眼睛看着太阳。拉希德最心爱的小牧羊犬"海盗"就跟钻进狗窝似的钻到了椅子底下。拉希德不时地用脚猛踏几下地面，喊一声"上"，海盗就会怒吼着上前咬"敌人"的脚后跟儿——虽然咬得不疼，但是看得出来，它将来长大了一定是条勇猛的大狗！

　　天气很热，阳光猛烈地炙烤着大地。这是一条乡间的土路，热量在沙土里渐渐聚集着，又蔓延开来，甚至慢慢爬向那些最阴凉的、一大早还很凉爽的地段。路上有不少小水洼，我们这条路上的水洼都很深，就算是最热的那几天都不会干涸。这会儿，这些水洼里的水温甚至超过一锅热汤，随便哪个水洼，分分钟就能煮熟一打鸡蛋，而且还能煮得很老。我不疾不徐地向前走着，尽量多扬起一些沙尘作为一道屏风，以便遮住自己的身影。这个方法非常有效。首先，在旁人看来，虽然可以看得出有某个人正在走动，却看不清楚这个人是谁。其次，也根本看不清楚，"某个人"到底有几个人。

　　我一边走一边扬起沙尘，一边扬起沙尘一边心里在想，其实扬起沙尘并没有什么用。因为拉希德等的就是我，而且他知道我一定是一个人来的。而且，这条路很短，就算我每迈出一步需要磨蹭一个小时，也总有那么一刻会走到那里，走到坐在椅子上等着我的拉希德跟前。

　　而他会等到那一刻，一定会等到那一刻的！

当然也可以转过身往回走，但是这样做，说实在的，并不能改变什么。拉希德会来我家找我，就是这样。问题的关键并不在这里。拉希德从椅子上站起身来——这说明他已经看见我了。海盗也从自己的小窝里钻出来，伸了个懒腰，打了个甜甜的哈欠——它没冲着我叫，因为我和海盗关系很好！

"带来了吗？"拉希德平静地看着我，似乎这是一件稀松平常的事儿。

"没有。"我回答说。

"为什么？"

"我把它给了……其实是我爸把它……交给了博物馆！不对，是交给了警方！……妈妈把它当垃圾扔了，就是这样！"

拉希德龇着牙，露出一个大大的微笑，将他那强健、黝黑的手掌伸了出来。

"得了，赶紧的！"

我都搞不清楚他把手伸过来是要跟我握手，还是跟我索要我应该带来的东西。

他不知道我已经三十了，而且不可能知道。对他来说，我就是一个八九岁的小男孩儿，而他自己则是一个强健有力的"大人"。

"好啦，赶紧的！"

刚刚搬来这座城市的时候，我还是个小孩子。家里的屋子是爷爷从某个鞑靼人手里低价买来的。正是因为搬来的时候年纪还小，在我的记忆里房子就跟自己家的老宅子一样亲切。而爷爷一点儿都不待见这些，大概是因为他过于怀念以前的生活，没有丝毫的意愿接受新的变化吧。"都是生活所迫啊！"他走过来的时候肩膀撞在了门框上，疼得直哼哼，"真不应该啊，真不像样啊！"

院子里有一个很小的、不能住人的小木棚尤其令他不满。虽然这个小木棚根本就是随房子附赠的。

说它是个小木棚也不完全对——因为之前里头也住过人，那个时候它还在临街的位置上，开着几扇窗户。后来主人盖了新的房子，就把原来的屋子拆了，又拿拆下来的木头在菜园里重新搭了个棚子——其实搭了这个棚子也基本派不上什么用场，只是不搭点什么可惜了那些木头。父亲本想把这个棚子改造成一个桑拿间：把小窗都封上，仔细地把木头之间的缝都填上，再搭一个蒸汽浴用的石头炉子。不过这些都没搞成，因为之前不能住人自有它的原因：早在我们接手这个木棚之前，就已经有多得吓人的真菌苔藓在里头当家做主好一阵儿了。因此，我们只好把那些念头都先放一放了。

爷爷看着这个小木棚，越看越觉得不顺眼，于是他叫上一个邻居（我父亲整天不沾家，光忙着工作），两人一道着手治理这个小木棚。要不是后来找到了那个东西，这件事本不值得详述。

爷爷和邻居打算先把那些原木都一锯两半，这样方便之后运走。锯着锯着，突然碰到一个暗格：原木墙面的最上面一根木头上被掏出了一个洞，而且还十分机警地盖上了一块精巧的小木板盖儿。要不是爷爷要锯开这些木头，再过几个世纪也没人能想到还有这么个玩意儿。

暗格里头还藏着什么东西！从里面掉出来一个铁疙瘩，"嘭"的一声落到了下面的锯末上。

"瞧瞧！"邻居惊叹道，"之前的房主伊利杜斯给你留了个小礼物啊！"

我当天也在一旁转悠，毕竟不是每天都有拆木屋这种事儿。

"这个嘛……"爷爷走到铁疙瘩旁边蹲了下来，不过没有用手去捡。我也把身子探过去，但是没看清是什么东西，只看到不成形的一坨什么玩意儿。

"是把转轮手枪啊！"邻居用一种神秘的口吻轻声说道，"哎呀呀，伊利杜斯，好你个伊利杜斯！"

"关伊利杜斯什么事儿？"爷爷平静地反驳道，并没有表现出过分的惊奇，"你看看这块铁疙瘩，不知道摆在这儿多少年了呢！"

"这个木棚子之前拆了又建，而且还挪过地方！"邻居仍然紧抓不放。

"我们俩不是也要拆嘛，要不是把木头锯了，我们不也什么都发现不了嘛！"

无论如何，这会儿在锯末上躺着的确实是一把转轮手枪。这可是货真价实的一把枪，虽然看上去已经从里锈到外了，甚至整把枪几乎都是由铁锈组成的。我刚把手伸过去，亲爱的爷爷就扯着嗓子制止了我：

"少掺和！"

"是啊！"邻居表示同意，"应该交给警察……"

警察立刻就出现了。我们家发现枪械的消息几分钟之内就传遍了整条街，直到现在我都不明白，当初这消息怎么能传得那么快。我们这儿的片警就住在附近，他家离我们家就隔着一栋屋子，而且那天他刚好在家里翻地。

警察不声不响地从大门进来，没等我们接应就径直来到了院子里。他穿着一件完全褪了色的制服，没有戴标志性的大檐帽，脚上是一双胶皮套鞋，里头没穿袜子，似乎兼具执行公务和邻居串门儿的意思。

"嗯……构不成重大危险！"

"没错儿。"爷爷附和道。

"埋在土里很长时间了……弹仓都转不动了，就是块废铁……"警察快速地鉴定了一番。

"啥，你说土里！"某个声音质疑道，"是暗格里找到的！"我这才惊讶地发现，我们家的小院子里已经聚集了一大帮人。

"这是什么制式的？"我终于忍不住问道。

"呃，这个……弹容是六发……"即使弹仓已经转不动了，这位经验丰富的专家还是一边打量着手枪，一边做出了判断，"不过鬼才知道是什么制式，总之是个很久以前的老古董了……"

所有人里面，就属我妈最紧张，她是专门为此从单位赶回来的。不过那个住在附近的片警很快就让她安下了心来：

"行吧，那我们就不用做笔录了……"

"没错儿。"爷爷附和道。

"没找到子弹吗？"警察为了以防万一，最后又多问了一句。

就这样，这把不知道什么制式的六发转轮手枪就归我所有了。

而仅仅在十五分钟之后，它就归我们所有了，属于我们共同拥有。这是因为十五分钟之后，拉希德帕夏急忙赶了过来。

他可不关心这把枪之前是谁的，是谁造了那个暗格，房子的前任房主伊利杜斯究竟知不知情什么的——所有这些对于拉希德来说都是不值一提的细枝末节。

"乖乖！"他说，"这可是个好东西！而且你毫不吝啬地与我们分享，真是好哥们儿！"

如果拉希德帕夏需要这把不能开火的枪，那只能说明他是为了事业、为了我们共同的事业而需要这把枪——这条街上的每个小伙子都对此坚信不疑。因为我们每个人的事情都是我们大家共同的事情。而拉希德帕夏作为一名十六岁的大人，或许比任何人都明白一个道理，那就是十二个弱小但忠诚的拳头要胜过一双哪怕是最有力的拳头！而六个人十二个拳头就组成了一个小队。而且说起"我们的街道"比说"我的房子"之类，听起来要霸道许多……

"……拿着！"我干脆地说道，心里没有丝毫的——好吧，是几乎没有丝毫的不舍。这块锈迹斑斑的铁疙瘩现在几乎什么用都没有……不过我总会想到用它来干点啥的！

"明天一大早咱几个一起去靶场！别睡过了！"拉希德恭敬地把手枪放在掌心掂了一下，"怪沉的！"

"靶场？"我觉得我似乎听错了，又问了一遍，因为最近的靶场离这儿也得二十公里开外。

"是的。"拉希德肯定地说，"只要我来得及……"

也许，那天晚上他一宿没睡，忙活了一夜，而且下了极大的功夫。因为第二天一早，我简直不敢相信自己的眼睛。

拉希德估计是用光了家里储备的所有砂纸。拉希德的父亲是个做金属件的钳工，家里储备着很多砂纸，他父亲曾说："家里的砂纸要多少有多少，一直到我的孙子辈都够用了！"拉希德并没有把枪上的铁锈打磨得一点儿都不剩——因为铁锈吃得实在太深了。不过拉希德一直不知疲倦地磨啊磨啊，直到差点把枪给磨穿了才停下。接着仔仔细细地抹上了一层葵花籽油，然后——简直是神迹！我们六个人把这把枪传来传去地看，它再也不是一块锈得不成形的铁疙瘩了，而是一把令人生畏可以用来打仗的武器！尽管鼓式弹仓还是不能转动，而且枪管也和其他部分连成了一体——按照拉希德的说法，枪管这部分应该是可以"掰下来的"。就算这样，我们六个人还是一秒钟都没有怀疑过，一致认为：这是把靠得住的好枪！

我们朝着靶场进发。原来靶场离得并不远，就在菜地后面。

这把转轮手枪很沉，拿着枪的手会止不住地往下坠，不过我们还是坚持不懈地练习持枪射击……也许，称之为"练习瞄准"更为准确一些，不过不管怎么样，我们在练习射击！我们既练习举枪就射的无依托射击，又练习凭借声音判断目标的射击，既有站姿射击练习，又有俯卧射击练习，还有朝着背后开枪，从手肘上面开枪……就算把全世界军队的射击训练项目统统加在一起，也达不到我们训练项目种类的一半多。我们一整个夏天都在做各式各样的训练，每个人都骁勇无比，我们自己都被自己精准的枪法所震撼了。

我并不是说整个夏天我们几个人就光围着枪转了，并不是这样的，夏天该干什么我们就干了什么，我们像往常一样去森林里采了蘑菇，帮着大人割了草，去河里游了泳。夏天可干的事情还不够多吗？我的意思是，因为这把枪，所有这些稀松平常的事情便多出了某种特殊的重大意义。

之后发生了那件特殊的事。

尽管我没有亲眼看见，但我知道那件事的每一个细节。整条街的人事后都知道了那件事的每一个细节。

　　……那段时间我们这儿来了个危险的逃犯。他为了逃避追捕跑到我们这个地方来，想在这儿避避风头。也确实常有这样的事情，某些犯罪分子会逃到某个地方，就是为了住一阵，不会犯什么事儿。这个逃犯可能是觉得自己掩藏得很好，不需要天天提心吊胆地生活了。正巧他的钱花完了，所以他决定冒险，冒一个在他看来"微不足道的险"。

　　一天深夜，他在离我们这条街不远的一条街上拦下了一个陌生女子。他亮出了手里的刀，命令那个女人把身上所有的钱和手上的戒指都给他……那个女人要不就是真的被吓坏了，要不就是恰恰相反，从小就无所畏惧，总之她并没有默不作声地把身上的财物交给劫匪，而是高声尖叫了起来。劫匪慌忙逃走——他可不想因为这点小事儿弄出太大的动静。他纵身一跃，跳过旁边的栅栏，只要穿过路灯底下那块被照亮的小空地，就可以溜进黑漆漆的小胡同儿了，然而就在这时……

　　"把手举起来！"一个响亮的声音喊道，左轮手枪的枪管在路灯下闪过一丝阴郁的光芒，"把手举起来！不许动！"

　　拉希德在屋子里听到喊声的时候，没准儿已经准备好上床睡觉了。那个女人的叫喊如此尖厉，一听就知道发生了可怕的事情。拉希德，这个有着"帕夏"这样一个既好笑又令人生畏的绰号的男孩，第一时间就不假思索地来到了需要他帮助的地方。

　　他看见了逃犯的身影，于是冲到了路灯底下挡住了逃犯的去路。

"把手举起来！不许动！"

路灯下看不清枪身上残留的锈迹，黑洞洞的枪管看上去很有威慑力，坚定的持枪的手没有丝毫的抖动。劫匪如临大敌，呼吸沉重。

"好家伙，该死的！算你狠……"

但是他并没有举起双手。

"往前走！"拉希德命令道。

逃犯向前迈了一步，假装遵从拉希德的命令，手却悄悄地伸到了口袋里……突然间"砰"的一下，响起了一声沉闷的枪声……

拉希德倒下了。

杀手没来得及逃跑，因为枪响之后人们立刻就涌了过来，来了很多很多人；有人打掉了逃犯手里的枪，有人把他按倒在地……

我闭上眼睛，似乎看到拉希德从长椅上站起来，身材匀称、体型健硕，他朝我伸出手来，黝黑、平坦的手掌朝上：

"得了，赶紧的！"

"给你！"我回答道，我明白，如今这个小伙子要比我小十四岁，"请一定……记得在手枪里留一发子弹，哪怕就留这么一发，好吗，拉希德？一定要先开枪，求你了，他口袋里也有把手枪，你明白吗？"

扬 卡

狗 窝

　　扬卡是条城里的狗，它从来都没去过乡下，甚至周末的时候也没去过①。可这会儿，我们突然间就要去一个位于泰加林②的养蜂场度过整个夏天。

　　"怎么办呢？"我和我的这条大狗商量着，"我没什么问题，就睡在干草棚里，你怎么办呢？"

　　最后我决定给扬卡钉一个狗窝。折腾了老半天，不过最后终于做成了一个漂亮的狗窝。

　　到了出发的时候了，我在狗窝里铺上了一条干净的小毯子，把要带的东西和食物也都放在里面包好，再用粗帆布把狗窝整个儿裹住，用皮带捆扎好。看起来就像个巨大的背包，只不过是方方正正的。

　　一路无事，顺利抵达目的地。

　　扬卡到了森林里之后，就像被新鲜的空气和各种新鲜的气味冲昏了头似的，我把狗链子解了下来，扬卡乱跑乱跳，时不时瞪

----

① 俄罗斯人有去城郊或者乡下的俄式别墅度周末的习惯。

② "泰加林"特指从北极苔原南界树木线开始，向南延伸 1000 多公里宽的北方塔形针叶林带原始森林，是世界上最大的也是唯一的具有北极寒区生态环境的森林带类型。又称"寒温带明亮针叶林"或"北方针叶林"。

着大眼睛突然从灌木<u>丛</u>或者高高的草<u>丛里</u>一跃而起，时不时又狂吠上几声，又一下子不知道跑到哪里去了。我笑着跟在后面，一直吹着口哨唤它回来。

好心情没有持续太久。这才第一个晚上，扬卡就失踪了。开始的时候我还不是太担心，毕竟是条狗嘛，肯定会回来的。之后就真的开始担心起来了，我跑去找它，大声地喊：

"扬卡！扬卡！快到我这儿来！"

扬卡并没有跑回我身边，甚至都没有用叫声回应我。

那天晚上我一夜没睡，不断地责备自己：都是我的错，把扬卡给害了。狗窝就放在稻草堆下面，除了从里面拿了点东西和食物出来，一点儿用都没有。

第二天一大早，邻居急匆匆地跑来找我。他的脸上带着怪异的表情。我好不容易刚从稻草堆上爬下来，他就一把抓住我的袖子不知道要把我拉到什么地方去：

"快走，快走！我带你去看看！"

我极不情愿地跟着他，脑子里想的还全是扬卡丢了这件事。

邻居不知出于什么原因竟把我带到了他的猪圈，他从后面捅了捅我，憋着笑说道：

"看吧！昨天晚上还只有一只呢，现在居然有俩！"

我仔细一瞧。在这个小猪圈里，两只小猪紧挨着睡得正香呢。只不过其中一只全身上下都长满了又长又密的狗毛！

"扬卡！"我大声叫道，"扬卡！你怎么跑到这儿来了？"

扬卡醒了过来，高兴地围着我跳来跳去。

小猪也醒了过来，十分恼火，一边尖叫着一边发出呼哧呼哧的声音。

"你看，就是这么进来的。"邻居指着猪圈墙脚的一个小洞说道，"挖了个地道呢！晚上还是怪冷的，得找个伴挤在一起睡才暖和！"

我想起之前整夜的不安和焦虑，又想到我们的狗窝。嘿，好你一条城里的狗！

蜜　蜂

在我们这个养蜂场里，除了那些蜂房，还有一块小菜地。有一件事情我怎么都无法让扬卡明白，就是不允许在菜畦上走来走去，更不要说在上面跑来跑去了！要走要跑呢，就得在中间的田埂上。扬卡每次都很认真地听我说，但是每次也都还是挑最短的路线在田里径直地来回踩踏。

有一次，我的哥哥——也就是这个蜂场的主人，要把某一个蜂房里的蜜取出来。

"蜜蜂会变得很生气的。"他预先提醒道，"所以你们还是别在这儿无所事事地晃来晃去了吧……你和扬卡最好到河边找个地方逛一逛，行吗？"

我早有此意，只是因为各种原因之前没能成行。这会儿我们已经拿着鱼竿走在去往河边的小路上了。突然之间好像有一颗子弹嗖嗖地穿过空气，径直打在我的脸上。这一下真够劲儿啊，我差点没摔倒，我大喊起来：

"扬卡！扬卡！趴下！蜜蜂来啦！"

扬卡看到我带着钓竿，本来也打算跟着我溜达溜达的。我突如其来的喊声让它愣在了大葱地里。养蜂场上空的空气开始紧张地嗡嗡作响，而且嗡嗡声每一秒都在变强。

"扬卡！"我又喊了一声，四肢扑地趴了下来，"趴下！"

但是扬卡却像被钉住了似的，伸长了脖子往我这边望过来，要好好看看我趴在草丛里头做什么。说时迟，那时快，一只气呼呼的蜜蜂快速地从扬卡耳边掠过。甚至很可能轻轻地刮了一下它，不过没有蛰中它。扬卡尖叫了一声，立马向一旁跳开。没过多久，扬卡就只顾着左逃右闪了：蜜蜂一会儿从左边来，一会儿从右边来。或许，唯一能使扬卡逃过蜜蜂蛰咬的就是这片绿油油的葱地了：因为蜜蜂不太喜欢大葱的味道。

"趴下，扬卡，趴下！"我又一次大喊道，一边喊一边慢慢地匍匐着爬向河边，还要对付碍手碍脚的鱼竿。"扬卡，趴下！"

这会儿扬卡终于听懂了：它一下子跳到了葱地之间的田埂上

趴了下来，就像趴在战壕里的战士一样，它还好像用前爪掩护着自己的脑袋。

"扬卡，跟上！"我命令道，脸上被蜜蜂蜇过的地方疼得厉害。

扬卡就像个士兵那样从它的战壕里往外瞥了一眼，小心翼翼地趴着朝河边移动。不过它的尾巴却高高地从菜地里竖起来。好在没有一只蜜蜂对这个尾巴发动突袭。

我们就这样脱离了险境。

不过更有意思的是另一件事。打那以后，扬卡再也不曾踏入菜地半步了，就算是无意之中进入的情况都没有——规规矩矩地从田埂上过。希望它能保持下去就好了。而且，看起来它会时刻准备着听从我的指挥：

"扬卡，蜜蜂来啦！趴下！"

熊

我和扬卡一起去买面包。一个柴油机车头拉着几节贩卖食品的列车厢，每隔一天就会停在车站那里。

这个车站实际上就是个原木小屋，里面空荡荡的，不过有一个炉炕，散发出冬天用的柴火的气息。窄轨铁路的两侧，是紧紧地挨上来的茂密的原始森林。

我们坐在那儿，等着……突然间，一头巨大的棕熊若无其事地从车站的小木屋后面走了出来！

在场的女士们尖叫起来——那尖叫声大概隔壁村子的人都能听到！

我的心一下子掉到了后脚跟。扬卡呢，低低地吼了一声，蹿到了长条凳的下面。

那个夏天异常酷热干燥。森林里的热浪把各种各样的野兽都赶了出来，所以那阵子我们得以瞅见各式各样的动物。

这不——连熊都出现了！

它可不是冲着我们来的，这边吵吵嚷嚷的，它丝毫不在意。只见它不慌不忙地从距离小屋只有两三步距离的地方走过，小跳着穿过了铁轨……

本来这头棕熊应该就这么走掉了，可是扬卡毕竟是条狗啊！看着渐行渐远的熊屁股，它从长椅下一跃而起，全身的毛都竖了起来，凶狠地狂吠起来，叫声尖厉刺耳。它不断地用前爪扒着地，又时不时地跃起，看样子马上就要冲着那头棕熊冲上去了！

过了一两天，当恐慌慢慢减退了之后，那些女士们笑着回忆道：

"嘿，扬卡可厉害啦！可让那头狗熊知道了厉害！要是当时追上去，肯定得把那头狗熊给咬死！千真万确！"

采蘑菇小队

我和邻居商量好一起去森林里头采蘑菇。我们把扬卡也带上了。

路上，邻居半开玩笑地说道：

"采蘑菇的时候还就得带上狗，而且不能让它无所事事地瞎逛！这就跟猎人带着狗一个道理：猎狗看到了鸟，就会叫两声！搁你这儿呢，找到蘑菇了，也得叫两声！"

到了林子里，我们就分头行动了，时不时喊两声联络一下。我每次找到蘑菇，都会给扬卡看看，虽然对这种事儿不抱希望，不过也装出一副认真的样子：

"喏，扬卡，记好了，这是白蘑！这个呢，是秋叶菇，又叫作红头菇！去吧，扬卡，去找找！听懂了吗？听懂了叫一声！"

扬卡仔细地嗅了嗅我找到的蘑菇，安静地听我说着，没吭声。开始我以为它还是没明白我要让它做什么。不过过了一会儿，扬卡一下子就跳到灌木丛里去了——仅仅过了一分钟，传来了一阵猛烈的狗叫声！

"扬卡！扬卡！"我喊道，"扬卡，到我这儿来！"

扬卡叫得更大声了！

我不得不找过去。

我顺着叫声走到了一片林间空地上……我的天啊！一大片白蘑——规规整整、洁净精致、品质上乘！大概有三十多个，也可能有四十多个，只多不少！简单来说，能装满满一筐！扬卡就这么杵在那儿：毛发尽竖，爪子使劲地扒着地，小嘴冲着天——不停地叫啊，叫啊！我们的邻居拿着他自己的篮子，在旁边的草地上乐得直打滚，他笑得嘴巴都咧到了耳朵根：

"找到这么多蘑菇啊！看来这样能行啊，再过不久，你们家扬卡连煮蘑菇汤这种事情都能自己动手啦！"

回家咯

那天钓鱼的手气不太好。我把旧的饵换下来，吐了口吐沫在新的蚯蚓上，把钩抛到一个小急流处，然后又换到一个小漩涡处——就算钓上来一条瘦瘦的小鮈鱼也行啊！

突然扬卡出现在岸边，挑了个离我不远的地方坐了下来，在那里仔细地观察我。

"看什么看啊！"我冲我的狗抱怨道："反正就是不上钩！半条鱼都没有！"

扬卡摇摇尾巴站起身来，又不知道跑到哪里去了。五分钟后，扬卡回来了，嘴巴里咬着……一整条熏鲭鱼①！

扬卡朝我走过来，热情地摇着尾巴，把鱼放在我脚边的沙地上。

我开始还想生气来着：这算什么事儿啊，把我们自己从城里带来的、准备当午饭吃的鱼拿来了！不过最后我还是没忍住，放声大笑起来。

收竿回家咯！

打　猎

在林间的空地上，时不时有两只寒鸦②走来走去，啄啄这个，又啄啄那个。

扬卡发现了它们，并打算把它们抓住。扬卡先是走到了空地边缘，假装跟这两只寒鸦一点儿关系都没有：就好像只是想在一旁闻闻小花什么的，就这样。

寒鸦没有注意到扬卡，而扬卡呢，小心翼翼地慢慢靠近——

---

① 俄语 Скумбрия，鲭鱼，俄文名明显为拉丁属名 Scomber 的转写，指鲈形目鲭科鲭属的鱼，英文为 Mackerel，平均身长 30 至 50 厘米；这是一种很常见的可食用鱼类、经济鱼类。在中文语境下要注意区别于中国的四大家鱼之一的"青鱼"。

② 一种比乌鸦体型小、性格温顺的黑色鸦科鸟类。

几乎是整个儿趴了下来，肚子紧贴着地面。与此同时，扬卡故意把头扭向旁边，好像在说："我爬，我爬，我往哪儿爬呢——反正跟你没关系。"

寒鸦发现了扬卡，但是不急着飞走。扬卡一下子锁定了目标，准备飞身一跃！扬卡扑上去的时候已经迟了！鸟儿就跟突然喷射出去一样，从扬卡鼻子底下跳开了。不过这两只寒鸦没飞多远，它们又一次落在了空地上，这次落在了扬卡身后的地方。扬卡一扑未中，便坐了下来先喘口气，甚至漫不经心地用后爪挠起了耳朵。过了一会儿，扬卡懒洋洋地打了个哈欠，站起来准备班师回朝了。路上当然得"恰好"从那两只寒鸦旁边路过。

这次，狡猾阴险的鸟儿任由扬卡靠近。终于，扬卡又一次奋力一跃，寒鸦轻松避开，而且这回就落在离扬卡半个爪子远的地方！扬卡以极快的速度把嘴朝着那些没礼貌的寒鸦一顶，然后转了个圈，马不停蹄地又朝着寒鸦冲过去。那两只寒鸦又飞了起来，不过这次朝着不同的方向飞去。

不过扬卡呢，看得出来，成功地盯上了其中的一只，预先识破了它逃跑的路线，高高地跃起，在半空中就咬到了这只寒鸦尾羽的末端。

寒鸦大声尖叫着飞开了。扬卡在空中做了一个不可思议的向前翻腾的动作，结果重重地摔在草丛里。不过它立马又跳了起来，一边甩着脑袋一边拼命地打喷嚏。寒鸦发出持续的尖叫声，越飞越远。

扬卡还在继续打喷嚏，甚至开始咳嗽起来：它的嘴被寒鸦的羽毛刮破了。

它朝我走过来，不住地摆动着脑袋，极不情愿地呼哧呼哧地打着喷嚏。从眼神里能看得出来它很受伤，而且很不解：不就是玩个游戏吗，怎么最后变成这样了呢，落得一个忍不住一直打喷嚏的下场吗？

在那之后，扬卡对抓寒鸦就再也没兴趣了。

雨　滴

扬卡紧闭双眼，伸长了爪子，趴在地上晒太阳。突然间，一滴圆滚滚的雨滴从天上落下来，正好重重地打在了它的鼻子上。

扬卡吓得跳了起来，不停地摇头晃脑。

我抬起头：天空一碧如洗，没有一片乌云。不过夏天常有这种情况，就是也不知道从哪儿，突然就落下一阵雨。

为了以防万一，我还是躲到了遮雨棚下面。而空地上第二滴雨已经落下了，接着是第三滴、第四滴……扬卡抬起头看着天，很不爽地叫了一声，似乎在说："开什么玩笑啊，是谁在那儿洒水呢？"

似乎是回应扬卡的叫声，暴雨一下子倾盆而下。雨下得很大，我甚至都看不清二十步开外的东西了。

扬卡兴奋地在空地上跑过来跳过去。开始的时候，它只是尝试着接住雨滴，甚至要用嘴去咬雨滴。接着，扬卡开心地大叫起来，挺起胸膛任由雨水打在身上，在空地上漫无目的地横冲直撞，大喊大叫，翻筋斗……

暴雨来得突然，去得也很突然。扬卡一下子没明白过来发生了什么事，它停在空地上，茫然地向四周张望。

"都结束了，扬卡，不会再下雨了。"我一边说着，一边从遮雨棚底下走出来。

这时，扬卡从头到脚都是湿淋淋的了，它突然一边摇头晃脑地甩着水，一边朝我扑过来。我差点连眼睛都没来得及闭上——瞬间就和扬卡一样从头到脚都湿淋淋的了，真是白在棚子下面躲雨了。

不过，我一点儿都不生扬卡的气，要知道它这是在和我分享它的喜悦呢。

还有几乎一整个夏天的时光在前头等着我们呢！

蝈蝈的叫声

各样的气味

小路两旁湿润的鹅卵石散发出春天的气味。春天的气味也从灌木丛中鼓胀的叶芽和混浊的小水坑里散发出来。

白桦树上已经长出了第一批叶子。

我把一根树枝拉近身来，把整个脸都埋了进去。温暖而细小的绿叶散发出夏天的气味。

女儿咯咯地笑起来，从大衣的口袋里拿出了一个苹果，伸过手来递给我。苹果散发出去年秋天的气味。

南方的天空

一个月前，廖什卡刚从克里米亚的阿尔捷克夏令营回来。

他带回来很多小徽章，还有各式各样有趣的小玩意儿。除了这些，还有一个装着海沙和一些圆滚滚的小石头的小盒子，一个装着咸咸的海水的水壶，以及一点儿——南方的天空。

廖什卡的朋友维奇卡① 怀着极大的敬意把这堆宝贝翻弄了很

_____

① 男名"维克多"的爱称。

长时间，不过却把南方的天空丢在一旁，一点儿兴趣都没有。

"怎么带了个空罐子回来？"

"这可是天空哦！"廖什卡解释道，"南方的天空！"

"什么?！"维奇卡不敢相信自己的耳朵。

"南方的天空啊。"廖什卡又说了一遍，"这儿还有海边的沙子和卵石……你看，这些是海水……然后就是天空……"

维奇卡笑得眼泪都出来了。接着突然又安静了下来，同情地看着小伙伴：

"你没什么毛病吧？"

"你才有毛病呢！"廖什卡生气地转过头去看着窗外。

"哎呀，我不是那个意思！"维奇卡知道自己有点过分了，"廖什卡，我是说……你看，海水呢，你是从海里舀来的……石子儿呢，是从海边捡的……那，那这个天空你是怎么收集的呢？"

"我们不是去远足登山了嘛。"廖什卡解释道，"我们去了罗曼—科什山①，爬到了山顶，山顶就已经是天空了呀！山顶的树林间云雾缭绕的，紧紧地挂在灌木丛里……"

"你是说，那些云就跟床单一样，挂在那些树枝上？"

"嗯，就是这样。"廖什卡肯定地说，"我们就直接在山顶上煮午饭吃。我们把罐子里的青豆都吃完了……我早就预料到了这一点——把罐子拿过来洗干净、晾干了……然后装了一点儿天空

_____
① 克里米亚半岛最高峰。

就拧上了盖子！"

"这么说，你不过是装了一点空气而已嘛。"维奇卡又忍不住大笑起来。他把罐子放在手心里掂量了一下，"好在你把标签给洗掉了！不然就是'青豆'牌南方的天空了！咱们把它打开吧？"

"不行！"廖什卡突然一下子跳到维奇卡面前，一把抢过了他心爱的罐头。

"怎么了嘛！"维奇卡吓了一跳，"难道你真的以为这里头装的是什么大不了的东西吗？这里头的空气就和现在你房间里的空气一模一样！天空……天空可是……"

维奇卡陷入了沉思，他试着给"天空"下个更为精准的定义：

"天空就是——呃！"他憋了半天终于什么也没说出来。

不过，廖什卡似乎没注意他在说什么，自顾自地说道：

"夜里头我就把这个罐子放到窗沿上。如果一直盯着它看，就能看到星星……"

"哦，这就对了！"维奇卡附和道，"星星！天空中是有星星的，可以通过你的罐头反射出来！"

"那边的天空和我们这儿完全不一样，罐头里的天空……"廖什卡安静地接着说道，完全不看维奇卡，"那儿的天空是昏暗的，几乎就是漆黑的，和我们这儿的不一样……星星也是另外的样子，南方的星星都特别大、特别亮。"

"全是胡扯!"维奇卡不太自信地应道,眼睛则一直看着这个神秘的罐子。

廖什卡不说话了。

"要不,我今天再来找你一趟,你说呢?我晚上再来,迟一点来?"维奇卡突然请求道。

"来呗。"廖什卡微笑着说。

他知道,他的朋友也想亲眼看见南方的天空,还有那些在漆黑的南方的夜空中闪亮的星星。

科尔日科夫

第一场雪已然降下,不过这还算不上真正的冬天的雪。因为积雪很快就会融化,不过院子里的男孩子们已经迫不及待地堆起雪人来了。

女儿放学了,我从学校里把她接出来。我们手牵着手走在回家的路上,漫无边际地聊着天。

"爸爸,"突然间,塔纽莎①似乎是不经意地问道,"你可以把雪球扔到我们家的窗户上吗?你能做到吗?"

我们家住在六楼。我仔细想了想,也许能扔到吧,不过谁知

———————————
① 塔尼娅、塔纽莎都是女名"塔季扬娜"的爱称。

道呢。我可不想夸下海口，更不用说为此说谎。我不置可否地耸了耸肩。

"科尔日科夫轻轻松松地就能扔到！"女儿以一种奇怪的自豪的口吻认真地向我说道。

"哦？这个科尔日科夫是谁？"

堆雪人的那些孩子已经在滚最后一个雪球了，雪球的后方留下了一条弯弯曲曲的黑色的痕迹，那是暴露出来的干枯的草地。

"科尔日科夫可是个大名人咧。"塔尼娅解释道，"是我们二年级乙班的新同学……"

二年级乙班的每个小朋友都不可小觑，所以我决定详细地了解一下，这个暂时还不为我所知的科尔日科夫身上到底有哪点与众不同。

不问不知道，原来之前整所学校没有一个人知道袋鼠是怎么叫的——"柳德米拉·亚历山德罗夫娜老师也不知道，就连足智多谋、无所不知的校长都不知道。"原来，只有勇敢的科尔日科夫处之泰然，解决了这个问题。现如今，学校的所有人都学会了袋鼠叫，随时可以像一群受到惊吓的袋鼠那样叫作一团。

不过这还远不是重点。

不问不知道，原来如果野生恐龙突然从森林里跑到学校里来，根本不需要害怕。因为面对恐龙的来犯，一马当先、勇敢地站出来的会是……

"科尔日科夫，我想应该是他。"我小心翼翼地猜测道，"他会用长棍把所有的恐龙都赶走，恢复学校的正常秩序……"

"不是这样的！"女儿笑着纠正道，"第一个站出来的肯定是科尔日科夫，这没错！但是他才不会用什么棍子把恐龙都赶跑呢，他会用他的爱心把恐龙驯服！"

不问不知道，原来科尔日科夫已经在这方面迈出了他的第一步：他从地下通道里收养了一只无家可归的小猫，把它收养在家里。为了让小猫在家里过得更好，科尔日科夫从不在家里学袋鼠叫，恰恰相反，他在家里时不时地低声喵喵叫，而小猫就把科尔日科夫当作它的妈妈。这么一来，科尔日科夫的父母就是小猫的爷爷奶奶。美中不足的是科尔日科夫没有兄弟姐妹，这一点十分可惜。因为如果科尔日科夫有兄弟姐妹的话，小猫就真的过上童话一般的生活啦。因为那样的话，它就会有自己的亲叔叔和亲姑姑啦。

"科尔日科夫真是好样的！"我附和道。

"爸爸，你知道这个科尔日科夫像谁吗？"女儿自问自答道，"像你小时候！我想象中小时候的爸爸就和他是一模一样的！"

雪人已经堆好了。男孩儿们把最后一个雪球堆在了另外两个上面，头就做好了。

"了解了。"我说，"很有可能就是这样的。"

晚上，等到塔纽莎睡着了，我外出遛狗。

路上还有一些没来得及融化的积雪。

我窝了一个很紧实的雪球，看看四周——确保没人看见——用尽全身的力气把雪球朝着六楼扔过去。当雪球打中家里厨房的窗户时，我轻轻地学了一声河马叫。

明天科尔日科夫会应塔纽莎的邀请来家里做客，可不能输给他。

风　筝

这个飞到房顶上的主意是塔纽莎先想出来的。我们一起动手做了一个非常结实的风筝，甚至比我们家的阳台都大。我们把风筝线的这一头系在长椅上，而绞盘则抓在塔纽莎手上。

风筝一下子就飞过了房顶，我和女儿一边挥手一边大喊：

"嘿，下面的人，你们好啊！你们为什么看起来那么小呢？你们怎么不会飞呢？"

在降落到地面之后，我们还用一个印着网格花纹的布袋收集了许多蓬松的云朵，用手挠了挠那些小小的云。

塔尼娅的朋友米沙在下面等着我们。

"这需要很大的想象力吧。啊，他们乘着风筝飞上了天！"米什卡很快就生气地说道，"只有傻子才会相信你们的童话故事。"

米什卡摸了摸我们的风筝，甚至用手指戳了一下，继续发着他的小脾气：

"而且风筝不可能把人带飞起来，世界上根本没有这样的风筝！更别说能带飞两个人的风筝！而且谢廖沙叔叔你……你又这么壮！"

我两手一摊，显得很不好意思。

"还有，线也不可能有，怎么可能拉着两个人还不断！"米什卡接着说道，"世界上根本没有这么结实的线！"

塔纽莎把布袋子打开，放了一些云朵出来给他看。

"我才不稀罕这些傻乎乎的云呢！"米什卡越来越较真，越来越生气了。

我感到特别的苦恼和内疚。不过塔纽莎突然开口解围了：

"好了啦，米沙！你想不想和我们一起乘着风筝飞？"

米什卡羞涩地挠了挠挂在他鼻子跟前的云朵，终于鼓起勇气说道：

"想！三个人一起飞更开心！"

狗项圈

弟弟带回家来一个崭新的狗项圈，上面还带着店里的标牌，散发着皮革特有的气味。

"听着。"妈妈一下子就明白了，"永远不行！家里还不够乱吗？坚决不行！"

弟弟默不作声地回到了房间里，把项圈挂在了自己的床边上，简直太棒了。

"你哪儿来的那么多钱啊？"妈妈问道。

"我攒下来的。"弟弟含糊其词地答道，"一点一点地攒了三个月了……"

"明白了。"爸爸无奈地把手一摊，"也就是说，我们的小伙子整整三个月前就梦想着养一只小狗了。"

"我也想！我也想养一只小狗！"我急忙插话道，"已经想了整整一个礼拜了！不对，是八天了！"

其实不是这样的。打我出生的那一刻起，我就梦想着养一只小狗，已经想了一辈子了。不过，那个偷偷地把爸爸妈妈给的用来吃早餐的钱和其他的零花钱省下来的人，毕竟不是我，那个终于攒下钱来买了一个崭新的带着铆钉的黄色皮项圈的人，毕竟也不是我。我得照顾弟弟的心情，所以我才说是八天的！

"如果只是想想的话那也无妨。"妈妈说道。

后来我和弟弟像平常一样去做功课。他的作业尽是些三年级的简单题目；而我呢，则要对付复杂的分数的加法。我们时不时地从书堆里抬起头看看挂在弟弟床上的狗项圈。

"对了，上个月好像是三十天吧？"我突然想到，"不对，是三十一天！这么说，到明天为止，你想要养狗已经想了九十三天了！"

弟弟闷闷不乐地哼了一声。

"而且如果再加上我的九天，那就有一百零二天是愿望无法实现的日子了！"我计算着。

"唉，这个嘛……"爸爸难过地叹了一口气。他正坐在椅子上看报纸，我们说话他全都听见了。"无法实现的愿望……我觉得吧，世界上没有无法实现的愿望。如果愿望是正当的，就一定会实现。"

星期六的时候，爸爸一大早就出门了。过了很久，爸爸终于回来了。他一回来就把我们兄弟两个喊到门厅里头。

"那个……"，我们聚到他身边的时候，他有些羞怯地说道，"我算第三个，就是说我们三个人有一个共同的愿望，已经朝思暮想了三十四年零三个月零十一天啦……截止到今天早上为止！"

说着，爸爸小心翼翼地敞开大衣，从怀里抱出一只灰白色的狗宝宝，它身上的毛乱蓬蓬的，两只小眼睛闪闪发亮。

我和弟弟完全惊呆啦，甚至连"乌拉"都喊不出来。妈妈怀疑地打量着爸爸，他就这么一边敞开着大衣站在那儿，一边把小狗紧紧地贴在胸口。

妈妈突然间一改往日的语气，说道："请再加上二十七年吧。哦，不对，应该是二十八年！"

妈妈打开了衣柜，从衣柜最深处的角落里拿出了一个不知何时起就藏在里面的蓝色狗盆。

小狗没有错

尤拉·赫洛波托夫收藏邮票。他的收藏数量又大，又很有趣，在班上绝对是首屈一指的。这当然没得说！因为尤拉的爸爸已经跑遍了半个地球，他从各个地方给他写信回来。

尤拉十分以此为傲，常常高声朗读这些信：

"……我在孟买给你写信，这儿很热……""……我在伦敦给你写信，这儿雾蒙蒙……""……我在悉尼给你写信，这儿刮大风……"

瓦列尔卡·斯涅吉廖夫就是冲着这些不同寻常的邮票，专门来登门拜访这位大名鼎鼎的同学的。而瓦列尔卡·斯涅吉廖夫本人则是一位寻常到不能再寻常的人了，他的父母甚至都很少离开他们所在的那个省。

尤拉的爸爸妈妈不在家。尤拉·赫洛波托夫则忙着自己的事情：他在扔飞镖。这种飞镖头上有个吸盘，可以吸到靶子上。瓦列尔卡的来访令他很是高兴，他立刻跑到一张巨大的写字台边，从上面搬下来一本巨大的集邮册。不知为何，厚实的皮质封面上已经落满了灰尘。

"喏，这些就是我心爱的邮票……心爱的小邮票……"

尤拉差点没带着唱腔说出"小邮票"这三个字。与此同时，好像在回应他似的，从他们的头顶上方传来了一阵持续而痛苦的小狗的叫声……

"什么声音？"瓦列尔卡悄声问道，这时叫声变成了一种不可思议的高声哀嚎。

"没事，别在意！"尤拉摆摆手，继续专心致志地翻动他的集邮册，"是邻居家的狗。每天都这么叫啊，叫啊……知道吗，对面楼里的瓦洛佳叔叔说，总有一天得好好教训它一下。"

"什么意思？怎么教训？"

"就这样教训呗。比如说有一天，这狗被放出来溜达，然后瓦洛佳叔叔就……不过爸爸和我都认为，对于别人家不好的地方我们得学会忍耐。当然啦，我爸爸会去找邻居谈谈这件事的……"

"那它为什么叫个不停呢？"

"我怎么会知道？我连这家邻居和他们的狗的影子都没看见过呐。他们才搬过来不到一个星期吧。"

"它会不会是饿了呢？"

"也许吧，也许是饿了。斯涅吉廖夫，好主意啊！我们可以喂它点东西吃，那样它就不会这样叫个不停了！就这么定了！我们必须要先侦察一下，确定一下邻居家的气窗是不是开着的。然后，我们执行'澳洲回旋镖'计划！"

"'澳洲回旋镖'计划？"

"不，最好叫'印第安战斧'！执行'印第安战斧'计划。我们带上点面包片和香肠下楼到街上去，把战略补给物资从打开的气窗里投放进去！"

尤拉激动得眼睛都发亮啦。

"他们家的气窗应该是在九楼吧。"瓦列尔卡提醒道，"不可能扔上去的吧……"

"唉，瓦列尔卡，你这个人真没意思！把我这么好的行动计划都否决了……好吧，我们会想出别的办法的！先看看邮票吧……"

"邮票？"

"嘿，你真是个怪人！你忘了你来我家是要做什么的了吗？"

"尤拉，你想想，万一真的有什么事情呢？我是说你的邻居，养狗的那一家……"

"不会啦，它每天都这么叫。一直叫到下午五点，五点就不叫了。我爸爸总说，照顾不好的话，就干脆别养狗……"

"现在呢？"

"现在什么？"

"现在几点？"

"哦，现在是四点五十。"

瓦列尔卡披上外套，匆忙地把围巾在脖子上绕了两圈，扣上外套的扣子。他跳着跑下楼来到街上，调整了一下呼吸，首先找到了尤拉家的窗户。在尤拉·赫洛波托夫家窗户的上方，也就是第九层，三扇窗户都关着，里面黑洞洞的。

瓦列尔卡斜靠在凉飕飕的水泥路灯柱子上，决定一直等下去。

他并没有等得太久。

最边上的一扇窗户里隐隐约约亮起了一点灯光，应该是走廊里的灯被打开了……

门很快就开了，似乎是一直在等着瓦列尔卡一样。可以看见站在门口的是……不过瓦列尔卡没来得及看清楚。

不知从哪里跳出来一个棕色的小毛球，兴奋地尖叫着，一下子冲到瓦列尔卡的脚下。下一秒，瓦列尔卡的脸颊就感受到了小狗湿润而热情的舌头。这狗那么小，却跳得那么高！瓦列尔卡伸手把小狗抱了起来。小狗把头埋到瓦列尔卡的脖子边上，兴奋、亲切又急促地喘着气。

"太不可思议了！"传来一个浑厚的男声，很快就在整个楼道里回响起来，"简直是太不可思议了！哦，扬卡！"

瓦列尔卡抬起头，这浑厚的嗓音却来自一个瘦弱矮小的男人。

他手里还拿着一个三明治。

"你找我吗？"这个人问道。他一边说着一边把手放下，以便三明治不要太碍事，"真是太神奇了，你知道吗？……扬卡从来和陌生人……从不过分亲昵……而对你呢，如此亲密！来吧，进来吧。"

瓦列尔卡抱着小狗走了进去。男人的家里乱糟糟的，堆满了各种柜子、桌子和行李箱。

"不好意思，前几天才刚刚搬过来……我爱人还没到，家里这么乱真是抱歉。"

"我就待几分钟。"瓦列尔卡知道，这是大人们惯用的客套话，"说正事儿。"

"正事儿？好的，洗耳恭听。"这个男人严肃起来。

"您的狗……嗯，就是扬卡……整天都在叫。"

"哦，这样……"男人的神情由严肃转为忧伤，"也就是说，打扰到大家了。是你爸爸妈妈派你来的吗？你住哪一栋？"

"我自己来的……"瓦列尔卡有点担心自己被误会了，"我不在这栋楼住，我住在附近！"

"难道你们那儿也能听见？"

"不是的，我们那儿听不见！我就是想知道它为什么那样叫个不停，它是不是不舒服啊？"

男人摆弄了一会儿手里的三明治，接着把它放到了旁边一个灰蒙蒙的架子上。

"你说得对，它不舒服。扬卡习惯白天出去散步，可我呢，白天要上班，必须要去上班，没办法。不过，很快我爱人就来了，之后一切就会恢复正常了。不过，你怎么跟小狗解释这一切呢！它只是感到无聊。"

"那如果我可以……"

男人看着这个不请自来的客人，似乎在问："对啊，你又是为什么跑到我家来？"

"我每天两点放学……我可以放学之后陪扬卡散步！"

男人站在原地想了一会儿，突然走到刚才那个灰蒙蒙的架子前伸出手去——并不是去拿三明治，而是掏出了一把小巧的英式钥匙。

"给你。开门的时候向右边拧。"

这会儿轮到瓦列尔卡吃惊了：

"难道您就这样把自家的钥匙交给一个陌生人吗？"

"哦，抱歉抱歉。"男人伸出手，"自我介绍一下，我叫莫尔恰诺夫·瓦列里·阿列克谢维奇，工程师。"

"斯涅吉廖夫·瓦列里①，六年级乙班的小学生。"瓦列尔卡庄重地回应道。

"很高兴认识你！这样可以了吧？"

"可以。"瓦列尔卡边说着边把钥匙收好，"那么，明天就

---

① 瓦列尔卡是男名"瓦列里"的爱称。将姓放在名和父称前介绍是一种十分正式的方式。

开始？"

小狗扬卡不情愿地从瓦列尔卡身上跳到地板上，一直跟着他直到把他送到门口。

"小狗没有错，小狗不会错的……"工程师莫尔恰诺夫喃喃自语道。

瓦列尔卡在楼梯上再次遇见了尤拉·赫洛波托夫。

"咦，你怎么还没走？"

"嗯，因为那个一直在叫的小狗……"

"啊，我知道了……斯涅吉廖夫，你猜我又想到了什么？根本就不需要向上扔，知道吗？我可以爬到楼顶，然后从上面用一根绳子把东西送下去！"

"它不是因为饿。"

"不饿？我就知道！斯涅吉廖夫，我早就知道了，一定是房子里有什么不干净的东西。我们得好好地深入调查一下，把一切都搞清楚。我们得防止可怕的事情发生！也许，那儿正进行什么犯罪阴谋！如果我们不能及时制止的话，那么至少一定要揭发出来！而且如果是那样的话，应该会更有趣，你说呢？"

"什么也不用揭发。小狗只是想出去散步。"

"你怎么知道的？"

"我去问了。我还要陪它散步呢。就从明天开始。"

"去问了？找谁问……"尤拉的脸上一下子失去了神采，他失望地直摆手：

"唉，瓦列尔卡，你这个人真没意思！"

穆西克

谁都没有想到穆西克也能被编入攻击机机组，这件事发生在 1943 年年底。当时正逢伊尔—2 对地攻击机部队开赴前线，其间他们途经一个乌拉尔小镇。这里恰好是小姑娘玛莎和她妈妈的家。因此，博恰尔尼科夫中尉这位年轻的父亲，才得以奇迹般地顺路回家与家人团聚，尽管他只有一个半小时的时间。

和爸爸一起回家的还有另一个飞行员，这个个头高大、乐观友善的小伙子是个上士。

"这位是列昂尼德。"玛莎的爸爸介绍道，"你可以叫他廖尼亚① 叔叔。他是我的无线电员兼后机枪射击手②。"

---

① 男名"列昂尼德"的爱称。

② 伊尔—2 是苏德战争期间苏联主要使用的一种强击机，广泛用于低空火力支援。苏方称其为"二战"期间最好的对地攻击机，是著名的坦克杀手，被德军称为"黑死神"。前期生产的伊尔—2 是单座机，迫于实战中表现不佳，后来又按照原设计改造成双座机，即机上有两个座位——除了飞行员外还有一个无线电员兼后机枪射击手面朝后坐在飞机后部。这样飞机在执行低空对地攻击时，也可以从后半部向敌方战斗机射击。但由于金属原料匮乏，增加的飞机后部座舱为木质结构，机枪手所在的后座外侧没有足够的装甲防护，这使得伊尔—2 的后机枪手在战斗中死亡率很高。

"真是打扰了……"这位无线电员兼后机枪射击手羞涩地说道,"因为住在部队里太久了,都快忘了家庭生活是什么样子的了,所以只是很想看看人家家里都是什么样子的……那什么,我现在得赶紧去火车站了。"

"别啊,瞧您说的。"玛莎的妈妈也有些拘束。

玛莎的爸爸帮廖尼亚叔叔脱下了军大衣,推搡着他来到餐桌前。所有人坐在一起喝茶,几乎没有一个人说话。也许,这一个半小时就是整个战争期间最幸福的一个半小时了。

当爸爸和廖尼亚叔叔准备出发的时候,妈妈把披巾紧紧地裹在身上,生怕忍不住放声大哭起来。而玛莎赶忙跑到了厨房里,厨房的桌子底下有玛莎为自己的玩具们搭建的小屋。玛莎抱着穆西克回到了门口。

"爸爸。"小姑娘说道,"请带着我的朋友上前线吧!求你了!"

穆西克是一只有些旧了的长毛绒玩具小熊。它的眼睛是用两个白色的扣子做成的,耳朵长长的,甚至长得有点夸张,不过除此以外,这只小熊非常完美。

"廖尼亚,据我所知,世界上还没有哪个国家有小熊飞行员吧。"爸爸想开个玩笑缓和一下气氛,可是一点儿都不好笑。

"那你自己呢?穆西克不在你身边了,你自己怎么办?"

"难道我还顾得上这些玩具娃娃吗?"玛莎严肃地回答道,

"这是战争。我其实很想跟着你一起去的，可是军队不招女孩儿。但是我的穆西克是个男子汉，它可以跟你一起去！有穆西克陪着你，我和妈妈也能放心点！"

"别担心，玛莎。"廖尼亚叔叔用左手接过穆西克，右手敬了个军礼，"现在我们正式将这位勇敢的小熊编入我们的机组。不过在飞行的时候它必须跟在我身边，和我一起像小蚂蚱一样'膝盖朝后'坐①，你意下如何？我的位置比你爸爸的要宽敞些！"

"感觉怎么样？不晕吧？"每次起飞前廖尼亚叔叔都会这样问穆西克一句，然后用手轻轻地拍一拍穆西克圆鼓鼓的肚子，"老兄，你就瞧我的吧……"

穆西克从来不晕机，不过廖尼亚叔叔每次都很关心它的感受。

廖尼亚叔叔给穆西克安排的位置既舒适又安全，就在他的左侧，头顶就是透明的玻璃座舱罩。

可是有一天发生了这样一件事……

法西斯的战斗机编队突然从云层里冒了出来，虽然我方执行护卫任务的雅克战斗机编队迅速采取了行动，但是仍然损失惨重。一架攻击机冒着烟开始下坠，剩下的伊尔—2编队仓促地躲避——

---

① 苏联时期有一首名为"膝盖朝后的小蚂蚱"的儿童歌曲广为流传。伊尔—2的无线电员兼后机枪射击手坐在机舱后端，面向飞机后部，自然"膝盖"也是向后的，因此廖尼亚叔叔会这么说。

不是因为害怕而临阵脱逃，而是因为战斗机互相射击的时候，空中的其他任何目标都会轻易成为靶子。

敌机数量多于我方，因此有几架德军战斗机甩开了围堵，紧随伊尔—2编队而来。

伊尔—2编队就这样暴露在突袭过来的战斗机的火力下，可是其中一架伊尔—2攻击机既没有拉升，也没有加速，而是跟什么都没有发生一样，继续保持原先的飞行姿态。法西斯德军的王牌飞行员很快就注意到了这架攻击机。

如果受到攻击的飞机没有任何特殊的反应，那只能说明一件事——飞机或者飞行员一定出问题了。如果不出意外，一定可以不冒任何风险地轻易地将它击落。

德军的"梅塞施密特"Bf—109战斗机很轻松地就追上了这架行为怪异的攻击机。伊尔—2平稳地飞行着，从外观上看不出任何明显的损伤。德军飞行员可不想继续迎头赶上伊尔—2，毕竟此时的苏联飞行员看起来还能保持正常航向，这就意味着可能还有风险。他可不想轻易尝试"黑死神"机载机关炮和机枪的厉害，所以他决定最好的方法还是尽快给苏联飞行员送上一梭子弹。

博恰尔尼科夫中尉早就发现了尾随其后的"梅塞施密特"，但是他的颈部中弹了，左手也几乎动弹不得。而且飞行员还没有意识到一个更为可怕的状况：德军的炮火也击中了他的无线电员兼后机枪手。

敌方的战斗机暂时还徘徊在安全距离保持观望，但博恰尔尼科夫中尉心里十分清楚接下来的情况——德军会渐渐咬上伊尔—2的尾巴，然后稍稍拉升起来一点——因为伊尔—2攻击机虽然在腹面有很厚实的装甲保护，后上方机身所用的材料则用手枪就能打穿。不过，好在从后方尾随伊尔—2也没有那么容易，博恰尔尼科夫中尉知道，那个像小蚂蚱一样"膝盖朝后"坐的无线电员兼后机枪手肯定会紧密监视后方的情况，好好照顾任何企图尾随伊尔—2的敌人。

总之，这会儿所有的希望都寄托在列昂尼德的身上了——那位个头高大、乐观友善的小伙子，上士廖尼亚叔叔。

而此时，伊尔—2的后座机枪毫无生气地歪向一边，甚至等到德军的战斗机靠得很近了也毫无反应。法西斯飞行员甚至已经近得可以看清后机枪手的脸了。可是透过座舱罩，他却没有看到脸——只看见一个黑黑的后脑勺一动不动地垂在那里。

德军王牌飞行员没有立刻开枪，他知道他的猎物这会儿跑不了了。他似乎想更充分地享受这种愉悦感，他正在愉快地想象死亡的恐惧如何从四面八方压迫着此刻的苏联飞行员，那种无力回天的感觉是怎样像子弹一样射入苏联飞行员的心脏……

"廖尼亚……廖尼亚，快啊！"玛莎的爸爸通过喉头送话机低吼着。

他应该明白，如果廖尼亚一切正常，早就该在德机这一系列动作之前就开枪了，可身上的伤使他失去了基本的时间感。

德机上升到合适的位置，在这个距离上已经绝无失手的可能了。

在开枪前的一瞬间，德军王牌飞行员脑子里想了什么，甚至是不是在想些什么，如今已经不得而知了。

因为此前一直毫无生气的伊尔—2机载机枪突然动了一下，德军飞行员突然看见原本瞄准的地方出现了一张毛绒玩具熊的脸，长长的耳朵，白色的扣子眼睛……

伊尔—2的大口径机枪猛地朝德军飞行员打出一梭子弹，正中他的面部。德军飞行员猝不及防地也跟着按下了扳机，可是已经迟了——德机朝着右翼翻转，冒着烟，像石头一样迅速下坠。只有几颗子弹打穿了伊尔—2的座舱罩……

穆西克的肚子上中了一弹，填充在里面的灰色的旧木糠洒了出来。

再后来，偏远的乌拉尔小镇收到了一封从战地医院寄来的信，信里写着："……经历了一场恶仗，廖尼亚叔叔和穆西克在战斗中受了重伤……"

爷 爷

食品店旁有一个圆形的电子钟，上面显示现在是四点差一刻。斯拉夫卡要求必须在四点整打电话，"一定准时打过来，不然只能怪你自己——想要的人可都排着长龙呢！"而斯拉夫卡偏偏就是那个对所有关于孔雀鱼的事情一清二楚的人。阿廖沙走到黄色的公共电话亭前，从口袋里摸出一张电话卡。门"砰"的一声关上了，阿廖沙迅速拨出了斯拉夫卡的号码。

短促密集的嘟嘟声。忙音……

阿廖沙又拨了一遍那个号码，还是嘟嘟嘟。

"这个话痨，还没打完。"他不悦地想道。要不是为了几条小鱼，阿廖沙根本不会和这个斯拉夫卡有什么来往，这个人实在不靠谱……很快阿廖沙就会有自己的孔雀鱼了，等到它们生下小鱼，他才不会像斯拉夫卡这样，而是会很慷慨地把小鱼送给别人。

阿廖沙第三遍拨出了斯拉夫卡的号码，还是忙音。再等等。拨号，等，拨号，等……还能怎么办？

电话亭靠里一侧的铁皮墙面上写满了各种电话号码。有的字写得很大，有的字很小，有铅笔写的，也有螺丝划的。还有这个，应该是用口红写的。有意思！阿廖沙无事可做，开始一个一个地研究起这些号码来。这些把号码写下来的人，就不怕别人知道他们刚刚打了什么号码吗？可是为什么是刚刚打的呢？比如这个号码，是用什么尖锐的东西刻上去的，而且刻得很深，已经开始生锈了。而这个号码呢，则写得很工整，不疾不徐，应该是用一种特殊的铅笔写的，看上去又黑又油，而且还单独落在一边，没有和大多数的号码写在一起。也许这是一种画家专用的笔。

斯拉夫卡的电话还是嘟嘟嘟占线。这时，阿廖沙突然鬼使神差地拨了墙上那个用黑笔写的陌生号码。

间隔较长的嘟嘟声。在某个遥远的地方，一定有某个电话响起。没人接。

阿廖沙紧张的心情放松了下来。为什么要打这个电话呢？不过好在电话的那一头一个人也没有，没人会疑惑"是谁打来的呢"，没人会因为他突然的来电而不安，甚至不会有人知道他打了这么一个电话……

"喂？"话筒里突然响起了一个沙哑而平静的声音，"您好，请问您是？"

这个时候其实还有退路，可以一言不发地挂掉电话。这样电话那头的人就会想，可能是打错了。

但是在这个平静的声音中似乎有一种东西，迫使阿廖沙不禁要开口回答，把他自己都吓了一跳：

"是我……"

电话那头的人一点儿也没有觉得意外，甚至恰恰相反，他的声音一下子变得热情、响亮起来。难道是阿廖沙的错觉？

"啊，你好，孩子！很高兴你能打给我。我一直在等你的电话呢……你还是那么忙啊，是吧？"

阿廖沙并不知道该如何回答。这个人肯定是把他错当成另外一个人了，按道理应该立刻告诉他，然后真诚地道歉。

"没事没事，年轻人嘛，我懂。嗯……爸爸怎么样了？"不知道为什么，他说到"爸爸"这个词的时候稍稍顿了顿，"他还好吗？"

阿廖沙想了想自己年轻力壮的爸爸，爸爸很快就要下班回家了。

"嗯，好……"阿廖沙对着话筒说道。

电话那头的人清了清嗓子，沉默了一会儿，似乎陷入了沉思。过了一会儿，他又开口问道：

"你在学校里都还好吗？"

"学校里……还行吧……"阿廖沙支支吾吾地回答道。

电话那头的人似乎察觉到了什么，嗓音又一次变得沙哑而平静，一如刚开始的时候那样。

"你看我，老了老了，又啰嗦起来了……你现在该去游泳了吧？还是要去画室？来不及了吧？那就快去吧，去吧！谢谢你打电话来。你也知道我每天都在等你的电话呢。"

　　"再见。"阿廖沙说着挂了电话。

　　阿廖沙踏着软绵绵的步子缓缓地走出电话亭，斜靠在电话亭冰冷的玻璃门上。这时，也不知道从哪儿突然蹿出来一只脏兮兮的小奶狗，是那种常见的品种。看样子，这是一只被主人抛弃的流浪狗。小狗的嘴里叼着一个咬了一口的肉馅饼，也不知道是别人丢给它的，还是它自己从路上捡来的。总之，对它来说是个不小的收获。

　　小奶狗在离阿廖沙不远的地方坐了下来，躲在电话亭后面的一个小角落里，这样来来往往的人就不会不小心踩到它的肉饼了。小狗从头到脚打量了一番身边这位萍水相逢的邻居，似乎在说："喂，你是谁啊？不会来抢我的肉饼吧？"

　　"别怕，我不跟你抢。"阿廖沙用疲惫的声音说道，然后便朝家里走去。他甚至完全忘记了斯拉夫卡和水族箱的事儿。

　　这一天当中剩下的时间里，那个用黑色铅笔写在墙上的电话号码和电话那头的人一直在阿廖沙的脑海里挥之不去。虽然阿廖沙与这个老爷爷素不相识，除了知道他一直在等某个"孩子"的电话之外，可以说对他一无所知。可是阿廖沙却莫名其妙地总惦记着他。电话亭的墙上写着的号码一般都是临时从电话本上抄下来的。而"孩子"大概和老爷爷很熟，甚至曾经还去他家里做过客，不然老爷爷怎么会一直在等他的电话呢？

　　第二天，阿廖沙还是会情不自禁地想到那个电话亭，回想起写满号码的那面墙。这会儿，他似乎能在脑海里看到那个特殊的号码，每个细节、每个数字都看得清清楚楚。他决定再打一遍，给老爷爷好好解释一下事情的来龙去脉，真诚地道歉。然后呢，不管发生什么就顺其自然吧。

家里就有电话，但是阿廖沙还是决定回到那个黄色的电话亭。墙上的各种号码都还在，而那个用黑色铅笔写的不同寻常的号码依然特立独行地独处一隅。看来之前阿廖沙一个数字都没有记错。

这次对方很快就接起了电话：

"你好，孩子！不知为什么我就有这种预感，就知道你今天会再打过来！你没忘记，真是好孩子！"

"我……"阿廖沙本想开始解释，可是老爷爷打断了他：

"我知道，我知道你忙！还得去晚课上讲你的画展——很好很好，继续努力！爷爷知道你这么努力上进就行啦！一边上学，一边还要练游泳，很好！就得趁你这个年纪！最近是不是闲下来一点了呢？还是说，这会儿又该赶去哪儿了呢？"

这时，阿廖沙必须得告诉对方，他不是他！就是说，他不是"孩子"！确切一点说，不是老爷爷以为的那个孩子。

但是电话那头的老爷爷对阿廖沙的沉默有自己的理解：

"爸爸催了，啊？……我自己现在几乎都不怎么出门……身上那些伤，真他妈的！就是往电话前凑一凑都还能感到疼。"

"身上的伤？"阿廖沙有些紧张起来。

"我不是跟你讲过了嘛，孩子。不过也是，当时你还是个小不点儿，看来你都忘记了……我还曾经开过'驼背鬼伊尔'[①]呢，爷爷也曾年轻过。不过你给我打过来，我感觉好多了。"

阿廖沙在这一瞬间明白了，他不能把真相告诉这位在战争中受了重伤的老人，不能告诉他，他一直在骗他。

"你又得赶着去哪儿了是吗？年轻人总是匆匆忙忙的——就应该这样，要充实起来！去吧，跑起来，你看你爷爷这啰嗦的……常来电话啊，求你啦，记得来电话！"

这一次，阿廖沙甚至都没来得及说声"再见"，对方就挂断了，听筒里响起了嗡嗡的电流声，就跟小蚊子似的。既然这位老爷爷常常话讲了一半就不说了，看来他的这位"孩子"应该也不会太健谈。

阿廖沙放下了听筒，不过很快他就又把听筒拿了起来。之前怎么没想到呢？还有电话查询台啊，应该打"09"！

"对不起，我们不会透露地址的。"一个毫无感情的女人的声音，"只能查询号码。"

可是阿廖沙都已经知道号码了，还要查询什么号码……

晚上，爸爸在家里看报纸。阿廖沙走过去，装作不经意地问道：

---

① 指伊尔—2攻击机。这款飞机有一个比较特别的设计，就是驾驶舱安装在紧随螺旋桨的发动机上方。因而外观上前部明显凸起，苏联飞行员经常称之为"驼背"。

"爸爸，什么是'驼背鬼伊尔'？"

"'驼背鬼伊尔'？"爸爸吃了一惊，"怎么想起来问这个？"

"就是问问呗。"

"这是一种飞机。是打仗的时候用的一种庞大的飞机，叫作伊尔—2 对地攻击机。德国人最怕这种飞机了，把它叫作'黑死神'。"

"我爷爷也开过'驼背鬼伊尔'吗？"

爸爸仔细地打量了阿廖沙一会儿，把报纸放在一边，说道：

"没有。我记得我告诉过你，爷爷是名坦克手……而且，也是在坦克里牺牲的。非常英勇，就在战斗中牺牲，直接中弹……"

"爸爸，那如果……如果爷爷还在的话，我们会不会……"

"会不会什么？"

"我们会不会……去看他？就算偶尔去一趟？"

"阿廖沙……"爸爸把手搭在儿子的肩上，"如果父亲还活着……"

他没能继续说下去，尽管阿廖沙的爸爸是个高大而坚强的男人。阿廖沙想到了陌生的"孩子"的"爷爷"，他也曾经很有可能牺牲在可怕的"黑死神"上，就像阿廖沙的爷爷牺牲在自己的坦克里一样。但是这位"孩子"却不可思议地极为幸运！"孩子"的爸爸也非常非常幸运，还有……

应该，不，必须要再给那个老爷爷打一个电话。

老人的声音听上去几乎可以说是欢快的：

"哈，孩子，我现在天天就跟过节一样！玛莎姨妈刚走，她把我这儿好好收拾了一下。然后我就坐到电话旁边，想啊，今天你会不会打过来呢，会不会呢？然后，嘿，果然打过来了！今天怎么样，孩子？"

"还行！"阿廖沙不由自主地回答道，"你最近怎么样？跟我聊一聊你自己的事情吧。"

阿廖沙之前从来不敢直接对陌生的长辈以"你"相称。老人十分惊讶——他还十分不习惯别人对他这个老头子的事情这么感兴趣呢。

"跟你说点什么好呢？我这儿吧，一切照旧。都是些老头子的事情呗。"

"那你打仗的时候看过坦克吗？"

"坦克？我们从空中支援他们。我跟你讲，孩子，有一次啊……"

老人的嗓音变得响亮、年轻而愉快起来——听起来就像他正坐在驾驶舱里一样，完全不像是在他的空旷的旧屋子里。地面上，天空中，激战正酣。远处的地面上，一架单薄的坦克正向着敌军进发，看起来小小的，好像一只小甲虫。这个时候，只有他——驾驶着"驼背鬼伊尔""黑死神"的飞行员才能使这只小甲虫免遭敌军炮火的轰击……

瓦洛佳叔叔住在九层，是阿廖沙的邻居。他在警察局工作，而警察局的人什么都知道。

"我们什么都知道。"瓦洛佳叔叔肯定地说。不过当阿廖沙告诉他是想通过电话号码查住址的时候，他皱起了眉头，斩钉截铁地回答道，"这可不行！"

可能是因为阿廖沙的表情看上去特别严肃，瓦洛佳叔叔不忍就这么结束这次谈话，于是又换了一种口气问道："小女朋友？"

阿廖沙一下子都没明白过来瓦洛佳叔叔在说什么，然后他东一句西一句地解释了一番，眼巴巴地望着瓦洛佳叔叔，直到瓦洛佳叔叔回答他："没问题。"

第二天，阿廖沙拿到了一张写着名字和地址的小纸条。

飞行员老兵住的并不远，就在火车站后头，坐公交车也就六站地。这是一栋三层的砖房，唯一的大门藏在一个废弃的公园深处，抑或是个废弃的花园。阿廖沙走上前去，仔细检查了门牌。没错，就是这儿。

飞行员的房间应该在二楼，那么窗户……

嗯，窗户应该朝这边开。阿廖沙稍稍向后退了几步，应该是这扇，有可能那扇也是。

夜幕降临，天色渐渐暗了下来，最靠边的一扇窗户亮起了灯光，无疑是飞行员家的灯。

"看来他几乎不出门！"阿廖沙暗想。

现在只需要上楼按响门铃……不过阿廖沙突然意识到，他自己也无法预料会发生什么——要知道老人到现在为止，还一直以为那个每天给他打电话的人就是他口中的"孩子"，也就是他的孙子。也许当老人知道了真相之后，会把阿廖沙拒之门外，甚至连话都不愿意多说半句！

应该先给老爷爷打个预防针，小心翼翼地、一点一点地告诉他，不然的话……

电话亭里没有灯，阿廖沙几乎都看不清按键上的数字，几乎是全凭用手摸才拨出了那个熟悉的号码。

间隔较长的嘟嘟声……那么，与此同时，在那个小楼的二层，电话正拼命地响着。

没有人接电话。阿廖沙就站在漆黑的电话亭里静静地听着，听着电话里的嘟嘟声。

也许老爷爷只是出门去了而已……阿廖沙的心开始剧烈地跳动起来，隔着条街都能听见他心跳的声音。

可是房间里却开着灯啊！他可是亲眼看见老爷爷的房间亮起了灯啊……也就是说，老爷爷哪儿也没去，他就在那里，在自己的房间里。

老爷爷一个人在屋子里，带着战争给他留下的创伤，形单影只！他不会是出什么事了吧，必须立刻去找他，狠狠地敲门，因为阿廖沙的爷爷肯定是出事了！就是这位飞行员老兵，阿廖沙从没见过的爷爷……

"是你吗？"听筒里响起一个沙哑而平静的声音，"我一下就猜出来了，又是你的电话……你是不是从楼下的电话亭打来的？上来吧，我给你开门。让我们好好认识一下，我的好孙子……"

蝈蝈的叫声

我的外婆住的离我们很远，在乌拉尔的一个小镇上。我曾经去过那儿，可那也是很久之前了，应该有两年了吧。几乎什么都不记得了。

当然也还是有一些细碎的印象的。记忆里那是一个夏天，原木的小俄式别墅，以及屋子里永远敞开的窗户。一扇窗户朝向菜地，另外两扇则朝向大路尽头。那里有一片很大的林间空地，杂草长得很高。有许多蝈蝈从早到晚都在草丛里叫个不停。空气中都是它们的叫声，连外婆的屋子里都充满了它们的叫声。

这大概就是我关于外婆那间屋子的所有的记忆了。

今天，我们收到一封外婆寄来的信，是妈妈下班回家的时候在信箱里找到的。

"太好了！"妈妈一口气读完了信，"外婆家终于装上电话了！咱们可以给她打电话聊天啦！现在就打过去吧？"

"好啊！"我热心地支持道。

妈妈拨了一个长长的号码，然后把听筒塞到了我的手里：

"来，你先说！"

听筒里传来嘟嘟的声音，接着我听见了一个不太熟悉的苍老的声音。

"快说话啊！"妈妈轻轻推了我一下。

"外婆……"我刚想开口，却突然间明白，自己其实不知道该说些什么。

"谁啊？"听筒里问道，"请问是？"

"快说话啊，就说你爱外婆！就说我们常常惦记着她呢！说我们等着她来家里做客！"妈妈急切地在一旁不停地提示道，"快说话嘛，别不吭声啊！"

我突然间想起了外婆窗户外面那片开满了野花、长满了野草的林间空地。

"外婆，"我问道，"你那儿现在还有蝈蝈叫吗？"

"蝈蝈？"我听到外婆的声音稍稍颤抖了一下，"有啊，我现在就去把窗户打开……"

只过了一小会儿，我就听见外婆的屋子里充满了那些神奇的、不知疲倦的蝈蝈的叫声。

"我说儿子啊，你到底还打不打算说话了？"妈妈有点忍不住了，"别浪费时间呀！快跟外婆说，你爱外婆，亲亲外婆……

我马上也要说两句……等你说完了！"

我默不作声地把听筒递给妈妈。妈妈摇了摇头，把听筒放在耳边……妈妈也愣住了。接着我就看到，妈妈的眼睛里闪起晶莹的泪光。

比邻星①

夜幕降临。

工程师弗拉基米尔·鲍里索维奇·库利科夫正在休假，偌大的屋子里这会儿只住着他一个人。他给自己倒了一杯浓茶，关上了灯，端着茶穿过房间的门来到阳台上，他十分小心地走着，没有让茶水洒出半点来。

夏天灼热的空气很快就变得稠密起来。空气几乎是静止的，而且随着天色渐渐暗下来，空气的密度也渐渐变大，似乎马上就要变成细细的沙子一样，伸出手去就能触摸得到似的。如果你愿意的话，大可以把一条腿跨过阳台的栏杆，另一条腿再猛地一蹬——就可以在空中游起来，双臂慢慢地划动起来……对，就是

---

① 比邻星又译作毗邻星，位于半人马座。它是半人马座α三合星的第三颗星，按照拜耳命名法，也称为半人马座α星C，是距离太阳最近的一颗恒星（4.22光年），是一颗红矮星。

这样，趁着还没热晕，可以先游会儿泳。

　　远处传来短促的火车汽笛声。很远很远，甚至听不见车轮撞击铁轨的咯噔咯噔的声音。库利科夫抿了一口茶，把杯子放在了一张小桌子上。他坚信今天也能看见那个神奇的闪烁着的小火光。

　　如果在白天的时候，走上工程师库利科夫的阳台举目四望，连最有想象力的人也无法看到哪怕一点点特别的东西。因为目力所及之处，尽是种土豆的农田——向四面八方无限延伸的土豆田，被细到几乎看不见的田垄划分成一小片、一小片的。这些土豆田的历史可以追溯到遥远的过去，那时这里的人还不像现在，住着十六层或者十二层的小高层，而是住在一些小屋，甚至小板棚里。年复一年，农田在不断地扩张、生长着。

　　眼下，地里的土豆苗，那些灰绿色的蔫蔫的小灌木都隐匿在夜色中，整片农田看上去平整光滑，这片神秘荒瘠的平原似乎在等待着某个勇士，等待着他目不旁视地踏入这片黑暗的丛林。

　　突然，就在昨天同样的地方，闪过了一丝细小的火光！

　　闪烁了一下就熄灭了……然后又出现了，微弱地跳动着，之后就再也没有熄灭！

　　大概又等了五分钟，工程师披上一件外套出门去了。

　　他出去干什么呢？是要约见什么人吗？

　　在农田里走起来十分不便，土被犁得很松，脚总是时不时地陷进去，靴子上还总缠上土豆的叶子。为了不迷路，库利科夫时不时地转过身来检查一下：他住的新小区还坚实地站在那里，不少窗户里闪烁着微弱的光芒。

"喂，是谁在那儿？"突然间，前方一个声音喊道，那声音听起来似乎很害怕。奇怪，听起来是个小孩的声音。

"是我。"库利科夫尽可能平静地回答道。

下一秒，库利科夫就惊奇而又失望地发现，他已经找到那团火光了。就在他的面前仅仅一步之遥的地方，天空中泛着微弱的、夹杂着黄色和暗红色的光芒，夜空似乎被压低了，就环绕在库利科夫身边。

其实这就是最普通的篝火。篝火搭在一片洼地里，这块地无人管理，也还没有种上土豆——夏天都过去一半了，这里还积着水，谁会把土豆种到水里呢！

"叔叔，请到这边来，请坐！"还是那个听起来很害怕的声音颤抖着说道。

库利科夫这才看到面前有三个小男孩。他们之前背对着他坐着，这会儿齐刷刷地转过身来。其中一个完全是个小孩子，大概还没上学吧。另外两个年龄稍长。

"谢谢。"库利科夫说着朝篝火走去，试着找个地方坐下来。

"您来点儿土豆吗？刚烤好的。"年纪最小的孩子问道，说完，他突然间露出了一个微笑，声音也不再颤抖了，"不过，我们的土豆也不多了……"

　　"木板？"库利科夫朝着篝火扬起头示意了一下，"从装土豆的木箱上拆下来的吧？"

　　"都是些破了的木箱，没用的那种我们才拿过来的！"年纪最小的孩子无所谓地摆了摆手。

　　另外两个孩子目不转睛地打量着库利科夫。

　　"这些土豆是从这边的地里挖的吗？"库利科夫含混地摇了摇头。他本想用一种更为漫不经心的口气问出这个问题的，这帮小孩儿从哪儿搞来的土豆跟他又有什么关系。而他这么一问，似乎变成了这三个孩子被他逮个正着，而他正在审问他们。

　　"这边的地又不是我们的地！"过了一会儿，两个大孩子中的一个用一种不卑不亢的语气回答道，"土豆是我们从家里带来的。"

　　"明白了。"库利科夫说着，把手边一块从装蔬菜的木箱上掰下的碎木片扔进了篝火堆里，"这么晚了，你们怎么不在家里睡觉？"

　　"因为现在放假呀！"年纪最小的孩子回答道，小小的眼睛里闪着兴奋的光芒。

　　"看来还是小学生嘛……"库利科夫心想，不知为何，他不由得感到一阵轻松。

　　"您来点儿土豆吗？"小男孩又问了一次。

　　"也行……"

　　一个黑黑的小土豆滚到库利科夫脚边，尽管库利科夫并不是特别想吃，他还是着手清理起这个土豆来，把它在两只手之间不断地抛来抛去。

"好吃吗？"最小的男孩笑着问道，"您知道比邻星上的土豆是什么样的吗？"

"哪儿的？"库利科夫一下子没反应过来。

年纪稍大的一个男孩突然用手肘捅了一下小男孩的腰，小男孩痛得大叫了起来。

"喂，不许这样！"库利科夫紧紧地皱了一下眉头。

"他怎么这样啊？"男孩气冲冲地说道，朝着另一个年纪大一些的男孩望过去。后者一直保持沉默，只是对着他肯定地点了点头。男孩又嘟囔了一遍，"怎么搞的嘛！"

"你才怎么这样呢！"最小的孩子委屈地反驳道，"也许这个叔叔也想跟我们一起去呢？"

"去哪儿？"库利科夫又嚼了几下嘴里的土豆，咽了下去。他看看身边的这些新认识的朋友，"你们是说要去夏令营吗，还是去钓鱼？"

"是啊！"一个男孩嘟囔着说，看得出，他是这里头最年长也是最有威信的一个。

"我们是要去比邻星！"最小的孩子再也按捺不住了。不过这次谁也没有再用手捅他，"您知道那是哪儿吗？"

"您是做什么工作的？"大孩子礼貌地询问库利科夫道，可是这会儿，库利科夫正仔细思索他到底知不知道什么是比邻星呢。

"呃，工程师……"

"你们看，他是工程师呢！"小男孩高兴地提高了嗓门。

"比邻星，看，就在那里！"大孩子用手指着天空中的某个地方，"喏，那个！"

库利科夫抬起了头。夜空似乎离得很近，漫天的繁星触手可及。在众多的星星之中，有那么一颗特殊的星星，之前对它闻所未闻的库利科夫直到今晚才知道了它的名字——那就是神秘的比邻星。

库利科夫突然间明白，为什么他走过来的时候，这些孩子全都背朝着他坐着。或者更确切地说，是背朝着他们的小区坐着。因为这样坐着，就可以不去看那些地面上巨大的建筑，不去看那些窗户里闪烁着的灯光，面前只会剩下硕大的、一望无际的、平坦而空寂的大地，头上则是漫天的星光——而且，在这些星光之中，有一颗梦想中的比邻星。

"是要去比邻星吗？"库利科夫一边看着天上的星星一边问道，"多久才能到？"

"要不了多久！"小男孩兴奋地回答道。

"不过我们还缺一架飞船……嗯，没有合适的飞船……"年长一些的孩子解释道，"那您打算跟我们一起去吗？"

"我得考虑一下。"库利科夫站起身来，"你们看，我……"

我不是一个人，我还有家人，不过……"

他转身走进了黑暗中，不过某种念头又把他拉了回来。三个孩子紧张地望向他的眼睛。

"你们稍等一下，在这儿再坐一会儿，行吗？我再给你们带点……多带点土豆来……"

一颗麦粒

不久之前，我无意中发现了女儿的一个大秘密。

那天，我和女儿一起收拾她的玩具角：掸了掸灰尘，把过家家用的家具和餐具重新布置了一下，最重要的事情就是把她的几个娃娃整理一下。

我把女儿的长毛玩具熊米特罗凡放到了一个更舒适的位置上，然后挪了挪小镜子……突然，从镜框后面落下一个青蓝色的小纸袋子。

塔尼娅轻轻地叫了一声"哎呀"，抿着嘴朝我走过来。

"竟然被你发现了！"她轻声地说道，"好吧，就给你看一眼吧……"

我其实什么都还不知道呢，我疑惑地打开被压扁的纸袋朝里面看了一眼，里面只有一颗小小的麦粒。

"你还记得吧，上次我们喂鸽子，你买了一些麦子？"

我当然记得啦！广场上那群鸽子懒洋洋的，十分温顺，几乎要直接跑到你的手上来抢吃的。那些鸽子聚集在我们脚边，我和塔纽莎一边喂食，一边不时会心地看一眼对方。那样的情景真叫人感到幸福！那天喂完了所有的食物，我们就回家去了。

"就是这样，那时我们把所有的麦子都撒给鸽子了，但是还有一粒麦子留在了袋子里！我回家后才发现的！"女儿对我说，"就是说，这是一颗有魔力的麦子，你说呢？"

"是的，完全正确！"我附和道。

奇怪，当时女儿没有把包装的纸袋扔掉，而是把它塞到了口袋里，我竟然一点儿都没有注意到。

"你现在都明白了吧！"女儿看着我的眼睛，从我的手上拿过那个装着麦粒的小纸袋，把它藏回了玩具小镜子的背后。

"嗯，几乎全都明白了！"不知为什么，我撒了个小谎。

"当然啦。很明显嘛！"塔纽莎满不在乎地摆了摆手，"你知道如果把这颗神奇的麦粒种在花盆里，会长出什么来吗？"

我恍然大悟，轻轻地"啊"了一声。对啊，这不是拇指姑娘①的故事嘛！是说从前有一个女人把一颗麦粒种在了花盆里，

---

① 《拇指姑娘》是世界著名童话作家安徒生的作品。在这个故事里，有一个女人很想要一个孩子，于是把一颗从巫婆那里求得的麦粒种在了花盆里，长出了一朵像郁金香一样的大红花。女人亲吻了花朵，花朵就盛开了，里面有一个拇指般大小的小姑娘。

然后就长出了一朵郁金香一般的很大很美丽的花！

"我们出去转转吧。"我提议，"今天收拾得差不多了，玩具们应该都很满意了！"

"走吧！"女儿表示同意。

"塔纽莎。"趁着我们穿外套的时候，我小心翼翼地问道，"你为什么一直都没把那颗有魔法的麦粒种到花盆里去呢？我们家不是有很多花盆吗？"

"为什么要种下去呢？！"塔纽莎开心地大笑，"我又不是故事里的那个女人，她是孤孤单单的一个人，而我不是！我有你，有妈妈！还有爷爷奶奶、外公外婆！"

我们在公园里逛了很久，一起坐了旋转木马，每人吃了一根爱斯基摩①巧克力雪糕。我们聊着一些无比重要的日常琐事，时不时会心地看一眼对方。

趁着塔尼娅去买雪糕的当口，我赶紧把手伸进外套口袋里，在里面摸到了我自己的那颗麦粒。我们一起喂鸽子的那天，我鬼使神差地留下了一粒。后来就一直装在外套口袋里随身带着。

我看着女儿正在专心地舔着快要融化的雪糕，趁她不注意的时候，悄悄地把口袋里的麦粒扔给了一旁的鸽子。

---

① 苏联时期就很有名的雪糕品牌，几乎成了雪糕的代名词。

银色的蛛网

一张银色的蛛网迎面飘过来。

我伸出手，蛛网的一端挂在了我的手指上，其余的部分在空气中颤动起来。

"太棒了！"女儿高兴地拍起手来，"我们把它带回去，就让它住在我们家里吧！"

我还没来得及回答，一阵轻柔的暖风就卷起了蛛网，把它吹走了。

"好吧，"女儿边说着边朝我伸过手来，"那就随它飞到自己喜欢的地方去好了！……"

附　录
我的图书馆之旅

那么，就从中国开始讲吧……

中国是我这一辈子最美好的梦想，而我到现在为止还一次都没去过那儿——不过我说的从中国开始讲，和这个无关。

总的来说，我觉得再也找不出比去旅行、去看这个世界更有意思、更重要的事儿了。最近这几年，我自己的"地理大发现"包括：切博克萨雷[①]、下诺夫哥罗德[②]、普斯科夫[③]、伏尔加格勒[④]、克拉斯诺亚尔斯克[⑤]、彼得罗扎沃茨克[⑥]、布良斯克[⑦]、伊尔库茨克[⑧]、

---

① 俄联邦楚瓦什自治共和国首府。在伏尔加河中游右岸。

② 俄联邦下诺夫哥罗德州首府。位于伏尔加河与其支流奥卡河的汇流处，西距莫斯科 400 千米。

③ 俄联邦普斯科夫州的首府。是一个历史悠久的古城。位于俄罗斯西北部，圣彼得堡西南约 250 公里处。

④ 俄联邦伏尔加格勒州首府。位于莫斯科东南 1000 公里处，坐落在伏尔加河下游平原上。始建于 1589 年，1925 年前叫察里津，苏联时期更名为斯大林格勒，1961 年又改称伏尔加格勒。

⑤ 俄联邦克拉斯诺亚尔斯克边疆区首府。位于西伯利亚大铁路与叶尼塞河交汇处，西距莫斯科 4104 公里。是西伯利亚地区最重要的城市之一。

⑥ 俄联邦卡累利阿自治共和国首府。在奥涅加湖西岸，位于圣彼得堡东北方向 412 公里处。

⑦ 俄联邦布良斯克州首府。俄罗斯西南部城市，在第聂伯河左岸最大支流杰斯纳河中游。布良斯克州南与乌克兰接壤，西部、西北部与白俄罗斯为邻。

⑧ 俄联邦伊尔库茨克州首府。是东西伯利亚第二大城市，位于贝加尔湖南端，安加拉河与伊尔库茨克河的交汇处。伊尔库茨克州在中西伯利亚高原南部，贝加尔湖以西，南同蒙古相邻。

华沙[①]、明斯克[②]、阿尔汉格尔斯克[③]、克拉斯诺达尔[④]、萨拉托夫[⑤]、特维尔[⑥]、赤塔[⑦]、雅罗斯拉夫尔[⑧]、顿河畔罗斯托夫[⑨]、塔

---

① 波兰首都。

② 白俄罗斯首都。

③ 俄联邦阿尔汉格尔斯克州首府。位于北德维纳河河口附近，历史上是俄罗斯重要的港口，18世纪后因圣彼得堡开埠而衰落。阿尔汉格尔斯克州位于东欧平原的北部，西部有维特利亚山脉，北临北冰洋，西北濒临白海，辖北冰洋中的新地岛、科尔古耶夫岛、瓦加奇岛和法兰士约瑟夫地群岛等。

④ 俄联邦克拉斯诺达尔边疆区首府。位于俄罗斯的西南部，坐落于库班河与亚速海交汇的低地平原上，距黑海和亚速海约120—150公里，是俄罗斯联邦南部联邦管区和北高加索地区最大的经济和文化中心。

⑤ 俄联邦萨拉托夫州首府。萨拉托夫鞑靼语意为黄色山城，位于伏尔加河下游右岸的高地上，西北距莫斯科720千米。萨拉托夫州位于东欧平原东南部。

⑥ 俄联邦特维尔州首府。属俄罗斯中央联邦管区和中央经济区管辖，坐落于伏尔加河上游，是圣彼得堡—莫斯科铁路干线和"俄罗斯"公路干线上的枢纽之一。

⑦ 俄联邦后贝加尔边疆区首府。位于俄罗斯东西伯利亚，赤塔河与因戈达河交汇处，距莫斯科6074公里，是西伯利亚大铁路的重要枢纽站，向东南通过边境重镇后贝加尔斯克，可达中国的满洲里。后贝加尔边疆区位于东西伯利亚贝加尔湖以东，东南和南部分别同中国和蒙古毗邻。

⑧ 俄联邦雅罗斯拉夫尔州首府。位于伏尔加河上游，莫斯科东北方向282公里处。

⑨ 俄联邦罗斯托夫州的首府。位于东欧平原的东南部顿河河畔，城市名是为了区别于另一座叫作"大罗斯托夫"的古城。

甘罗格 ①、乌兰乌德 ②……

还有那些神奇的莫斯科周边的卫星城市：沃洛科拉姆斯克、洛托希诺、克林、沙霍夫斯卡亚、扎赖斯克、鲁扎、谢列布里亚内耶普鲁德 ③，等等！

还有那个童话般的托尔若克 ④，这个地方恰好处在莫斯科和圣彼得堡的中点上！我在那儿就待了两个小时多一点儿，几乎就逛遍了整个城市。我欣赏了那儿的美景，然后去了一趟儿童图书馆，在那儿和小读者们见了一面后就返程了！

我的这些旅行几乎百分之百都是这样的，主要的目的地就是图书馆。

不过，还是听我从头慢慢道来吧。

我还不会读书识字的时候，我的祖母和外婆会轮流读书给我听，祖母叫作泰西娅·叶夫多基莫夫娜，外婆叫作亚历山德拉·亚历山德罗夫娜。那真是幸福的时光啊。踢掉拖鞋，把腿蜷在沙发上，一连听好几个小时我都不觉得累。大多数时候讲的都是童话故事。我对中国的童话故事印象深刻，那些故事令我特别惊奇。那个时

---

① 罗斯托夫州的一个城市。是俄罗斯西南部重工业城市，亚速海上的重要海港城市。有铁路通罗斯托夫和乌克兰顿巴斯。

② 俄联邦布里亚特自治共和国首府。位于后贝加尔色楞格河谷地，西伯利亚大铁路和俄—蒙铁路交会处，是东西伯利亚第三大城市。布里亚特共和国位于东西伯利亚南部，南边与蒙古国接壤。

③ 该地名的俄文音译。意为众多银色的池塘。

④ 位于俄联邦特维尔州中部，特维尔以西60公里的特维尔察河畔。

候，苏联和中国关系很好，应该是恰逢苏中"伟大友谊"时期的最后几年。

有一次我和奶奶说：

"要是能吃到米糕就好了……"

"马上就来。"奶奶说着就跑到厨房去了。

很快，屋子里就充满了热腾腾的烤面包的香气：奶奶烤了油饼（就是最普通的用小麦面做的那种），奶奶非常擅长做油饼。

不过我呢，还是更喜欢就着牛奶吃米糕！这些童话般的中国农民们，就算没有发明出像米糕这么好吃的东西，我都感觉他们就像我的亲人一般。若再加上热腾腾的米糕，我的心都要融化了……

这才是生活！我那时就明白了。

当时的我有一种直觉，中国离我们很近很近，甚至就在身边某个地方——只要沿着门口这条街一直走、一直走……然后在街角拐个弯，嘿，这就到了，到中国了！

我出生在乌拉尔，是一个美丽的小城镇。我非常爱我的家乡，回忆起家乡的时候心里总是很温暖。我不准备说出我家乡的名字，最后我会向大家解释是为什么。

我所在的那条街的尽头有一栋房子，曾经是德米特里·纳尔基索维奇·马明—西比里亚克[①]的住处。这栋两层小楼至今还完

① 马明—西比里亚克（1852—1912），有时也译为马明—西比利亚克，俄国作家。著有长篇小说《普里瓦洛夫的百万家私》《矿山里的小朝廷》《黄金》《粮食》《乌拉尔故事集》以及儿童文学作品等。

好无损地矗立在那里，墙面上还有他的石刻纪念牌。总之，我是在照片里看到的，就像一个名人故居应该有的样子。

而我其实一直都没能转过那个"通往中国"的街角，想来也有五十年了……就是一直没能实现这个简单的事情。起先是因为我们家搬到了城市的另一边（妈妈分了房子），只是偶尔才会回祖父祖母家做客，他们也偶尔到我们家来做客。中学毕业之后不久我就去斯韦尔德洛夫斯克读大学了，也就是今天的叶卡捷琳堡——这一离开就是永远的分别。

……又想起来一个非常琐碎的童年记忆。

爸爸带我去儿童图书馆登记注册图书馆会员。我刚上小学的时候是个笨得不能再笨的孩子，那时候只认识几个字母，读书写字都完全不会。但是我却是班上第一个完全掌握读书写字的人，也是班上第一个从头到尾完整地看完一本书的人（我记得是马明—西比里亚克的《猎人耶米利亚》，我甚至连书里每张插画的每个细节都记得清清楚楚）。那个时候我就特别喜欢看书。

我们第二十三小学里头就有一个很不错的图书馆，我自己家里也有很多书……这些书怎么读都读不完！但是我还是一定要成为儿童图书馆的会员。我们院子里的小孩，只要年纪稍微比我大一点儿的，都是儿童图书馆的会员。那个时候，很少有人家里有电视，这可能很难想象，不过这是事实。我和弟弟还经常专门跑到邻居家去看儿童节目呢。

在那个时候的我看来，能够去市图书馆借书绝对是一个人独立和成熟的标志。

每次去图书馆都是一次令人着迷的旅程——要经过整整三个街区才能从家里走到图书馆，这和"跨越三片大海"的《三海纪行》①也差不了太多了！我记得那个时候的儿童图书馆就在伏龙芝路上，在"乌拉尔"电影院对面。也不知道这个图书馆现在还在不在了……

我说服了父亲，他带上护照——于是我就成为了图书馆的注册会员！

我至今都还记得我的读者证上的编号——1411。我的证件！这个数字应当这么读："十四—十一"。这就好像是一个暗号，有了这个暗号，我可以进入一个不同寻常的魔法世界。

我当时还在读小学二年级，从这个图书馆借的第一本书就明显超出了我这个年龄的一般水平：我想给图书管理员留下一个我很有学识的印象。那是一本很厚的书，几乎没有插图，可我几乎是一口气就把它读完了。是格里戈里·米罗什尼琴科的《少先队》。

为什么要说这些呢？

---

① 阿法纳西·尼基京（？—1472），俄国旅行家。1466 年自特维尔出发，沿伏尔加河入里海，抵波斯。后出波斯湾，东渡阿拉伯海到印度，旅居三年。1472 年西渡至东非，再转入波斯湾，北上达黑海，终抵卡法（Кафа，在克里米亚半岛）返国。所著《三海纪行》，叙述所经各地见闻，其中关于印度的记载最详。

　　事实证明，那些最清晰、最难以忘怀的记忆往往是那些当初看上去最琐碎、最不起眼的小细节。又比如最近发生的一件事，那是在布良斯克州的卡拉切夫。这是一个城市面积很小却环境宜人的小镇，事情发生在那里的儿童图书馆。

　　我是开着车去的，为了防止迟到，我特意提早出发了，结果到的时候天才刚刚亮。

　　迎接我的是图书馆的馆长娜杰日达·瓦西里耶夫娜。她看上去比我年长一些，大概六十出头吧。她应该是有点紧张，不知道该请我坐在哪里。

　　"请随便吃点点心吧！"

　　桌上放了一些点心，正中间的托盘里放了几个苹果。那些苹果真是令人吃惊——个头十分大，每个都有我拳头那么大，黄澄澄的，应该是某种冬季品种。

　　我拿起一个苹果——汁水丰富、香气四溢、甜美可口。

　　"这苹果真不错！应该是什么珍贵的品种吧？"

　　娜杰日达·瓦西里耶夫娜害羞地摆了摆手：

　　"嗨，哪有什么品种？！就是自己家种的……就长在自家窗户底下呢……我和我丈夫叫它'黄香蕉'……"

　　叫"黄香蕉"那就是"黄香蕉"呗，真是个不错的名字。

　　大门"砰"的一声响，又进来一位女士，也是图书馆的工作人员。她也很快就看到了桌子上的苹果：

"哦，您快尝尝，快尝尝！"她热情地邀请道，"娜杰日达·瓦西里耶夫娜家的苹果在咱们市可是很有名的！这'柠檬黄'是我们的骄傲啊！"

明白了……

又过了一分钟，来了一位乐呵呵的体面的男士，是当地文化部的部长。我手里拿着咬了两口的苹果站了起来。"部长"会心地点了点头：

"啊哈！看来你已经尝过了！不错，不错！你会一直记得这个味道的！这是我们当地的骄傲啊，这种苹果可以说是全国知名！我们叫它'游击队员'！"

真是一群可爱的人啊！

讲这个故事，并非是要说"叫它锅都行，但别真往炉上放①""名字只是个代号而已"等之类的话。恰恰相反，在人与人的交往中，为了抵达表面现象最深层的本质，往往需要那种最为确切的、唯一的定义，需要包含各个细节。

……我曾经和著名的童话作家、诗人、翻译家列昂尼德·利沃维奇·亚赫宁一道在秋明州的亚马尔—涅涅茨自治区与年轻读者见面，那是在塔尔科萨列的一个大厅里。演讲结束之后，我们就被孩子们包围了，他们手上抓着各种书啊、杂志啊、明信片啊朝我们伸过来——都希望要我的签名。等到人群都散去了，一个

---

①　俄罗斯民谚。

小男孩走上前来——却两手空空。

"要我给你签个名吗？稍等，我们来找张纸……"

"不是的，不用了……"小男孩说道，"我可以……可以摸摸你的袖子吗？"

亲爱的读者，我很难想象出还有比这更大的幸福！我差点没高声喊出来："可以让我也摸摸你的袖子吗？因为你就是那个我最喜欢的读者了！我的一切写作、生活就是为了你这样的读者！"

不得不说文学工作者这个职业是最幸福的职业。我的工作就是为了满足我自己，我的写作首先也是为了愉悦我自己。但是当我把作品写出来了，当我画上了最后一个句号……立刻就明白了，独处的唯一好处只在于让自己写作的时候不被干扰。而那之后，就会止不住地想要知道"我的这些文字会引起读者怎样的反响呢"，这真是一种折磨。

在亚尔马的时候，我忍着什么都没说。我和那个聪明的男孩互相拉了拉衣袖，都给予了对方极大的满足。就是这样……

现在言归正传。

2010年3月，我去参加一个图书周。这是一个不大的图书馆，还是老样子：演讲之后孩子们围了上来要我签名。我看到有一个小男孩安静地等在一个小角落里……终于轮到他了，他走上前来，递给我一张纸条：

"为什么呢？"他说，"为什么只能是您给别人签名？我愿意把我的签名也送给您！"

纸条上写着"送给作家，维塔利赠"。我至今都精心地收藏着这张签名，并且为收到这样的礼物而自豪！毫不谦虚地说，这就是货真价实的读者对我的肯定。这就是作家享有的那种幸福。

我曾和女诗人马林娜·博罗季茨卡一起在英雄城市新罗西斯克①的儿童图书馆做演讲。马林娜刚刚开始念自己诗歌的第一句，全场的听众就不约而同地和着她一起念，并且一直齐声朗诵到最后！这不是孩子们为了和作家见面而特意准备的什么活动，因为我看见孩子们的眼睛闪闪发光！……我想，这应该是来自读者最深厚的爱了吧。

很多年之前我写了一篇小故事，一直不想出版它，总觉得似乎还缺了点什么。缺了点什么呢？现在看来，就是缺了一句话。

雪人莫佳②

这件事发生在很久很久以前，那个时候我和弟弟米沙都还没上学。冬天刚刚来临，天气寒冷，降雪很多。爷爷帮着我和弟弟在家门口堆了一个雪人。雪人堆得又漂亮又坚固，还有一张开心的笑脸——总之看上去非常完美，而且该有的都有了：两根细细的树枝是手，胡萝卜是鼻子，头上还戴着一个水桶帽子。

---

① 俄罗斯黑海东北岸重要港市，属克拉斯诺达尔边疆区。
② 莫佳是男名"马特维"的爱称。

　　我们都很喜欢这个雪人，很快就把他当作了最好的朋友，还给他取了名字——"莫佳"。

　　米沙，也就是我的弟弟，跑回家里拿来了一个闪亮的玻璃球，这本来是为了过新年的时候装饰新年枞树①用的。爷爷把玻璃球嵌在雪人的胸口，就好像为他戴上了一枚勋章。

　　"我们的莫佳是一个大英雄！"

　　那个时候，虽然我们在一个大城市里生活，但实际上却住在城郊的一条小路上，而且住的房子也是木屋子。

　　雪人的出现使得我们的生活变了一个样儿。

　　莫佳就在屋子的大门边上，我和弟弟每天睁开眼睛第一件事就是看看窗外：今天我们的好朋友怎么样了呢？

　　出门的第一件事也是和莫佳打招呼：

　　"你好，莫佳！你一个人在这儿待了一晚上，会不会很无聊？"

　　爷爷呢，也一定会摘下手套，走过来冲着雪人伸出手，说道：

　　"祝您万福，尊敬的马特维先生！"

　　而莫佳似乎每次都会以一丝不易察觉的微笑作为回应。

　　我们就这样度过了整个冬天。说实话，差点儿都要玩腻了。

　　之后严寒迅速退却，一下子就感觉到春天马上就要来临

————————————
① 类似于西方的圣诞树。

了。同时来临的还有心里那种惴惴不安的感觉。阳光只要再强烈一些，我们的莫佳可能就要融化了——想到这些就会觉得很可怕。

"夏天就快来了！有什么地方是连夏天都还有很多雪的吗？"终于有一天，我小心翼翼地提出了这个问题。

"连夏天都还在下雪的地方，可能只有北极了吧。"爷爷想了想，回答道。我看向窗外，门廊顶棚的边缘已经开始出现小小的冰凌了。

第二天一早，我和米沙起来的第一件事就是冲到窗户边上：雪人不见了！

"莫佳没了！我们的莫佳消失啦！"我和弟弟喊起来，"我们得去救它，得尽快找到它！"

"没错！"爷爷附和道。

我们迅速穿好衣服，三个人一起跑下楼梯。莫佳原先所在的位置上连一点痕迹都没有留下。

"看，这是什么？"弟弟突然叫了起来。

他跑向旁边一个蓬松的、有些融化了的雪堆，从上面抽出一根细细的树枝。看起来是有人用这根树枝把一个灰色的大信封戳到了雪堆上。

"我看看。"爷爷伸手接过信封，取出里面的信纸读道，"亲爱的米沙和谢廖沙！我是你们的挚友——雪人莫佳！我要动身去北极了，那里连夏天都是冰天雪地的！抱歉没能等到早上再出发，怕太阳出来了就太晒了！所以我趁着夜色、趁着严寒就出发了！明年冬天我一定会回来的！你们的莫佳留。"

"嘿，太好了！"米沙高兴地一跃而起。

……关于这件事后来就逐渐淡忘了，等再想起来的时候，已经是成年人了。有一天，突然在故纸堆里发现了这个灰色的大信封，上面还有细树枝留下的那个洞。

很明显，雪人并没有去北极，甚至哪儿也没去。应该是爷爷为了让我和弟弟不再为雪人担心，而连夜用雪橇或者小车把雪人送到别的什么地方去了。

不过信中的笔迹却不是爷爷的，而是妈妈的。

我一度无法确定要不要把这个关于雪人的故事投给杂志，后来我试着在我的图书馆演讲中先讲出来试试看。

一个一年级的小女孩听完了之后问了一个问题：

"请问，我还是没搞明白，为什么雪人会写信呢？"

而我则实话实说：

"雪人会写字，这是你感到惊讶的地方……"我说道，"而我呢，我也至今都很惊讶，不过却是惊讶于另一件事情，就是雪人的字写得非常漂亮！这么说吧，我外婆的字写得很漂亮，但是这很好理解，因为十月革命之前她毕业于那种传统的女子学校……"

总而言之，这下我明白了，我的故事里就少了一句话，就是最后那句关于雪人的笔迹的话。

……每次我在为某个地方准备新年演讲的时候，都会请当地组织一次和地方上图书馆工作人员的见面会。一般都是在原先的计划之外的。我会朗读我新书中的小故事，而且每次都会特意选择不同的段落。不过有一篇小故事是我每次都一定会用来做开场白的：

海雕 ① 和雕鸮 ②

麻雀的窝里刚刚孵出了小雏鸟。雏鸟每天都在迅速地长大，有一天，一只小鸟问道：

"我很快就会飞了，等我会飞了，我要变成一只海雕！"

小家伙被扇了一巴掌。

他想了很久，又说道：

"好吧，既然不能成为海雕——不行就不行！那等我长大了，我要变成一只雕鸮！在夜空中一边翱翔一边叫'呜—布！呜—布！'"

---

① 一类体型巨大的老鹰。

② 体型最大的猫头鹰，夜行性猛禽。

小家伙又挨了一巴掌，这次打得更重。

"唉，怎么办呢。"他叹了口气，"等我长大了，就要变成一只普通的灰不拉叽的小麻雀！……"

麻雀妈妈把儿子护在翅膀底下，麻雀爸爸为他们带来最可口的小虫子。小麻雀安逸地想，奇怪，那些海雕和雕鸮都是从哪里变出来的呢？他们小时候为什么没像他一样挨巴掌呢？

我是故意不提起我家乡的名字的，其实我一直深爱着我的家乡，每每牵挂着那座城市。我几乎跑遍了大半个国家，而那里……不知怎的就是一直没能成行……没人叫我去，也没人邀请我去……

我并不是因为没有受到邀请而生气，只是纯粹很想很想受邀回去。

我爷爷的房子已经不在了。德米特里·纳尔基索维奇·马明—西比里亚克的房子还矗立在原处。

我梦想着再一次走在我们家门前的那条小路上，一直走到路尽头，然后右转。

也许，转过那个转角——真的就是中国了？

如果我真的走到了尽头，就一定会得到答案——这一点也有些叫人害怕。

P.S. 上面这些文字写于 2010 年，后发表于《图书馆业务》杂志。尽管后来发生了奇妙的事情，但是我还是把这篇文章原封不动地放在上面。

当天，《图书馆业务》杂志的编辑部打电话告诉我说，载有我文章的这一期正式发行了。就在同一天，我收到一封电子邮件，邀请我去乌拉尔开讲座！

事到如今，还有什么需要隐瞒的呢：我的家乡，我童年生活的城市——下塔吉尔 ①！

我就像长了翅膀一样飞了回去。

我和老同学见了面，有几个甚至已经四十年未曾谋面了！在自己的母校，第二十三小学发表了演讲，见到了一批新的小读者，去了最喜爱的女老师家里做客！

在下塔吉尔市中心儿童图书馆的见面会上，我收到了一份非同寻常的礼物，我甚至激动得一时之间不知该说些什么……他们送给我一张相片……是我曾经上过的幼儿园的照片！真想不到他们是怎么打听到的！

还有……

恐怕也是最重要的：梦想实现了！

---

① 下塔吉尔位于斯维尔德洛夫斯克州，是俄罗斯乌拉尔工业区的工业中心。

不是后记的后记

　　偶然间在网上读到一段关于我自己的描述："俄罗斯联邦功勋小狗怪"。原文就是如此，形容词用的是阳性。我深以为傲！我的一本童话书正是叫《二十个小狗怪》①这个名字。

　　自打我记事起，就一直在编故事。回想起来应该是在六年级的时候就写了自己的第一个虚构作品：课间休息的时候突然间灵感迸发，"砰"一下——情节就全在脑子里了。下面的一整堂课就用来把脑子里的词啊、句子啊誊写到纸上。

　　这就是我的第一篇作品，后来发表在了学校的墙报上。我们学校不仅每个班都有墙报，还有一个全校性的墙报，叫作《橙色的太阳》，其主编是个十年级生，就住在我们家隔壁——也正是因此，我的小说才得以见报。这篇作品获得了巨大的成功，恐怕也是我这辈子获得过的最大的成就了。不少同学都对这篇作品竖起了大拇指。

———————————

① 俄文书名为《Пузявочки》。书中一共有二十个小故事，分别介绍了作者虚构出来的共二十个童话形象。这二十个童话形象不仅名字相似，长相也很相似。他们的名字都类似书名中提到的"Пузявочка"，仅首字母分别是二十个不同的俄语辅音，其他部分一模一样；它们的出场顺序也恰好按照位于其名字首位的辅音在俄语字母表中的顺序。这些童话形象都是狗形的生物，但是又各不相同，有的长着特别大的耳朵，有的长着蛇一样的尾巴，如此种种，不一而足。因而在此酌情将之翻译为"小狗怪"。

晚上，弟弟放学回家后向爸爸汇报（他当时在读二年级）："爸爸，谢廖沙现在在我们学校里是一位真正的作家！"

后来我考上了大学，进了哲学系，那个时候我对这辈子要从事的事业已经有非常明确的想法了。我要写作！我要写下我自己的所思所想！

不过刚开始还是需要有一份正常的工作的。

后来，我就到高校里教书了。直到有一天，我确信自己可以单纯依靠写作来养活自己和家人了，我这才辞去了教职。

但是哲学和逻辑学（我在大学里教的是逻辑学）从未在我的生活和思考中退居二线。人们不间断的思维活动、人们活生生的想法——这就是真正的哲学。而有人说文学是没有思想的活动——简直是一派胡言！

我喜欢在新鲜的空气中工作，最好是能在公园的长椅上写作。

有一天，我的邻居跟我说："我之前从我家的窗户里观察你怎么写东西……我发现你写东西的时候连麻雀都不怕你，就在你鼻子跟前飞来飞去的！连路过的小狗都对你很尊重！……"

千真万确！而且我为此感到自豪！

图书在版编目（CIP）数据

神秘的狗/（俄罗斯）斯坦尼斯拉夫·符拉基米尔洛维奇·沃斯托科夫，（俄罗斯）奥丽加·科尔帕科娃，（俄罗斯）谢尔盖·格奥尔吉耶维奇·格奥尔吉耶夫著；屈佩，刘晓敏，王琰译.—北京：中国国际广播出版社，2016.10
（中俄文学互译出版项目·俄罗斯文库.少年文学丛书）
ISBN 978-7-5078-3873-2

Ⅰ.①神… Ⅱ.①斯…②奥…③谢…④屈…⑤刘…⑥王… Ⅲ.①儿童小说—短篇小说—小说集—俄罗斯—现代 Ⅳ.①I512.84

中国版本图书馆CIP数据核字（2016）第187287号

《中俄文学互译出版项目·俄罗斯文库》由中国国家新闻出版广电总局和俄罗斯出版与大众传媒署批准，中国文字著作权协会和俄罗斯翻译学院负责组织实施。

神秘的狗

出 品 人	宇 清	
策 划	王钦仁	
统 筹	张娟平 祝 晔 李 卉	
著 者	［俄］斯坦尼斯拉夫·沃斯托科夫	
	［俄］奥丽加·科尔帕科娃	
	［俄］谢尔盖·格奥尔吉耶夫	
译 者	屈 佩 刘晓敏 王 琰	
责任编辑	张娟平	
版式设计	国广设计室	
责任校对	徐秀英	

出版发行	中国国际广播出版社 ［010-83139469　010-83139489（传真）］
社 址	北京市西城区天宁寺前街2号北院A座一层
	邮编：100055
网 址	www.chirp.com.cn
经 销	新华书店
印 刷	环球东方（北京）印务有限公司

开 本	880×1230 1/32
字 数	227千字
印 张	10.75
版 次	2016 年 10 月 北京第一版
印 次	2016 年 10 月 第一次印刷
定 价	52.00元